桂冠译丛

面包与运动
Brot und Spiele

〔德〕西格弗里德·伦茨 著
Siegfried Lenz
江南 米尚志 译

人民文学出版社
PEOPLE'S LITERATURE PUBLISHING HOUSE

著作权合同登记号　图字 01-2020-1399

Brot und Spiele
by Siegfried Lenz

Copyright © 1959 by Hoffmann und Campe Verlag, Hamburg, Germany.
All rights reserved.

图书在版编目(CIP)数据

面包与运动/(德)西格弗里德·伦茨著;江南,
米尚志译.—北京:人民文学出版社,2022
(桂冠译丛)
ISBN 978-7-02-016823-1

Ⅰ.①面… Ⅱ.①西…②江…③米… Ⅲ.①长篇小
说-德国-现代 Ⅳ.①I516.45

中国版本图书馆 CIP 数据核字(2022)第 033965 号

责任编辑　朱卫净　周　展
封面设计　李　佳

出版发行　人民文学出版社
社　　址　北京市朝内大街 166 号
邮政编码　100705

印　　刷　上海盛通时代印刷有限公司
经　　销　全国新华书店等
字　　数　154 千字
开　　本　889 毫米×1194 毫米　1/32
印　　张　7
版　　次　2022 年 7 月北京第 1 版
印　　次　2022 年 7 月第 1 次印刷

书　　号　978-7-02-016823-1
定　　价　50.00 元

如有印装质量问题,请与本社图书销售中心联系调换。电话:010-65233595

须跑百里者,应将九十里视为其一半。

——日本箴言

这次他不会获胜。挑选他上场是个错误，维甘德的主意实在糟糕，因为他要想有获胜机会，跑完全程所需时间必须远远低于三十分钟；他必须达到他的原有纪录，但这一点他再也做不到了，再也做不到了。他是八名长跑运动员中年龄最大的一个；他们正在起跑线上脱去运动衣，做决赛准备。他们慢慢地脱去运动衣衫；直到最后一刻，他们还想保持身体温暖，以便让肌肉处于松弛状态。这时，太阳露出脸来。雨后，阳光照在运动场上，炫人眼目；阳光底下，绿茵茵的草地闪闪发光；跑道上，一个个的小水坑闪烁着光芒。然而，风却未停止，这种变幻无常的狂风不断猛扑下来，无情地横扫看台，上午它就已经开始影响这场比赛⋯⋯

不会的，贝尔特这次绝对不会获胜，他连前三名也进不了；脚脖子扭伤了的胡佩特甚至也比他有更多获胜的机会。然而，他们却让他替代胡佩特上场，随他去失败⋯⋯

他在草地上短跑似的跑几步，跑出去好长一截路；接着，他从肩部转动转动双臂，然后把手臂向前伸展伸展。这时，他向我这儿，向看台这儿望望，不过并没有认出我来。他在寻找我吗？他盼望我站起身来，朝他挥挥手，好像告诉他没发生什么事吗？⋯⋯

一丝无可奈何的微笑浮现在他那疲惫不堪的脸上。他一只手理理稀疏的头发，让手停在后脑勺上，他的目光又在四处搜索看台。是啊，他老啦，参加这次长跑决赛他年龄太大啦；还没起跑,他就像个失败者的样子。但他不单单是无法赢得这场比赛,他将失去更多的东西。他们是最后一次让他出场,这一点他心里明白;他也知道,自己明年就是替补队员也甭想当了——让他去和体坛做最惨痛的告别吧……

身着白色劳动罩衣的售货员——有的卖糖果,有的卖香肠,有的卖汽水——都站在过道上不动了。领位员走到木柱前,计时员在下面草地上举起手,示意已做好准备。比赛场上一片寂静,静得只能听到对面几面旗帜在风中发出哗啦啦的响声,没有任何别的寂静能像起跑前的这种寂静一样残酷无情了。这种极度紧张的、简直叫人窒息的寂静,不是别的什么,正是内心不安的最高表现——每次总归都是这样的。发令员喊参赛运动员各就各位,拉尔森这位发令员就要为这次万米赛跑发出起跑令。他个头矮小,身体胖墩墩的,穿着发令员惯穿的红色夹克衫,样子活像个小红萝卜。他身上没任何方面能让人看出他是个了不起的人,曾两次创世界赛跑纪录,而且在十八年前曾参加过某个著名的接力赛跑队。他蹒跚着来到起跑线后边,两只手各拿着把发令枪。他望着不慌不忙出场的赛跑运动员,等待他们渐次转过身,弯下脊背,低着头站在起跑线上……

不会的,贝尔特是不会获胜的。我不会写文章报道他赛跑的情况,今天不会写,今后也不会再写,欧洲万米赛跑的新冠军不会是名叫贝尔特·布赫纳的了……

可是,假若不是贝尔特,那会是谁呢?那会是在阵阵狂风下弓着腰等待起跑枪声的八名运动员中的谁呢?兴许是黑尔斯特勒姆,他没费多大力气就赢得了预赛;他是用轻快的步伐围着跑道跑完全程的,他跑得很轻松,而且步子很均匀。是啊,他就像他伟大的同胞贡得尔·黑格那样跑得非常轻松——黑尔斯特勒姆有望赢得胜利。或者是奥普里斯，这位头发鬈曲的罗马尼亚人也有望获胜，他曾用不到三十分钟的时间就跑到了终点。不过，那个身强力壮的英国人，三个孩子的父亲西博恩，也有可能摘取桂冠。兴许是意大利人穆索吧，他的皮肤像马鞍一样呈褐色，腰部高高的，他也有得胜机会。对，除贝尔特之外，这些人都有机会获胜。两位像是孪生兄弟的丹麦人亦不能排除在外，甚至瑞士人梅格莱因也有机会。对其他人来说，一切都还是个未知数，只是对他贝尔特来说，这次长跑比赛的结果已成定局，唯独他的失败已是确定无疑了……

在对面，在笔直跑道前那个腥䑣的红色赛圈里，铅球运动员正在进行比赛，他们已创造一项新纪录。我从自己的座位上可以看清打破纪录的情景，我可以看见铅球像颗闷炮弹，噗的一声落到最外圈标志外面差不多半米远的松软地上；是啊，这肯定是一项新纪录。裁判员们立刻忙着测量起来，他们用钢卷尺测量从投掷圆圈的边缘到铅球落点的距离，他们极其认真仔细。破这项纪录的运动员是位波兰人，他蹲到落地铅球的旁边，读测量的结果；随后，他猛地跳起来，高高举起双臂挥舞着，然后欢呼着往回跑。他已胜券在握。一阵鼓掌声顿时响起，但又旋即消失了；只有少数几个人看到打破纪录的情景，多数人都望着站在白色起跑线前一动不动又很紧张的八名运动员。这时，拉尔森举起了发令枪。贝尔特排在哪儿？对，他站在穆索旁边。穆索的皮肤像马鞍一样呈褐色，他是代表意大利来参加比赛的，这位运动员以临近终点的冲刺而闻名。唉，两相对照，贝尔特的肤色十分苍白，几乎像他的运动衫一样白，他站在穆索旁边，看上去实在毫无希望。他在其他几位运动员旁边，在对胜利习以为常的西博恩旁边，还有在梅格莱因旁边，相比之下，他那胸脯显得狭窄干瘪；不过这并不意味着什么——贝尔特有一颗赛跑运动员的特殊心脏，有一对赛跑运动员的特殊肺脏，他曾多次获得赛跑冠军。我在自己的报纸上写过一些文章，报道他以往一次次获胜的情况，但现在他的心脏、他的肺脏太老啦……

湿漉漉的草地在阳光照耀下闪闪发亮。弯道外的布幅标语耀人眼目。发令员拉尔森到底何时鸣枪？等待起跑的这种压力令人无法忍受，双手一个劲地簌簌发抖，胃好似一块开始翻动的滚烫石头，叫人作呕——你倒是鸣枪啊，拉尔森，把他们送上跑道吧，让他们自由进入地狱吧！[①] 跑道躺在这儿简直像地狱的圆圈。你倒是鸣枪啊，拉尔森，扣动扳机吧，快把他们从这儿解放出来，也把我们从这儿解放出来！当然啦，发令员必须具有最佳神经，也就是说，他压根儿没有神经，冷漠无情。终于他踮起脚尖，这时——这时枪响了，然而枪声十分微弱，微弱得几乎让人感到失望。不过，这毕竟是叫人解脱的一枪。风一下子就把枪口的一小缕青烟吹走了，发令枪放了下来；看台上一片轻声细语，明显可以感觉到观众深深舒了口气——压力消失了。我也一起深深透了口气……

运动员在跑道上跑着。他们已经进入第一个弯道。他们冲过通向地狱圆圈的大门，是通向地狱圆圈的里圈呢，还是外圈呢？跑道十分糟糕，整个上午都下着雨。因此，这次不会创出新纪录。绝对不会，这次只能赛出获胜者，只能赛出冠军、亚军和季军；跑道实在太糟糕。狂风怒吼着阻拦他们冲出弯道……

[①] 在西方人的传统观念中，地狱由九圈组成，异教徒住最外圈，叛逆者住最里圈。

他们当中的一位将不止会输掉这次比赛，还会失去更多东西——怎么他偏偏会这样呢？他注定要失败，怎么还参加比赛呢？的确，他跑到了最前面，步伐像是木槌击鼓似的，双臂大幅度地摆动着。那就是贝尔特，他这样顺着直道冲过去，他跑得有力、沉重，但并非全部脚掌着地。他在干什么呀？事情难道已经失败了吗？是啊，一开始就预示着要失败。确定无疑的失败在驱赶他进行这种冲刺，他不想听见自己身后对手们咄咄逼人的脚步声，他不想在自己的后脑勺感觉到有对手们呼出的热气。贝尔特为了解脱自己，在拼命逃脱他的对手们……

维甘德，他的老教练，站在直道旁边，向他打个表示赞同的手势——跑得好。因此，贝尔特按照自己的策略去跑；如果失败已定，策略也无法扭转局势。贝尔特疯狂地向前冲着，但他这股劲儿怎么也影响不了别人；其他赛手让他跑在前面，让他处在领先地位，这种领先并不说明什么问题，因为他们知道，他必定要为此付出代价。这一点西博恩非常清楚，西博恩跑在贝尔特之后。这个红头发、满脸雀斑的西博恩可是煤屑跑道上的一只老奸巨猾的狐狸。还有，黑尔斯特勒姆，这位不慌不忙地跑着的瑞典人心里也很明白……

一架老式的双翼飞机又低空盘旋在体育场的上方，它发出轰隆轰隆的声音，后面拖着条随风哗啦哗啦飘摆的布幅广告，上面写着："吸烟斗的人为什么会获得成功？"大风撼动着飞机。飞机的阴影掠过草坪，掠过参赛的运动员。贝尔特在对面已经进入第二个弯道。穆索，那位意大利人，微笑着，这一点我看得清清楚楚；穆索向前跑着，他那刚毅的脸上浮着微笑，好像他早已知道谁是冠军……或者说，他只是在痴笑？也许这只是他紧张之下表现出的僵硬的痴笑——这一点我以后、过去很长时间后是会清楚的。这是第一圈,他们必须跑二十五圈呢!可是,观众不是已经在鼓掌了吗?是啊,贝尔特迈着鼓点般的步子,把头歪到肩上,向前冲去;他跑到哪里,哪里的观众就把身体支着栏杆向前远远伸出去,他们的掌声喷泉似的爆发出来,紧接着又是发疯般噼里啪啦的掌声和使劲儿的呼喊声。哦,他们还没有忘记他,还没有忘记他以往获得的胜利,还没有忘记他给他们带来的心醉神迷的满足。他们还习惯于一看到他就想到胜利,他们不准备抛弃他们久已习惯的东西。不过,如果他输了——他会输的,他肯定要输——如果他叫他们失望,他们会做些什么呢?他们会像忘记里托拉,忘记库索津斯基[1]那样,也把他忘记吗?唉,他们会忘记他,会很快忘记他,而且会无可挽回地忘记他。现在只是他为他们进行最后一次赛跑。对他们来说,一位赛跑运动员的最后一次赛跑,是其仅有的价值。现在他们用掌声驱赶他朝前跑去,因为他这次也应为他们赢得胜利,使他们无须和自己的习惯告别……

这是他最后一次赛跑,然而他第一次赛跑的情景我依然记得,还历历在目。我永远也不会忘记他的第一次奔跑,永远不会忘记当时在战俘营里的那些平静的夜晚,永远不会忘记那风平的时刻,那平坦的原野,那干涸的景象;尤其是那平坦的原野,乌黑的水沟把原野割裂开来,原野以突起的绿色堤坝为界,堤坝背后,大海有节奏地、永不停歇地咆哮着。我们躺在石勒苏益格-荷尔斯泰因州西北部的地方,胡苏姆小城离这儿不远;我们,"'胃病患者'连队""获得限定饮食者连队"[2],躺在我们

---

[1] 芬兰运动员里托拉一九二四年获奥林匹克万米长跑冠军,一九二八年获奥林匹克五千米长跑冠军;波兰运动员库索津斯基一九三二年获奥林匹克万米长跑冠军。
[2] 幽默语,似乎领限制口粮的俘虏成了胃病患者。

的帐篷前的草地上,为低沉、冷漠的地平线和四个年轻的看守士兵所包围。贝尔特和我是溃散的士兵,我们失去了自己的部队,或者说,部队失去了我们——我们只好忍受这种悲哀;但是,一辆吉普车在一座尘土飞扬的桥上把我们先后截住,它把我们带往领取限定饮食的英雄们那里,带进一个普普通通的战俘营里。战争虽然已经过去,但是他们仍为文书室搭了个帐篷,一座供军需官用的帐篷。一座座帐篷看上去就像是蘑菇,是啊,就像是脏兮兮的蘑菇覆盖着草地。一小群鸟儿惊恐地飞了起来,它们扑簌簌地盘旋着飞离草地。我们到文书室报到,向患胃病的军需官敬礼问候。军需官满脸雀斑,他躺在行军床上说:"只要你们不要求得到配额口粮,我就不会为难你们。"然后,他挥挥手,轻轻地挥挥手,如同驱赶苍蝇那样。一个患胃病的士兵正在帐篷口等我们,他给我们安排了两个睡觉的地方……

　　我们头挨头地睡觉。贝尔特一连睡了两天两夜,我听见他在沉睡中唉声叹气。他睡着时,我看见他那皮包骨头的脸上有着极度疲惫的阴影;我还看到一种防御的神色,是啊,在他的面庞上,有时会显露出一种叫人吃惊的防御、拒绝和抗议的神色。他的呼吸多么微弱啊!他那瘦弱的胸脯几乎看不到有一起一伏的样子;他的双手软绵绵地摆在身体旁边,手指朝手心弯曲着。他肯定是疲惫不堪,这种疲惫使他如此酣睡不醒,如此彻底屈服,如此任人摆布。他的沉睡是一种无声的投降。我躺在他身边,倾听着他的呼吸,有时我真担心他的呼吸会停下来。白天,我凝视着布满洞孔的帐篷顶,仔细观察着帐篷顶上密密麻麻挤撞在一起爬来爬去的牛虻。每当我转过眼看他,看见他那年轻人的凹陷的面颊时,就感到十分惊讶。获得限定饮食的人坐在外面,沐浴着温暖的阳光,呼吸着含有海水咸味的空气,倾听大家没完没了地说话。有事情可以讲述的人，或者自以为有东西可以讲述的人，在自由的天幕下长篇大论，说个没完没了。哦，我隔着帐篷也能听清他们的说话声……

我还听见那位日耳曼学者的说话声，他在小心谨慎地评论海因里希·海涅。我还听见一个办理离婚事务的律师说的话，他详详细细地讲述自己的工作情况，好像要把整个连队的人培训成处理离婚事务的律师。啊，我还听见一个日本学家叽叽喳喳的说话声。有时，贝尔特会清醒片刻，这时他就倾听外面说话的人在说些什么。我怂恿、督促地朝他微笑。我建议他和我一起走出帐篷，但他微微摇摇头，随后就又闭起眼睛睡着了。在他沉睡的时候，我听见他一个劲儿地哀叹；有时我在他脸上会看到叫人十分惊讶的防御性神色……

肥皂和饼干，是啊，军需官叫人把我们喊出来，给我们分发肥皂和饼干。这时，贝尔特第一次起床。他仔仔细细地把他盖过的毯子折叠好，然后离开帐篷。那是个凉爽的早晨，阳光还苍白无力，草地湿漉漉的，踏上去还富有弹性。一条黑魆魆的水沟把绿色的原野割裂开来。我看见贝尔特走到一条水沟那儿，急匆匆地从头上脱去毛衣套衫，接着又脱下衬衫；我看见他在英国看守兵的目光下犹犹豫豫地在那儿站了一秒钟，然后整个身子忽地扑到水里，尽情地、享受似的洗起澡来。洗完澡，他返回来，在帐篷前把身子擦擦干，随后穿上衣服。"现在领饼干去。"他说。我们在军需官的帐篷前排好队，随着大家缓慢向前移动。轮到我们的时候，军需官给分发饼干的那位彪形大汉打了个手势。"给半份定量。"他说。因此，我们只得到半份定量。我们拿着饼干和肥皂走开，又出去享受空气凉爽的早晨。到处都是咔嚓咔嚓、咯嘣咯嘣、吧嗒吧嗒的响声，好像是一群兔子凑到一起在比赛吃食。大家有的坐着，有的躺着，有的边走边吃自己的饼干。我们回到自己的帐篷时，贝尔特手里只剩下那块灰色肥皂；他疑惑地闻了闻肥皂，然后猛地将它抛到那条黑魆魆的水沟里……

我看出贝尔特很饿，于是陪他去矮小的火炉旁。领取限定饮食的英雄们正在一个个火炉上煮荨麻：有的在煮荨麻汤，有的在煮黏糊糊的荨麻布丁，还有几个人甚至试着把饼干和荨麻搀在一起煮着吃。贝尔特看着这些正起劲儿煮食的厨师，朝他们点点头表示赞赏，但他拒绝他们的邀请。绿色，纯粹是绿油油的色彩包围着我们。这儿的田野是绿油油的，锅里煮着的是绿油油的，从锅里溢出来的吃食把锅盖也染成绿色，甚至低沉的地平线也微微闪烁着绿色光亮……

在我们的草地周围有个带刺的简陋铁丝网。铁丝网固定在腐朽的木桩子上，而且已经生锈。是啊，在那个晚上，我们沿着铁丝网溜达。贝尔特小心地扯下缠在带刺铁丝网上的马鬃，放进自己的皮夹子里。后来，我们回到帐篷，他开始编结马鬃，并用编结好的马鬃做了个套索，将套索固定在一根钓竿上。我陪他去黑魆魆的、两边尽是芦苇的水沟边，他拿上带马鬃套索的钓竿；从他脸上明显可以看出一丝期望，交个好运的念头竟然使他忘记了一切，使他忘记了帐篷，忘记了饥饿，忘记了睡梦中抗议的一切。我一直待在他旁边，看他弯着腰，以极其缓慢的动作蹑手蹑脚地顺着黑魆魆的水沟向前走，并搜寻着泥泞的地面……

他慢慢向前走着，只见他悄悄地、流水似的穿过草丛，决不引起任何惊动，决不搞出任何响声。贝尔特出生在靠近波兰边界的林区。波兰的筏运工教会了他怎么搓绳做套索，怎么才能把鱼套住。"你得设法让鱼从前面钻进圈套。"他说。我当时也亲眼看到了他为什么这样做。一旦鱼的后面有什么动静，鱼出于逃脱的本能，在套索放到它身上之前，就猛地一下游走了，因为鱼觉得危险来自后面。而如果套索从前面套鱼头，鱼会静静地停在那儿一动不动——当然，套索不能碰到鱼……

哦，当时的情景我还记得清清楚楚：贝尔特第一次向我招手，我蹑手蹑脚地走到他身边；他用手指着水沟，指着一簇绿色水草，水草下面露出了一条梭子鱼那鸭嘴般扁平的小脑袋。贝尔特先把马鬃做的套索放在自己嘴里湿一湿，然后把它慢慢地匀速放到水里，让套索在那条梭子鱼的头前静静地停放几秒钟，最后往后移动套索。他对我眨眨眼，然后猛地拉起钓竿，把鱼从我头顶上甩到草地上。贝尔特赶紧两手抓住它，然后仔细观察这条在阳光下闪闪发亮、拼命扭动的鱼。这是一条小梭子鱼。贝尔特一声不响地抓着这条鱼又回到水沟边，把它放入水中。这条梭子鱼不会解除我们的饥饿，但它至少会让贝尔特减少一点儿饥饿感。尽管如此，他仍没有弄死它，而是用手紧紧抓着它——鱼在他手里使劲地扭摆挣扎——在水里玩弄了一会儿后，松手让它游走了……

没有，他没有弄死梭子鱼。他沿着沟渠继续轻轻地朝前走去。我日复一日陪伴着他。然而，他盼望捕到的鳝鱼却从不见甩到岸上。鳝鱼不会平静下来，它们缓慢地游动在泥泞的河底。每当贝尔特用口水弄湿套索，把它沉进水里放到鳝鱼前面时，鳝鱼就十分惊恐地钻进泥沙里，同时，甩动着的尾巴在河里搅起一团团黑乎乎的污水，掀起的气泡摇摇晃晃地升到水面上。待到搅起来的泥沙沉淀，飘飘悠悠沉下去之后，贝尔特就又拉起我的手往前走，因为他知道，鳝鱼早就趁浑浊的污水逃走了。水沟里的梭子鱼太小，鳝鱼又都逃离了我们，我们只好靠饼干和期望过日子。我看到饥饿使贝尔特的脸日渐憔悴。他曾两次试图去绿色堤坝下的池塘。我们两次请求那位哨兵让我们过去——贝尔特以为他在那儿的池塘里会逮住更大的梭子鱼——并且说如果他认为有必要，可以跟我们一起去，可那位年轻哨兵总是摇摇头，露出苦恼的样子。是啊，他虽然对我们十分同情，但这毕竟是一道禁令，我们自然会遭到他的拒绝。没有鱼吃，到头来我们只好寻找菖蒲嫩芽，我们还在通向草地的田野小道两旁采摘布满尘土的荨麻，然后把它们洗一洗，煮一锅绿乎乎的黏糊，贝尔特还把饼干捏碎掺和到里面。我们吃后无言地瞠目互视，好像我们觉得肚皮里有什么东西就要爆炸似的。多么美好的一个春天啊！天空万里无云，一片淡蓝，像是略微蒸过的一条海鱼的皮的颜色；在那座绿色大堤后面是大海，我们看不见海，但它的存在确定无疑。我们闻到大海的气息，听到大海波涛富有节奏的咆哮声，听到惊涛拍击岩石的澎湃声。帐篷之间别有一番情趣，那简直就是收工后的一种欢乐气氛：袅袅青烟平和地从一小堆一小堆的篝火上冉冉升起……

贝尔特不想成为处理离婚事务的律师，我不想成为日本学家。在别人闲聊的时候，我们躺在有破洞的帐篷顶底下仔细观察着牛虻，倾听那些在帐篷顶跌跌撞撞乱飞的大个儿牛虻发出的嗡嗡声。有时，特别是在夜间，我感觉到贝尔特在用审视的目光盯着我。他躺在我的身边，一动不动，他的双眼在黑暗的帐篷里发着炽热的光辉。我的脸感觉到他呼出的气息。在他长时间用胳膊肘支撑着凝视我的时候，我假装睡着了……

早晨——在晨曦中我们被唤醒，然后被叫出帐篷——来临时，我看到，他望见铁丝网外面草地上停着的两辆装甲车时十分惊恐。那两辆装甲车上的机关枪正对着我们的帐篷。我们奉命排好队。我们奉命脱掉衣服。我们这些领取限定饮食的英雄在雾蒙蒙的清晨挨冻站在那儿。随后，一位留着小胡子的军官从一辆装甲车上走下来。我们必须高高举起双手。这位小胡子军官十分慎重地从大家面前走过，并审视我们每个人的胳肢窝。贝尔特站在我旁边，他恐惧得全身直哆嗦；他紧闭着两片薄薄的嘴唇，眼睛交替看着那两辆装甲车，好像在寻找逃跑的空子。小胡子军官慢慢走过来，不看每个人的脸；有时他停下脚步，站到某个人的跟前。我还看见，他仔细审视每个人的上臂内侧，满意地点点头，然后继续向前走去。贝尔特紧闭着薄薄的嘴唇，等候小胡子军官的到来，他脖子上的肌肉绷得紧紧的。这时，这位少校——当时他是少校——来到我们这儿。他在贝尔特面前停下脚步，长时间地站在那儿，他站的时间实在太长，以至于我觉得我在想什么；不，我什么也没想，我只是一个劲儿地看着少校的脸。少校的面孔很端正，看着令人感到舒服。他下巴尖尖的，有一双带着审视目光的灰色眼睛。这双眼睛紧紧盯着贝尔特，紧紧盯着他那瘦骨嶙峋的胸脯。我听见少校小声问他叫什么名字，紧接着又听到贝尔特的回答声。这位英国少校看了他好长一会儿，然后突然又朝前走去。他在寻找能反映血型的小小瘢痕，这一点后来我才知道。然而我们当中没有一个人带有这种瘢痕。这样，那位少校乘上他的装甲车消失了……

贝尔特在那天一句话也没说，什么东西也没吃，躺在帐篷里，盯着帐篷顶，到了傍晚他还躺在那儿，两只手臂交叉着放在脑袋下，我给他端进来的荨麻糊，他碰也没碰一下。夜里，他躺在我身边，双眼散发着炽热的光辉，我感觉到他又在观察我；我也感觉到他在等候什么，或期望着什么，但我一动不动，而且什么也不说。我眯缝着双眼躺在他身边。忽然，他坐了起来，一声不吭地挨近我，把脸凑到我头上面，我吓了一跳，是啊，他那双散发着炽热光辉的眼睛在我头上面盯着看的时候，我真的吓了一跳。"你睡着了没有？"他问道，尽管他看见我醒着。随后，我听见他半对着我又在喃喃自语，哦，他可以喃喃自语，也许在这个时刻他必须喃喃自语；这对他来说可不容易。不，他这样做，显然只是因为黑暗使他看不到我的面部表情，显露不出他自己拥有的那种沉默的恐惧神色。"我想他们是想用装甲车把我抓走。"他说。过了一会儿——我一动不动，而他的那双眼睛一个劲儿地盯着我——他提到一个名字，他小声说到那个名字，然后倾听对方的答话，好像他期望从远方得到一个回答。可是，维克托——这是他提到的那个名字——无法再给他以回答。维克托与贝尔特一样，也是出生在靠近波兰边境的林区。他们俩是在格拉博文长大的。那是他们国家最偏僻的一个地方。他们俩一起上学读书，一起生活战斗在同一个连队里。我还听到他窃窃私语地讲述他们一起度过的日子，讲述他们的秘密计划，它无须用言语就能表达出来，他们即使隔着厚厚的墙壁也能相互理解，意见一致……

　　我头一次看见贝尔特是在那座尘土弥漫的桥上。那辆吉普车是在那儿把我们截获的。那时我就认为贝尔特肯定是个逃兵。现在，他当着我的面喃喃自语地把这件事儿说了出来。他讲述道，他们——维克托和他——是在一个夜里带着枪逃跑的。那是在丹麦，是在战争结束的前几个礼拜。他们逃跑是为了逃避教官对他们的折磨。他们两个都出生在林区，因此，他们躲进森林寻找庇护之所。白天，他们轮流在落下的枯树叶堆里睡觉；

夜里，他们朝南方逃跑。他们随时都知道自己同追捕者之间的距离。他们靠面包、粗糖和生鱼维持生命。后来——那肯定是个星期天，是啊，贝尔特说，那是个星期天，因为他们自逃跑以来第一次高高兴兴地刮了刮胡子——光滑平静的湖面展现在眼前，自由的彼岸出现在眼前。对面的巡逻士兵也出现在眼前，突然用手指着他们，随后发出警告的喊叫声，追赶过来，终于响起一阵枪声。维克托拼命奔跑时忽然停了下来，身子猛地一挺，稍稍转动一下，便扑通一声倒在地上；他的脸上露出难以置信的痛苦和惊讶的表情，他什么话也说不出来，只是说了句"啊，你这个混蛋"。接着，他用惊愕与请求的目光看着贝尔特，好像希望他做出个解释，为什么他维克托躺在这儿，无法站起身来。但是，他比贝尔特更快更确切地明白发生了什么事情——他肺部中了一枪。他先是用目光，后来用言语要求贝尔特做他们进入树林之前所约定的事情。是啊，他们的秘密计划十分详细，谁也不能让另一个人活着或是半死半活地落到追捕者的手中。维克托艰难地、请求似的，而且急不可耐地点头示意，但贝尔特拿不定主意，在维克托躺在他面前时，他不忍心打开冲锋枪的保险。此后，维克托颤抖着一把抓住枪口，让枪口紧紧抵住自己的胸膛，但枪口出乎意料地翘起来，插进他的嘴里，同时他像下达命令似的点点头……

唉，他们怎么也没想到，他们终将不得不履行自己的诺言。维克托不耐烦地用脚后跟拼命蹬着枯树叶。"开枪吧！"他说，"你在等什么呢！"贝尔特打开冲锋枪的保险，是啊，他这样做了。可是，这时传来了湖这边追捕者的脚步声和喊话声。现在他知道一声枪响会立即把他们招引过来。他看见维克托的枪躺在树干之间的落叶里。他没有把枪捡起来。他把自己的枪也藏到树叶堆里。维克托朝他投去藐视的目光，是啊，他还有力气表示藐视。贝尔特无法忍受这种目光。他把自己的刺刀抽出来，这当儿，追捕者渐渐逼近，维克托虚弱地点点头表示赞同。贝尔特解开受伤者的脏乎乎的外衣，然后将其衬衫往上卷起来，他看到维克托的皮肤既白皙又光滑，这时，他把冰冷的、淡蓝色的刺刀尖抵住维克托的皮肤。贝尔特履行了诺言，他将刺刀深深刺进去时，维克托微笑着，眼睛睁得大大的……

在黑暗的帐篷里，我默默地听着他讲述；我脸上感觉到他呼出的气息和燃烧着的目光。现在笼罩着令人毛骨悚然的寂静。这时我发觉，他对我怀着某种期望。我什么也无法对他说。我必须想到，在他决定对我讲述一切时，他已经在夜里仔细地观察过我了。当他问我："现在该怎么办呢？"我这才对他说："来，年轻人，我们现在要睡觉。"贝尔特在那个夜里睡得很好，他一觉睡到第二天早上，我唤醒他，他瞅着我，像是瞅着一个陌生人。此后情况便是，他独自一人顺着黑魆魆的水沟溜达，他独自一个煮他的荨麻，而且，只要在这儿草地上有可能，他就独自走自己的路。他总是避开其他人，尤其是总要避开我。我有时候感觉到，他对我怀着某种温和的敌意。现在，他也加入了闲聊胡扯的场合，但他要么是默默无语地蹲在那儿，要么就是默默无语地躺在最后一圈人中间。在大家议论纷纷的时候，他无须在其他人面前感到担心。这一点他早已发觉。我放弃了和他谈话的念头，因为他总是十分冷淡地回答我的问话，无论对什么事情他都拒绝表态。一旦我的建议和他的看法一致，他即使正说着也会改变自己的看法。我常常看到贝尔特独自坐在狭窄的田间小路前面的一条水沟旁，他手里拿着一根木棍，用它搅动混浊的污水，搅动绿油油的浮萍——唉，他愿坐在哪儿，就任凭他坐在哪儿,我关心他关心得够累了……

饼干和闲扯,丝毫没有预示就要发生什么事儿。事情发生后,许多人又拒绝承认事态的严重性,要么就拒绝承认事情会有什么结果。黄昏来临后,事情开始了。高高的堤坝投下阴影,海鸥从大海上飞来,在池塘边的芦苇丛里落下了脚,成群成群的蚊蚋在帐篷顶上胡乱飞舞,发出可恶的嗡嗡声。我们,领取限定饮食的英雄们,排队集合,满脸雀斑的胃病患者军需官对我们训话,他提醒我们用肥皂要节约,吃饼干要节约,吸空气也要节约。在战俘营的外面站着岗哨,他们一动不动,就像苍鹭站在水沟边一样站在那儿。军需官还在讲着话,贝尔特突然离开队列,他不听喊叫,也不回头,而是沉静地迈着步子走过草地。我默不作声地望着他,看见他毫无慌张、胆怯的样子,一直走到我们营地出口处尽头有带刺铁丝网的地方。最近的一位岗哨离开他只有一百米,也许有一百五十米,但贝尔特显然没有去确定,也没有考虑自己是否能够成功。他从铁丝网底下爬过去,跳过水沟,然后,是啊,然后我第一次看见他奔跑……

两名岗哨见此情景茫然不知所措,醒悟过来后才赶紧追捕贝尔特。我看到他们在追捕他之前必须先摆脱发愣和惊愕的状态。我看见贝尔特在拼命奔跑,他上身微微前倾,双臂高高摆动着,步子很快,像木槌击鼓一样。有时,他会绊一跤,跌进坑里;有时,他又得穿过满是荆棘的草丛——就这样,他跑到池塘那儿。突然他被一块被水淹没了的草地挡住,他不顾一切地跑过去,水在他身边高高飞溅起来,干枯的芦苇被踩断,发出咔嚓咔嚓的响声。在他两边,在他前面,海鸥猛地扑打着翅膀飞了起来,它们发出的尖叫声响彻四周;在他头顶上空,海鸥盘旋着，惊叫着，悲鸣着；有几只海鸥冲着他飞来，看上去像是几发白色炮弹在暮色中冲他飞来，但是，飞到他面前时，它们又猛地转弯，陡直地向上飞去，随后，它们又盘旋在他的头顶上空，像是一片哀鸣着的云彩……

哨兵们并没有开枪，没有，他们没有朝他开枪。我们仍排着队，我们等候着，我们看到，贝尔特和哨兵之间的距离越来越大。不久，他们不得不开枪：他们还有什么好指望的呢？他们难道指望在堤坝的另一面，在堤坝下阻断了所有道路的海边，以钳形包抄把他抓获吗？难道他们指望他陷进沼泽，难以脱身吗？他们手中端着枪……

池塘的污水臭不可闻。贝尔特顾不到这些，扑通一声跳进池塘，水花飞溅；他消失不见了，潜游到对面的芦苇丛中才露出水面。然后，他艰难地爬上了岸，只见他喘着气，动作慢得要命——我们思量现在事情过去了——这时，他又站起身，顺着大堤下面跑去。他的步子十分沉重，然而快得像击鼓似的。现在，哨兵不得不再次开枪。贝尔特沿着大堤的斜坡跑上坝脊：这位逃跑运动员的黑色身影映衬在傍晚的天空下。是啊，他一直还在奔跑着，一只手臂向下垂斜着……

先后响起两枪，如同运动员起跑犯规，又发一枪让他们退回原位——两位追赶的哨兵站在池塘前面，向贝尔特开了枪。第三枪响起后，贝尔特故意像是被击中似的倒下，从堤坝的斜坡上翻滚下去。我第一次看到他奔跑，后来，在帐篷里，在我的毯子底下，我发现他留给我的一份配额饼干……

狂风，这股狂风横扫看台，把对面直道上的布幅标语鼓鼓地吹起来；这股狂风像一只无形的拳头打向这八位赛跑运动员。不会的，贝尔特不会获胜，这次不会，以后也永远不会，即使他现在领先十二米跑出弯道，进入了第三圈——一位身着白色运动衣的裁判手举木牌向他表明现在已是第三圈。让他出场是个错误。他太老了，他精疲力竭了，他完了；他这时的冲刺是绝望的冲刺，他无法永远保持这个速度。第十圈之后，他就会垮下来，就会摔倒在地上，就会死去。他的最后一次赛跑难道要带给他最后的教训？——没有后退之路，也无法强行获胜。我也许会在报道中谈到他这次参赛的情况。我也许应该这样做，以使他早先的教训成为白纸黑字，好把它悬挂在床头上。拼一下就过去了。他的步子极为有力，但太沉重了，现在他必须使自己的步伐均匀起来，哦，这一点他已经发觉。他在改变跑步的方式，让脚着地缓和一点。现在，他冲过来了，冲这儿来了，掌声已抢先朝他劈头盖脸地响起来，并向他预示，他们的掌声是要迫使他冲上来。他跑了过来。我听见他呼哧呼哧喘气的声音，看见他的脸扭曲着，仿佛他正受着严刑折磨。他那太阳穴内像有鼓槌猛地咚咚敲打一样；他的脖子充满着烧灼的恐惧感，涨得红彤彤的；他的眼睛像是一条垂死的鱼的眼睛，暗淡无光——他许多次赛跑都是这个样子，而且他看上去往往像是要把命跑掉似的。虽说如此，他这副样子还从来不像查托皮克①那么糟。查托皮克每次赛跑就像是被拉去砍头的人上刑场一样，目光暗淡绝望，紧张得直喘气。时间，这个长着双翅的刽子手，在他头顶上挥舞着刀剑，是啊，这个刽子手迫使他吐露出舌头，让他的面目扭曲变形，使他的动作惊慌失措。此情此景让人担心这个伟大的赛跑运动员随时都有可能摔倒丧命——再不用时间给他以信号，驱赶他拼命奔跑。没有，贝尔特没有把煤屑跑

---

① 捷克斯洛伐克长跑运动员，曾多次荣获奥运会金牌。

道当成屠宰场，他还没有，即使他的失败已确定无疑。欧洲新的万米长跑冠军不再叫作贝尔特·布赫纳。他的脚步把潮湿的跑道上的细小煤屑扬得高高的，他的身体微微向前倾斜着，他选择适合自己的速度，决定自己脚步的大小。他的脚步比起黑尔斯特勒姆的脚步来更贴近地面，更坚强有力，节奏感更强。黑尔斯特勒姆现在追了上来，他这时的名次位置向前移动着，位于其他运动员的前面，和贝尔特只差十二米或十五米。这位瑞典人跑得极其轻松，他的姿态十分优美，动作流水般自然；他抬高脚步，全脚掌蹬地向前跑去。他的脸丝毫没有紧张的样子，从他脸上可以看出他跑得十分自在。现在，代表意大利队、皮肤呈马鞍般褐色的穆索追了上来。在贝尔特跑入第三圈的弯道时，穆索冲上来了，他从英国的竞赛策略家西博恩身旁跑过去，接着又从黑尔斯特勒姆身旁擦过。现在，穆索跑到了最前面——除了贝尔特——其他所有运动员仍紧跟着跑在一起。瑞士邮递员梅格莱因——他已荣获五千米铜牌——跑在样子像孪生兄弟的两个丹麦人克里斯滕与克鲁德森的前面。跑在最后面的是头发鬈曲的罗马尼亚人奥普里斯。究竟谁能获胜，现在还不能下定论。哦，要是劳塔瓦拉，那位皮肤似皮革般粗糙的芬兰人——据说他一生只坐过一次有轨电车——今天也出场的话，那么，他准是前三名之一；但劳塔瓦拉未能上场，这位不爱言谈的运动员此时正坐在一架飞机里。这架飞机正把他载回他自己的森林，送他去父亲那儿。他父亲在他参加预赛、跑出今年世界最佳成绩时，不幸被倾倒的一棵树砸死。他们没有扣压这样的一份电报……

维甘德站在跑道最里圈的边上，朝贝尔特喊着他跑到途中花了多少时间；在这种大风天气跑出这样的成绩已非常了不起。

然而，开始的成绩不算是最后的结果。后来可能会出现的情况是：双脚变得沉重起来，失去了知觉，不听使唤，无法再承受跑步，这时的双脚看上去像是成了奔跑的障碍，赛跑者真想把它们甩脱掉，就像是一只狐狸想咬断被捕兽器夹住的、妨碍逃跑的腿；那死亡的命运就开始了……

投掷标枪的运动员在这样的大风面前失去了勇气。对面，标枪运动员开始了比赛。大风从侧面吹来。是啊，几乎所有的运动员在第一轮比赛中都采用芬兰式姿势投掷标枪——助跑、调换步子、腾空跳步，让标枪紧贴身体往后伸，尽力伸直手臂，然后将标枪往头顶上方猛地投出去——标枪像箭一般富有弹性地飞到空中，飞行中还摇摆颤动着，直到大风把它抓住，又猛地偏离飞行轨道，接着被风压下去，平平地落到洒满阳光的草地上，没有插在地上，也没有划出决定性的痕迹。裁判多次挥手，示意投掷无效，不用测量。一个小牌子插在紧靠七十米标记后面的地方，这是至此投掷最近的一次纪录。它和插在草地上标明世界纪录的牌子相比还差十五米以上。这多么叫人失望……

贝尔特甩开其他参赛者已有十五米远，我估计，准有十五米。这时，他跑过一个耀人眼目的布幅广告。这个广告是为走时准确的钟表做宣传的。"如果你准时，你就会成功"，广告上这么写着，好像失败和不成功是不准点造成的……

高高系着旗帜的亚麻绳索噼里啪啦地拍打着旗杆，响声一直传到看台这儿。给贝尔特的掌声是组织好了的。观众有节奏地朝着跑道齐声呼喊他的名字，他们迎着他拼命地喊叫，同时也对着他身后高喊他的名字。现在的情景真是残酷无情，具有挑战意味。贝尔特的赛跑已不再是他个人的赛跑，而是变成了观众们的赛跑。他只是他们挑选出来的执行人。他出现在哪里，观众的注意力就在哪里。他会失败的。他没有体力维持这种速度。贝尔特在最后冲刺阶段向来不特别激烈。他以往跑出的所有胜利都归功于他途中的冲刺。他用途中冲刺的策略很早就把其他运动员远远甩到后面，所以，虽说他到最后不得不被别的参赛者一米一米地追上来，缩短与他的距离，但他总还是能获得冠军……

穆索在贝尔特后面一直领先于其他人。他们一个紧接一个地奔跑着。他们互相驱策。上面荣誉观礼台上在举行盛大演出，大家握手、鞠躬、弯腰。首席市长出现了，他的长相无异于一匹驯马，他是党的一匹老马；他们把这匹马驾驭到这儿，为的是让他对观众讲几句诸如"如果你们允许"一类的话，表明政府和体育之间是密切的，是啊，密切的联系。因为，政府深信，健全的精神寓于健康的体魄，若进一步考虑，大家都对这种深刻信念负有责任……接下去我们会听到他向获胜者致敬的话语……

标枪比赛的一位裁判中断了第二轮比赛，他向贝尔特的教练维甘德提出警告，因为维甘德想从标枪飞行道下的场地穿越过去。在米兰，对，标枪运动员正在进行比赛时，一位计时员穿越比赛场地，结果一阵悠长、奇特的呼啸声忽然响起，一根标枪从阳光那边斜刺着向地面飞来，干净利落，猛地一下击中那位计时员，从他的肩胛骨间穿入脊背。他猛地一下倒在地上，脸朝下趴着不动了，标枪杆这时还在他身上轻微抖动着呢。那时，他们不想把那张照片送到编辑室；我尽管署了名，也无法说服他们把照片发表出来——我真想把它送到编辑室去，因为那张照片很美，它含有一种叫人感到残酷的美。那张照片拍的是这样一瞬间：体育运动回到了它起源时的景象，照片展示出被击中的猎物。跑得不够快、不够留心或不够强壮的每一个人都可能有朝一日成为这样的一个猎物……

贝尔特让一只手向下垂着。他以为，这样做可以一口吸进更多空气。唉，这样做对他来说实在无济于事。他参赛的结果已成定局，这只能是场惨败。我不会再写文章报道他的情况，我也无须提及他名列前五名的情况，他不值得别人报道了……

"无敌的胜利者——贝尔特·布赫纳"，我第一次这样提到他的名字。那是在什么时候，在什么时候呢？……

夏天的那个星期天。那是在码头，河水退到最低水位，漂浮在水面上的油花在阳光下闪闪发亮。成群成群身着节日盛装的人散步于浮动的栈桥上，他们一个个梳着假日流行发式，展露一张张欢度假日的笑脸；我站在渡船的上层甲板上，细细打量着这些高高兴兴度周末的人。渡船微微地颠簸着，仿佛沉浸在码头的烟雾下不停地呼吸似的。一位年迈、瘦削的水手怏怏不乐地松开缆绳；机舱里传出丁零零的铃声，告知就要开船。船开动，朝河中掉过头，船尾推进器翻动起来，把河水搅得哗啦啦响。哦，就是在那个星期天，船已经驶入河中心，起初我只看见一个人的后脑勺、背影和遍是褶皱的夹克衫。那个人站在最前面，站在船头尖端处，双手支撑在漆成了白色的栏杆上，俯视着河水，望着船头劈开浪花。初看上去，他像是一尊年久失修的装饰雕像。他那长长的、淡黄色的头发披在头颈上；他的裤子很脏，布满一个个污斑，他那衣袖也已磨破。他完全可以在一条没生意的船上充当一尊装饰雕像，就这样站在那儿，一动不动地站在那儿。我等待他活动一下，尤其是盼望他转过身来，因为我迫切想看到他的面孔。我对这位衣衫褴褛的人感到非常好奇。他孤独一人站在船头,而且明显看得出他非常失望。后来——我的好奇心越来越强烈——我开始揣测他的面孔:想象那是一张黑市商人般的面孔,它看上去胆大妄为,眼睛圆溜溜的;我想象那是一张听天由命、好似被遣返回乡者的面孔,就像人们那时在民政局门口前看到的那种样子。他一动不动低头看着河水,脊背对着我的时候,我还为他想象出一张年轻的、靠剪息票过活者的面孔。我们乘着渡轮越过河面,驶向一个荒凉的码头,经过一个废弃的绿色浮筒,再向前从一座桥下穿过,进入一条运河。港口体育协会的运动场就坐落在运河的边上,运动场四周是高高的白杨树。是编辑部派我出来采访的。当时,我在报社才干了几个月。报社叫我用地方副刊三个栏的篇幅报道协会内部港口体育健儿们的锦标赛情况。这一点我还记得清清楚楚。哦,我们走进两旁栽有白杨的笔直通道时,闻到一种臭味,那不是随便一种臭味,不是一般的臭味,不,这种臭味臭极了,已经实在臭不可闻了。这股臭味来自一座箱式砖瓦结构的鱼类加工厂,这个厂耸立在运动场地的一边。臭味随风从那儿飘来,它让人看见一片有毒的绿色污物,一种微微发亮的绿色污物——原来那儿是一大堆腐烂的鱼头。机舱里又传出丁零零的铃声,渡船停止了向前推进。现在,是啊,现在站在船头的那个人转过脸来:原来是贝尔特。自从他逃离战俘营以来,我还从来没有见过他。我激动地向他打招呼,我拍拍他的肩膀,同时我发现他愣了一下,随即微笑起来;他看上去并不特别惊喜,也不像我那么高兴;他微笑着,用一种含蓄的冷漠神情对待我的问候。渡船平静地滑动着,船体迫挤起来的波浪拍打着用石头砌起来的陡直河岸。"有时我得再跑一个来回,"他说,"我觉得就像是在迷宫里转悠。"……

他放弃了再跑一个来回的想法，我说服他下了船。我们夹在港口运动员们的亲属和朋友之间从跳板上下了船。我在木板房的门口出示了记者证，我还为贝尔特买了张门票。我们踏进港口体育协会的比赛场地。场地上观众不太多，但是来的人都用期待的神色、热烈的神态、理解的心情与对家人的亲情来弥补了观众不多这一缺陷。还有些没有进场的人：站在朽木栏杆后面的未婚妻们，积极分子们的老婆、父母和孩子们，港口体育协会的老前辈、赞助者和发起人。唉，这是个没有名气的穷协会。没有一家电台提到过它的名字，也从来没有过一架相机对准它的运动员们拍过照。除了卡岑斯泰因之外，还从来没一个人有能力参加争夺德国冠军的比赛。卡岑斯泰因有一次获得三千米障碍赛跑的第四名，因此，港口体育协会主席克罗纳特讲来讲去只是讲"了不起的卡岑斯泰因"……

我们走着。白杨被微风轻拂，飒飒作响。那种臭不可闻的恶臭味与运河散发的海水咸味混杂在一起，太阳炽热烤人，期待的心情令人焦灼不安。贝尔特坐在我旁边。我从眼角仔细打量着他。比赛尚未开始。在造价低廉的煤渣跑道上，他们在画白线。两个手持钉耙的男人正在把跳远沙坑弄松，然后拉拉平。一位上了年纪的运动员扛着富有弹性的横杆正朝跳高架那儿走去。这是什么比赛场啊！草地满是疤癞，起跳板已经霉烂，跑道边上放着大堆大堆的矿渣：整个比赛场地，我的天呐，就像是一个退出体坛的宿将，全身疤痕，遍体鳞伤，已无法整修恢复他的容貌——然而，我还没有在其他任何一个地方看到过赛前如此浓厚、镇静而又欢快的气氛，真的，我在什么地方都没有见到过。我开始询问贝尔特的情况，他吓了一跳，再也无法沉默了：是啊，他逃出战俘营之后，生活上勉强挺了过来，如今，他是一个酿醋厂的送货员；晚上，他在一所私立学校读书，想补习一下功课再参加高中毕业考试，因为他们在战争时期非常慷慨，给了他一份高中毕业文凭，这张文凭的价值如同一张擦屁股的草纸，他们随便给他一份文凭就把他送上了战场。"我以后还想上大学，学兽医。"他说。他站在我身边，我进一步问他情况时，他感觉心情不大舒畅，我感到，若是还有可能，他会返回渡轮，再站到船头上。他不住地向浮桥眺望，可是渡船很少从那儿驶过……

跳远的沙坑弄平后，孩子们觉得像是受到邀请似的，都想试一试怎样起跑和落地。维甘德把他们从场地上赶跑。他神经质地看看手表，又朝褐色的更衣室望望，然后摇摇头。一个年轻人肩上背着一网袋接力棒，匆匆忙忙地踩着跑道上的白粉线跑过去。画白粉线的男人们冲他身后大声叫骂。画线的人双腿叉开，弯着腰，让碾成末的白粉从尖嘴袋里漏出来，看上去就好像是制作甜点心的师傅用糖粉在深色蛋糕上画线。此时，突然有人拍拍我的肩膀。我们回过头时，港口体育协会主席克罗纳特笑着站在我们身后。克罗纳特的头发都秃光了，脑袋像只铅球般圆溜溜的，面部因常喝啤酒而布满了粗粗的小孔，小精灵似的耳朵红彤彤的。他喘着气，双手拉住我们。"年轻人，相信我，今天一定是个伟大的日子。"我相信他说的话。在他身后站着个姑娘，她叫特娅，是他的女儿。这我是初次见到特娅。这个姑娘体态丰满，性情安娴。她还很年轻，这一点从她的脖子可以看得出来；当她先问候贝尔特、然后问候我时，脖子上的动脉血管不住地搏动。她伸出她那丰盈的小手和我们逐个握了握手，用她那羞答答的目光挨次瞟了我们一眼，同时用她那鱼儿般的小嘴羞怯地向我们喃喃问好。特娅，是的，这就是特娅。克罗纳特硬是拉我们去更衣室,并对我们讲述"了不起的卡岑斯泰因"的事儿。卡岑斯泰因再也无法起跑了,因为他已掉进船体和码头之间的水中;他在跳下船时错误地估计了距离,结果失足掉下去淹死了……

　　克罗纳特走进更衣室,特娅仍和我们待在一起。她默默不语,很长时间都默默不语;有时,她嫣然一笑,然而她又很羞怯,不知如何是好——她仿佛是游动在两条疑心重重的梭子鱼之间的一条鳊鱼。克罗纳特的声音终于从褐色更衣室传出来,他的声音如暴风雨般洪亮,响得足能把涂沥青的屋顶穿破。他拼命给运动员们鼓气,推着他们从门口走出去,并向一位穿吊带裤的裁判员挥挥手,让他过来,这个裁判员应注意叫运动员们排成双队走进比赛场地。"会不会下雨?"贝尔特问道,同时指着特娅的伞。是啊,可能要下雨,也许肯定要下雨,因为,至今为止,体协举行锦标赛总是遇到下雨天气。克罗纳特欢欣鼓舞地走出更衣室,朝我们走过来。他先是打量我的鞋子、裤子,然后,他的目光落在我的手上,或者说,落在我手上的两个金属制成的假指上。假指是战俘营生活结束时,同伴们特意给我做的,以弥补我一只手的缺陷。这张布满粗毛孔的脸又转向了贝尔特。他端详贝尔特一番,同时嘴里还咕哝着什么。这个情景我现在还记得清清楚楚,好似还清清楚楚地听得到他的声音。然后,他的声音容不得你来回答,容不得你表示推却:"今天准是个伟大的日子,小伙子,相信我,你作为客人一定要参加我们的比赛!"贝尔特脸上显出不知所措的样子,呼吸也急促起来,犹犹豫豫的,而克罗纳特不停地点头,很清楚,他坚持要贝尔特参赛,贝尔特的答话已到嘴边,见此情景又不得不咽了下去。"讲定了。"克罗纳特说。"为什么不呢?"我说道。

特娅说了声"哦,是该参加",随即转动起她的雨伞。贝尔特不知如何是好,望着渡船码头。最后,他留了下来,他不得不留了下来……

在齐胸高的木栅栏旁边,特娅待在我们中间——克罗纳特把她像一件行李那样交给我们照管,我们观看着港口运动员们的体协锦标赛。我们观看比赛时,不得不用纸折成盔帽戴在头上遮阴。锦标赛没有预赛,没有复赛,每个项目都是决赛,运动员们都清楚成败在此一举。不过,尽管只有决赛,我在任何地方都看不到疲惫的目光,看不到失败者伤心痛苦的表情,也看不到获胜者欣喜若狂;在这个千疮百孔的比赛场地上,在这个贫穷的港口体育协会,到处都只看到比赛的欢快气氛,只看到对比赛心满意足的情绪。是啊,我还看到比赛后,运动员的未婚妻、妻子和孩子们潮水般拥向比赛场地,他们为胜利者欢欣鼓舞,也为失败者欢笑,他们对胜负双方都表示热烈庆祝,这样做只是因为他们参加了比赛。嗨,这个星期天,在港口的这个星期天,我永远都难忘;在鱼类加工厂散发出的恶臭味里观看的这场锦标赛,我永远都难忘。比赛中没有创出令人欢欣鼓舞的成绩,连体协纪录也未达到,但是,我当时看到,体育运动无须是悲剧,比赛场地无须是拿运动员做牺牲品的祭坛……

运动员们表现出了朴实无邪的献身精神,表现出了愉快的心情与顽强拼搏的毅力。一个粗野的老太婆迸发出激励人心的呼喊声:"阿道夫,阿道夫!"一个未婚妻隔着木栅把一个啤酒瓶递过来,作为对心上人的安慰。这让人忘记了这个晴朗日子的烈日酷暑,忘记了自己正观看一场冠军争夺赛。贝尔特以为克罗纳特已经忘记了邀请他参赛的事儿。因此,贝尔特显得非常轻松愉快。他确实以为,他们现在不会再来喊他去参赛,因为所有项目的赛事都已经结束,推铅球比赛已经结束,投标枪和掷铁饼的比赛也已结束。就在这当儿,克罗纳特突然出现在我们面前,再次提出恳切的邀请:"小伙子,现在来露一下我们客人的身手吧!"贝尔特摇摇头表示拒绝。"所有项目不是已经结束了吗?"他说。然而,克罗纳特却欢欣鼓舞地回答说,现在就要进行一项最重要的决赛,几分钟后就要开始"纪念卡岑斯泰因五千米长跑赛"。是啊,港口体育协会向来就有这赛跑传统,"了不起的卡岑斯泰因"就是这方面最好的一个例证。我知道,贝尔特的沉默不语中含有一种指责意味;我知道,他在这一时刻非常埋怨我,因为,他迫不得已参加比赛是我的过错。这时,克罗纳特问贝尔特以往是不是参加过长跑。我替贝尔特回答说:"只是在撤退途中和逃跑时进行过。""那是锻炼赛跑的最好办法啊!"克罗纳特嘴里咕哝着,"但不是更好的训练。"接着,他带他去更衣室……

贝尔特和其他十二名长跑运动员站在起跑线上。克罗纳特为他搞来运动衣、钉鞋,甚至还弄来一条红橡皮带,他把带子束在贝尔特头上,避免他的长发披散到脸上。站在贝尔特旁边准备起跑的是霍斯特·梅维乌斯。他是个高个子年轻运动员,头发鬈鬈的,脸上显得十分严肃。他是船舶油漆工,对,这次比赛他获胜希望最大。"只有霍斯特会获胜。"特娅说,因为大家都把霍斯特看成是"了不起的卡岑斯泰因"的接班人。他们都喜欢港口体育协会的这位高个子的年轻人,这一点起跑之后我立刻就感觉到了。我听见所有的人,嗯,几乎是所有的人,都呼喊着他的名字。这个人们公认的最有希望摘取桂冠的人刚起跑就一下子吸引了观众。哦,他把他的对手远远甩到了后面,但是他却摆脱不了一个人:贝尔特紧紧跟在他后面咬住不放。

前八轮霍斯特领先，并保持着一定速度。此后，贝尔特追了上来。他迈着急槌擂鼓般的步子，强健有力，身体微微前倾。就这样，他从霍斯特身旁冲了过去。霍斯特·梅维乌斯的脸上露出一种极其忐忑不安和十分惊愕的神情，他对竞争对手的充沛体力极为惊讶，竟然不知所措。前八轮过后，贝尔特开始途中冲刺，霍斯特就像路边的一个里程碑石很快被抛到了后面，好像冲刺过去的竞争对手的呼吸声给奔跑的霍斯特施了魔法，或者使他变得瘫痪了似的……

观众沉默了下来，他们对此感到疑惑，而且惊讶：贝尔特没有减速，而是在赶上最后几名对手并领先一圈后，再次开始冲刺，好像是在释放自己心里的怨气。是啊，这次比赛看上去像是成了一种报复，成了一种对促使他参赛的克罗纳特和我进行的报复。他没有松劲儿，他要向他们显示一下自己的身手。观众早已停止呼喊霍斯特的名字。一位陌生的偶像出现在煤渣跑道上，一位陌生的国王出现在煤渣跑道上，这位国王显然已把他们至今信赖的人击败了，远远甩到了后面，并以此降低了那个人在他们心目中的位置；不错，贝尔特冲倒了他们的宠儿，并使他们陷入迷惘，动摇了他们原先的倾慕……

贝尔特领先二百多米获得胜利，他甩开霍斯特二百米率先通过终点。观众怀着多么激动的心情在看着他啊！他们打量着他，问他叫什么名字！他们兴奋地把他团团围住，仔细端详着他的双腿、他的胸脯和他的面孔！霍斯特双唇已失去血色，他终于……终于到达终点，第一个对贝尔特表示祝贺。观众简直无法相信，他们激动地拼命鼓起掌来。"您的朋友，他跑得真好。"特娅说……

我现在还记得，手握秒表的计时员们赶忙走到一起。他们显得不相信的样子，彼此校对着按出的时间，相互交谈着，最后就一个中间值达成一致意见。然后，他们一起朝贝尔特走去，所有在场的计时员都郑重其事地走到贝尔特身边，其中一位向贝尔特递过秒表，让他看按出的时间。"您的朋友是我认识的最好的赛跑运动员，"特娅说，"他赢得了奖品。"但是，他们没有把奖品授予他，他没有能得到这份奖品，因为他们的章程没有明文规定一个客人可以获得奖品。霍斯特则可以把一尊青铜制成的运动员雕像捧回家去……

我还记得优胜者授奖仪式的情景。授奖仪式开始时，胖乎乎的克罗纳特腋下夹着奖状和奖品，他那布满粗毛孔的脸上神采奕奕。不一会儿，太阳消失在乌云背后，随后便起风了，接着就下起雨来。大家意想不到，一场大雨像是突然袭击似的开始了。我们浑身湿透，赶忙躲进更衣室，豆大的雨点噼噼啪啪一股脑儿地打在更衣室的沥青屋顶上。我们在更衣室等候渡轮。在狭窄的走廊里，贝尔特站在我旁边，紧紧挤着我的肩膀。走廊里充满了大家的身体散发出的温暖的热气。贝尔特的呼吸平静下来，长跑的疲乏已经消失。直到现在我还没有向他祝贺，因为我总是担心他不会接受我的祝贺。尽管我们紧紧挤在一起，我却不敢接触他的目光。突然，他的一只手顺着我的手臂往下触摸，触到我的两个金属假指时，惊了一跳，又缩了回去。过了一小会儿，他的一只手小心翼翼地顺着我的另一只手臂往下触摸，直至触到我的手，他一声不吭地掰开我的手指，紧紧抓住，终于说道："情况不严重，我的老朋友，你不要为我担忧，我感觉很好。这是一次轻松愉快的长跑。我好长时间没有这样良好的感觉了。"我没看他一眼，说："你应继续努力，贝尔特，真的，你可以成为一个出色的长跑运动员。你不应就此中止。

我还从来没有看到过这样一次长跑比赛,一个新手奔跑中竟如此自信,竟如此令人信服。"贝尔特没回答……

停泊在码头的渡船拉响了汽笛,就要出发。我们冒着雨,跑过场地,跑过一个个小水坑,跑过板结的沙坑,跑过运动员和观众——特娅的担心终于证实是有道理的。克罗纳特最后一个登上渡轮甲板,他一只手拿着公文包,里面放着奖状。他两条腿几乎还没踏上船,就四下寻找,寻找贝尔特,终于在烟囱旁边找到了我们。他再一次祝贺贝尔特——这已经是第几次祝贺啦?——随后他一边用一块大手帕揩干他那铅球般圆溜溜的脑袋,一边就开始做贝尔特的工作。他小心谨慎地走到贝尔特跟前,询问其生活情况,并邀请他去他们的协会饭店。港口体育运动员们总是在那儿就餐。"在那儿,我们可以好好谈谈。"我们便随他去那儿谈谈。那是个很不错的酒吧间:前面是就餐的餐桌,后面是协会的房间,中间有一道能滑向两侧的推拉门隔着。协会的房间是个舒适的喝啤酒逍遥宫,裱糊纸已被烟熏坏的墙上挂着港口体育协会的各种奖品:锦旗、奖牌、彩带、纸板银冠、照片;嘿,还有运动员的微型铜像。这些铜像很难看地摆为两行,表现的是运动员们比赛——投标枪、跳远、推铅球——时的关键动作形态,这些形态丝毫没有流露运动员们艰难或是紧张的神色,而是表现他们在平静轻松地掷铁饼或是掷链球时那副文雅的、毫无表情的样子。一个长着一副机灵的老鼠面孔的老人给我们解说这些奖品。他叫隆茨,在体育协会他们称他是"体育元老"。他友好而又执拗地把我们从一个角落带到另一个角落,讲解难以忘怀的获胜故事;噢,无论什么地方,他都在场,他熟悉各场比赛的结果。最后,他诚挚地向我们透露说,他准备发表一份"马拉松长跑调查报告",而且"这份材料我已整理好了"。维甘德也在场,掌管体协财政的伯特菲尔也在场,他们轮替着设法说服贝尔特。可是,他们说得越多,贝尔特就越不吭声。他饿得发慌,他饿着,饿着,直到最后才说出口。然后,克罗纳特才亲自想办法,弄来一份配酸菜的卡塞尔香肠……

克罗纳特、维甘德和"体育元老"隆茨像他们的酒吧间一样,叫人感到舒适。隆茨像只惬意的老鼠,懒洋洋地蜷伏在桌边。唯独嘴巴棱角分明的伯特菲尔不是我的同胞,他的头发从中间分开,用梳子蘸水梳得整整齐齐。每当他开口说话,总是提到西方国家。他的"西方国家"真叫我恶心。当然,在他看来,"只有我们德国人才理解体育在西方国家的含义"。伯特菲尔是个牙医,但他从来也没有认真务过正业。有一次,他看见高个子的鲁道夫·哈尔比希跑在跑道上,从此,他觉得,若是没有体育,他简直就无法打发日子——伯特菲尔,这个"西方国家"的蠢货,这个……

不,贝尔特只是饿极了。在他吃过一点儿东西后,他们就立刻继续谈判,或者与其说是继续谈判,不如说是继续做广告宣传。他们犹如努力博得未婚妻欢心那样,使劲地向他"求爱"。在喝第二杯啤酒时,这位"未婚妻"就已就范:贝尔特成了港口体育协会的一名成员。我细细观察霍斯特的神色。他就坐在我的对面。贝尔特第一次赛跑就如此令人信服地把他击败了。此时此刻,我对这位霍斯特发生了兴趣:他会说些什么呢?他会抱什么态度呢?这位被推翻的国王,这位被战胜的偶像,他,这位高个子的年轻人,对自己突然被挤到后面甘心不甘心呢?我看着他的脸,他的脸上显露着满意的神情。他隔着桌子和贝尔特握握手。他和贝尔特干杯。他说:"现在终于同是协会的一员了。"霍斯特·梅维乌斯不愧是个高尚的运动员……

在港口体育协会总部的那个晚上,在不多的优胜杯奖品下,嗨,他们大家一下子感到,随着这位新人的入会,协会的一个新的旺季就要出现在眼前了。贝尔特是一张对手不熟悉的秘密王牌——他们本身也从来不知道自己的队伍会有这种可能,会有这样的储备。年迈的隆茨抬起那张老鼠脸,眨巴着眼看那些奖品。这位新人会不会赢来新的、更有价值的奖品呢?他能不能让一场获取更大胜利的美梦成为现实呢?他的名字能不能使这个别人不熟悉的协会的名字越出港口,传到这片大洲的每一个洒满阳光的体育场,传到这片大洲的每一个人声鼎沸的竞技场,并在这些地方用多种语言宣布它的胜利呢?我看到,隆茨脸上浮起了微笑,这是奇特的内心有把握的微笑……

"胜利是伟大的,谁把胜利的消息送到雅典?"① 哦,"体育元老"隆茨第一个知道谁能把胜利送到雅典。体态丰满而又羞怯的特娅面前摆着一瓶汽水,她用麦秆吸吮着,鱼一般的薄薄嘴唇没说一句话,但她已经为自己发现了贝尔特。他已经赢得她那女性的同情。此后,克罗纳特考虑到种种情况决定把贝尔特紧紧与自己的团体连在一起——他们考虑了很久,终于发现:体育协会聚集的酒吧间需要一位看守人,贝尔特,是的,贝尔特单独一个人就能胜任——特娅十分赞同地点点头,然后在桌子上把双手并拢在一起……

深夜举行舞会,庆祝协会锦标赛闭幕的舞会——运动员有的携带着未婚妻,有的携带着妻子出现了,体育宿将、赞助

---

① 公元前四九〇年,希腊军在雅典附近的马拉松击败波斯侵略者,信使为尽快传递胜利喜讯,拼命奔跑,结果一到雅典便累得倒地而死。马拉松长跑即出于此。

者和发起人露面了——他们还给这次舞会起了个名字,管它叫"围着跑道转圈"。他们把桌椅板凳推到一边。教练维甘德为狂欢活动鸣响"起跑枪",枪声激发了大家的激情,"围着跑道转圈"舞会开始了。他们疾走、跳跃、挤撞,投身到欢乐中去;他们像交接接力棒那样交换着舞伴;他们翩翩起舞,宛如一个个投掷得很糟糕的铁饼;他们在链球投掷者般的转动范围内,疯狂地旋转着;他们尽情欢舞,决不放过稍纵即逝的欢乐。贝尔特也在尽情欢舞着。我到处都能看到他的影子出现,他不愧是个娱乐运动员;我到处都能看见他那消瘦的面孔,能看见他那淡黄色的长发。是啊,这第一次赛跑,这第一次胜利已经改变了他,使他从沉思的缄默中摆脱了出来。此时的情况好像是他通过赛跑冲到了所有一切的前面,把任何牵肠挂肚的事情全都甩到了后面。当时,在这个体育舞会上我已知道,贝尔特找到了一个新的开端。而且,我看见,并知道,特娅,克罗纳特的女儿,是属于他的新起点。他们从我的桌边舞过,贝尔特对着我眨眨眼;特娅姑娘体态丰满,芳龄二十,她那永恒母性般的目光显得忧虑不安,这位姑娘掩藏不住内心里在期待着什么……

在我旁边坐着隆茨,他那老鼠脸上露出愉快的神色。他对我讲述他的"马拉松长跑调查报告";他还复测了距离,完全准确;他还证实了马拉松长跑的意义,那就是传递一个胜利消息;他还用弯起的手掌凑在嘴边,"胜利,"他悄悄地说,"胜利,在体育运动中的胜利,是不用战争手段的。"不过他说,最初,体育运动是隐藏的,是一种秘密的战争演习,而且每次比赛都是一次演习。古希腊的运动员就是这么做的。他问:"赫克托[①]为

[①] 希腊神话中特洛伊的王子,后在特洛伊战争中被杀。

何会在特洛伊城墙前遭杀呢？就是因为他没有阿喀琉斯①那般赛跑运动员的心脏。赫克托未进行过足够的认真训练。"他想知道，我对此有何看法。哦，我对他说了我的老观点：在体育运动中是要寻求获胜机会，运动员们上场，是因为他们估计有机会得胜；观众支持的是能代表他们机运的运动员。对每个运动员来说，机会均等，大家内心都紧张，都不知谁胜谁负，若是没有机会，一切都没有多大价值……

当伯特菲尔请大家安静下来，开始讲话时，我站起来去上厕所。途中我还示意贝尔特一块儿去。我们离开时，伯特菲尔怔怔地目送我们离开。他是如此惊讶，我都要认为，他肯定什么话也想不起来了，但他还是想到了要说的话，谢天谢地，他还是想起"西方国家"这个词。我们平静地站在小便池那堵涂画得很脏的墙前，听到他在说"西方国家"……

午夜过后很久，我们要离开那儿。维甘德把训练时间书面通知贝尔特："现在，我们要加紧训练。我们要为全德运动会作准备。"贝尔特把字条塞进上衣胸前口袋里，然后我们走开。清新的夜晚，雨后既凉爽又洁静。对，那个夜晚发生了事情。我们并肩从港口上岸，走在空荡荡的马路上，马路上的雨水微微闪着暗淡的亮光。即便此时还有电车，我们也宁愿步行。我们的步伐使我们产生了好似独占这座城市的感觉。一座座办公大楼孤寂地矗立着，交易所屹立在令人害怕的昏暗夜色里。我们没遇见任何人，连一名警察也没碰到。我们穿过清新的夜晚，走在雨水洗过的马路上时，觉得自己如同劫后余生的人，感到非常自由舒畅。此后，在市议会广场后面，贝尔特停下了脚步。

---

① 特洛伊战争中的希腊英雄。

他举起一只手,这是个无声信号,他的手小心地把我按到拱廊的黑暗处。他向前点点头,这时我发现一家珠宝商店的橱窗旁边有个人影,一动不动地紧贴着墙壁。不,要是贝尔特不停下脚步,我是不会发现他的。那个人一动不动。我们站在一根柱子后面,等候并观察着那个人的动静,但他仍然一动不动。贝尔特拉着我渐渐离开拱廊,我们又走到了马路上。我们慢慢朝珠宝店走去。而后,那个人忽然离开珠宝店的墙壁,开始奔逃起来。这使我吓了一大跳,真的吓了一大跳。我听见他那橡胶雨衣发出的咝啦咝啦的响声,刹那间我还听到他急促喘息的声音。几乎就在同一刹那,贝尔特也朝那个人奔上去了。这是一种出自直觉和本能的奔跑,好像他和那个人之间有一种神秘的联系,或者好像奔跑激起无条件的追捕反射。就这样,贝尔特在那个人后面追了上去。也许那是个小偷,也许我们影响了他行窃——但橱窗玻璃还未敲碎。那个人绕过一个安全岛,跑过一座桥,可是当他发觉贝尔特离得越来越近时,又返了回来。在商店之间,他更容易逃脱。哦,他不知道谁在追捕他。贝尔特大步追赶着,像个具有足使人胆战心惊的优势的猎手。在那个安全岛,他已经赶上了他。贝尔特紧紧跑在他后面。要是他伸出手,就能触摸到小偷。然而,他没有这样做,没有,没有,他没触摸他,没挡住他,因为他另有打算。他只要追逐他。当他们从我身边奔跑过去时,我又听到那个人直喘粗气,而贝尔特却毫不吃力,他轻松地追逐着那个人。我觉得我从贝尔特的脸上发现了一种残酷的满足神色。在市议会广场——那个人跑得越来越慢了——贝尔特才放了他。他跑回来。我看到他很满意。"那个人今天会睡得很香。"贝尔特说。我一路上都默不作声;我把他带到街道花园区,他的简陋住处在这儿,我没再进他的房间。"真好,我们彼此遇上了,我的老朋友。"他说,"我相信,我们肯定还会想起这一天的。我想努力成为一名长跑运动员。"我说:"你已经是位长跑运动员了,贝尔特,但在你身上还有很大潜力。不管怎么说,你明天晚上会在报纸上看到你的名字。"随后,他已经踏上花园小径时,又说:"你要常来体育协会,多关心关心我。我们也许会一起搞出点什么名堂呢。"当时,是啊,我第一次把他的名字登载到报纸上时,当时情况就是这样……

这一次,我无须再提及他的名字。他会输掉这次长跑比赛。这是他最后一次长跑。这是他将被遗忘的长跑。他绝望的冲刺表明他在挣扎。此时,他领先十五米;在他身后,来自意大利的皮肤呈马鞍般褐色的运动员穆索仍然一直领先于其他人。不会的,贝尔特这次不会站到冠军台上,他不会获得奖牌,不会有官员的手伸向他表示祝贺;他会输掉的,他会退出体坛,这次充其量只会留下美好的回忆,这种回忆将具有如同体育场上撑竿跳高时折断的一根竹竿的价值。穆索乱了步伐,他被挤到后面了。可是被谁呢?头发鬈曲的罗马尼亚人奥普里斯,两个丹麦人也向前赶来,他们从他身边冲了过去,开始进攻贝尔特了。穆索会怎么办呢?他没有争抢,而是继续跑着。赛跑前,穆索进行了祈祷。他在向哪个上帝祈祷呢?向机智伶俐的赫尔墨斯吗?向雅典娜吗?雅典娜有一次曾施展绝妙手法,目的是让奥德修斯[①]获胜。或者是,穆索对秒表祈祷过?新闻记者给祈祷着的穆索拍了照,就像先前在米兰和后来在布鲁塞尔所做的

[①] 在希腊神话中,赫尔墨斯是掌管商业的神,雅典娜是司智慧、技艺、学术与战争的女神,奥德修斯是位英雄,他借助于雅典娜,在特洛伊战争中用木马计使希腊军大胜。

那样。他的上帝是一位身着白色西服的计时员吗?他落到了第四位,现在跑在黑尔斯特勒姆和西博恩的前面。梅格莱因在哪儿,在哪儿呢?这位瑞士的邮递员落后十米。他那脖子胀得粗粗的,不由得痉挛起来,或者,他鞋里也许是有粒矿渣,但他没有放弃比赛,没有,他没有离开跑道……

现在已是跑第五圈了……

奥普里斯和两个丹麦人紧紧咬住贝尔特,他们拼命追赶,他们已经逼近了四米,或是五米,甚至是六米;他们想赶上他,想利用他作为确定自己步速的前导。但贝尔特发觉他们追了上来,因此提高了速度,于是他又像先前那样处于遥遥领先的地位。那架老式双翼飞机投下的阴影掠过比赛场地,掠过运动员的身体。渐渐地,运动员们又拉成了队形,在直道尽头形成一字长蛇阵,跑在贝尔特的后面。只有贝尔特孤独一人在前头奔跑着。他自己一人决定步幅的大小,他知道,他是在和自己赛跑……

草地上摄影师们有的趴着,有的蹲着,有的跪着,时刻准备摄影;喷泉般的掌声预示贝尔特的到来,每当他冲来时,摄影师们就立即端起相机,快门咔嚓咔嚓地响个不停——唉,没有一个编辑部会买他们照的照片,他们会把一位被击败的赛跑运动员带回家,这位运动员的照片即使在他们的私人相册里也会被忘却。队形又发生变化,因为途中的冲刺会使人大大消耗体力。是啊,列宁格勒的水手弗拉基米尔·库茨利用途中冲刺击败了他的所有对手:在墨尔本,他捧回两枚金牌。在终点直道前的弯道观看比赛最好,我喜欢在这个弯道看运动员赛跑。他们的脚重重地踏在跑道的内圈边缘,身体微微朝一边侧着;与直道相比,跑道的这个区域,这个冷漠无情的对手,似乎是更容易被制服——在弯道，每个运动员跑得好像更快。这一边的膝关节高高向前抬起，另一边的手臂大幅度从肩膀往后摆动；伸出去的脚远远向前迈出，猛地落地，用力向后一蹬，膝关节抬高时，脚就又跨向前，如此周而复始，片刻不停，运用强迫性的节奏，奋力地奔跑着。仿佛离心力会把贝尔特从跑道上甩出去似的，他冲过弯道时，头向一侧倾斜着，左肩微微低沉，就像被挽在一根无形的绳子上，一个无形的驯兽师站在场地的中心，手里紧紧攥着绳子的另一头。贝尔特还没有丢失一米的距离。我知道这时还有一些观众——确实还有一些观众——相信贝尔特会赢得胜利。我看见他们挥舞着手，我听见他们的喊叫声，听见他们的鼓掌声；他们拼命地鼓掌，是啊，这不单单是奖励，不单单是赞赏，而是朝这位运动员挥舞起鞭子，鞭策着他，驱赶着他，而且越来越厉害，越来越猛烈。贝尔特在他们的掌声下奔跑着，他为他们的鼓掌奔跑着，好像他们的鼓掌使他摆脱了内心的什么东西。记得当年——那是在什么时候？是在圣路易斯？——拉兹只是为了获得观众的鼓掌，使奥林匹克运动会变成了一次年度集市。当然，那是在圣路易斯，是在马拉松长跑比赛时，美国人拉兹四十二公里后精神饱满地冲入体育场，他并没因奔跑而显得精疲力竭，他的头也并没因急槌击鼓般奔跑的艰辛而嗡嗡作响，丝毫没有；他笑眯眯地跑完最后一圈，让观众向他振臂欢呼，热情祝贺。在第二位运动员跟跟跄跄跑来，目光显得十分迷惑不解时，才真相大白，原来拉兹在途中搭乘一辆出租车行驶了十七公里——他只想经历一下观众热烈鼓掌的情景，别无他求……

掌声载着贝尔特向前冲去，掌声推着他一个劲儿向前。运动员总是贴着内圈边缘跑，因此跑道内圈边缘被踩得硬硬的。

奥普里斯，那位罗马尼亚人，放慢了速度，被拉开了一小段距离，和他一起的是那两位丹麦人——难道短短的冲刺影响了他们的步伐，打乱了他们的策略？——他们也慢了下来。黑尔斯特勒姆冲了上来，西博恩也冲了上来。他们从容不迫地从掉队运动员的身边跑过去，他们并没有特别加大步伐，只是富有弹性和富有节奏地跑着。黑尔斯特勒姆跑得多么出众，他的步子多么匀称协调！他的脚每次落在地上，都会发出嚓嚓嚓的响声——看上去，似乎载着他的不是他的两条腿，而是别的什么东西。他平静地呼吸着。现在，他在贝尔特后面已领先于其他运动员。他会对贝尔特发起进攻吗？现在，跑过了弯道，他应该开始攻击；要是在弯道上向他进攻，他就会白白送掉太多的体力。不，他不慌不忙地向前跑，放弃了追赶的机会，仍然保持自己的节奏。运动员们已跑完两千米。现在是大好时机，现在是疾风般追赶的大好时机。一架双翼飞机拖着迎风哗啦啦响的广告飘带，紧贴白杨树梢的上空飞掠而过，这时又飞掠过弯道上空。飘带上写着："请使用波拉克斯牌轮胎！"一名潇洒的警察越过跑道，在一片哄笑声中试图抓住一个浑身脏乎乎的男孩子，那个男孩子逃脱了，警察并不把他对自己的嘲弄当一回事。欢乐的气氛感染了上面的荣誉看台。维甘德站在跑道旁边，对贝尔特喊着，告诉他已跑了多长时间，并陪着他跑了两三步。现在，现在出什么事了？我的天呐，他又加了把劲儿，他又一次投入新的冲刺。他的步伐小了，臀部也不再摆动了。他想赢得更大的胜利？他想创造新的纪录？他拉大遥遥领先的距离。我难道搞错了吗？他很熟悉这段距离和他的心脏情况，知道必须怎样分配自己的体力。他不会是孤注一掷，全力死拼一下吧？或者，因为这是最后一次赛跑，他真的想拼个死活吗？

已跑过十八圈,他已领先二十米,然而他一直还在冲刺。黑尔斯特勒姆呢?嘿,他此时也已开始途中冲刺,他和西博恩都已开始冲刺——难道他们都陷入了圈套?贝尔特打乱了他们的节奏?四处响起沸腾的喝彩声。在前排,观众从座椅上站起来,他们跺着脚,鼓着掌。贝尔特一直还在冲刺。这时,他回过头看看被甩在后面的运动员——为什么,究竟为什么呢,他这样做会丧失半秒钟的时间的——他又放大了步子。究竟出什么事了?为什么观众都跳了起来?为什么我跳了起来?我需要抽支烟。现在还不能决定谁胜谁负,运动员们连一半路程还没跑完呢。在长跑中,开始跑的这么一段路算不上什么。贝尔特会输的,唉,不管从哪个角度看,对他来说只有失败,尽管他此时看上去精神抖擞,体力充沛,遥遥领先,似乎在迎着胜利冲去……

在荣誉看台下方的跳远沙坑那儿,女子运动员开始跳远决赛。首席市长的那张忠心耿耿的马脸伸到绿漆看台栏杆的外面,他的陪客的脸也都伸出栏杆。他们充满着期望,他们并非无动于衷。第一位跳远女子已经上场。这是个胖墩墩的女子,在剧烈助跑时,她那沉甸甸的乳房一个劲儿上下颤动着,尽管她束得绷紧绷紧,以至于胸罩的带子明显嵌到了肉里。她猛地一跃,腾空而起,向前高高伸出双臂,在空中划了两步,随即两腿叉开落到沙坑里。裁判员们摇摇手,示意踩线犯规。那位胖墩墩的女子噘着嘴,套上运动衫。这次跳得不错,约五米七十上下……

特娅,那就是她,那肯定是她:棕色的头发,鱼一般的薄嘴唇,高高的前额;噢,那就是她,唯独她没有从坐凳上站起来鼓励贝尔特。她毫无表情地看着他奔跑。站在她旁边的那个年轻人,那是霍斯特·梅维乌斯,船舶油漆工。他也没有鼓掌。

他也毫无表情地看着贝尔特奔跑。但他是站着，为的是能够俯瞰整个赛场。他们两个来了。他们可能在想些什么，在期望些什么呢？他们怀着什么愿望或是诅咒呢？贝尔特第一次参加比赛时，他们看到他赛跑的情景，他们也想在他结束自己赛跑生涯的最惨痛的失败中到场观看吗？他们来观看是要得到心理上的某种补偿吗？……

哦，当时我们中间谁也不知道，情况会发展成怎样，谁也说不出，贝尔特的前景会不会比其他运动员光明一些。我们在港口体育协会的破烂运动场上相逢时，一切叫人感到，协会好似进入了一个永无尽头的春天……

在维甘德带领下，大家每周进行两次紧张严格的训练。我常常到那儿去，站在腐朽的木栏杆旁边，置身于那座鱼类加工厂散发出的臭不可闻的气味中，观看他们怎样训练，怎样为全德运动会做准备。维甘德先是让大家做热身运动，然后叫大家在草地上轻快地跑跑步，最后他们才来到煤渣跑道上。他让他们锻炼赛跑，渐渐增加圈数。他一再走到贝尔特面前，校正他的步伐、他的手臂姿势和他的呼吸动作，他一再命令他短程速跑；如果他们限定时间跑步，他就让霍斯特跑在前边，给贝尔特确定步子大小。前五六圈，霍斯特总是跑在前面，并确定速度；此后，贝尔特对这种做法失去耐心，冲到霍斯特前面，远远跑去，好像他是充分休息之后，劲头十足地来到跑道上……

从远处的造船厂里，不时地传来铆钉锤子嗒嗒的声响，还常常看到气焊嘴喷着耀眼的火花。小艇拉着汽笛驶过河面，出海和进港的船只在来来往往的途中隆隆地响个不停……

训练结束后，我们去贝尔特住的地方。他已不再住在潮湿的花园区外面的陋屋里。他们给他找了个比较干净的房间，坐落在他们常聚集的那个酒吧间对面,甚至可以说,新安排给他的房间是在一座疗养院的房子里。那个晚上,贝尔特第一次把我拖进这个房间时,我看得出特娅那双温暖、丰腴的手刚忙碌过一阵子。一条花色的床单铺到了肮脏的床垫上;窗台上不再乱七八糟地放着袜子和肥皂;墙上,图钉钉着一幅画,那是临摹丢勒的《家兔》;在一个冲洗得干干净净的果酱瓶里,水仙花闪着冷光。特娅在房间里甚至还收藏了一些宝物,她从沙发底下拖出几个啤酒瓶,这贝尔特至今还不知道。特娅幸福地忙着往面包片上涂抹果酱,小心地把浸透汗水的训练衫拿走,在房间里走来走去忙个不停。啊,她在享受家庭的温馨幸福,享受管理家政和营筑爱巢的乐趣,她的这种权利已得到了保证。每当训练之后,我们坐在一起,特娅就开始享乐似的忙碌起来,这样的情景我每个晚上都能看到。我知道,霍斯特已认命。不用说,他们的看法已取得一致,那就是特娅必须照顾贝尔特——毕竟她过去就一直在照顾体育协会里的明星们。起初她照料"了不起的卡岑斯泰因",后来卡岑斯泰因掉入船体和码头之间的深水里淹死,她又去照料霍斯特·梅维乌斯,现在她把自己这片真挚的柔情移到了贝尔特身上。每当我们去贝尔特那儿而霍斯特也随同前往时,她都觉得无所谓。霍斯特和我们一样采取纵容态度,他坐在临摹丢勒的《家兔》画下,板着一张极为严肃的面孔,对发生的事情听之任之……

是啊,那就是在贝尔特的房间里度过的一个个夜晚。有一次,我问他:"你什么时候开始大学学习呢?"

这时他惊讶地看着我,好像这是个叫他讨厌的问题。"当然是在全德运动会之后,"他说,"首先我们得为全德运动会出力,然后才能按部就班地做其他事情。现在我不能放弃训练。我们大家都这么认为。如果我下学期要读书,那我就必须中断训练,到汉诺威去,那儿有一所兽医学院。"现在去汉诺威,这话听起来好像是我苛求他去符拉迪沃斯托克,或者去某个类似的城市。唉,那我宁可不谈这件事,不再询问他去大学学习的事情……

我们约好去钓鱼。那是在周末,我们乘车到海边,然后摆渡到岛上。霍斯特从油漆商行借了一辆送货的车——"颠倒黑白的油漆工普莱斯"——我们凑钱买了汽油便出发了。特娅携带了一网袋夹心面包,我负责带啤酒。路上我们才知道,原来特娅是偷偷溜出来的。不知道为了什么,老克罗纳特不想让她出来,也许他是第一个发现了些什么的人。那里的海滨有个小咖啡馆,我们在那儿住了下来。咖啡馆的墙壁用白石灰粉刷过,屋顶则是用茅草盖起来的。患气喘病的女老板疑心重重地接待我们,当我们请她喝兑朗姆酒的茶时,她才消除了疑虑。我们也喝着朗姆酒茶。那是一个乌云密布的日子,灰雾蒙蒙,海水十分混浊,要是没有朗姆酒茶,我们早就回去了。后来,特娅发现她那平整的手提包不见了,开始到处寻找,先是在摆设简单的咖啡馆里找,接着在送货车里找。当她犹犹豫豫地走进来,说她必须回去时,我还记得清清楚楚,我们大家开始帮她寻找起来,只有贝尔特没有参加。他无动于衷地坐在冒着热气的朗姆酒茶前,我们却在到处寻找,凡是我们认为特娅到过的地方都找遍了,但还是没找到手提包,没有。要不是患气喘病的女老板吹起口哨唤她的狗回来吃东西的话,我们永远也别想找得到——女老板给她的狗起了个名字叫卡普泰因,这是一条棕色老狗,走起路来一瘸一拐的。我还记得,我看见卡普泰因从柳树丛中钻出来,嘴里叼着那个手提包。我看了一眼贝尔特,他笑眯眯的,我清楚,就是他把手提包丢给那条狗的……

中午时分，天气放晴，风渐渐平静下来，海水慢慢退潮，海滩散发着泥沙味儿和某种说不出名堂的味儿。海鸥成群地飞落在沙滩上，顺着细小的水沟一跳一跳地啄食。我们站在茅草顶的游廊上，观望着油脂一般发亮的黑黝黝的陆地，听着鸟儿刺耳的鸣叫声，听着海滩吸水的咕咕声和细小水沟流水的涓涓声。是啊，太阳随后穿透残云。在小小的海港对面，平缓的沙丘闪放着亮光。这儿是一片沿海的贫瘠土地……

在这块贫瘠的荒漠上，游人是从哪儿突然间拥来的啊？他们是从哪儿一下子冒出来的啊？沙丘前出现了一家家人。单独出来的人皮肤被阳光晒成了棕褐色；女人们事先都经过精心梳洗，做好了发型；甚至还有位骑马的人，腰间束着带子，突然出现在眼前，然后纵身跃上他那匹劣马，顺海滩奔驰而下。在退潮之前，贝尔特和我无法出海捕鱼。我们大家走过海滩去沙丘那儿。我们给自己搭了个挡风的屏障，脱去衣服，躺在细沙上。沙丘坡上坐着个金发女郎，她的面庞肿乎乎的；我们在她旁边走过时，她一个劲儿盯着我的假指。现在，她唱起歌来，朝着打盹的女友唱道："你的船在哪儿啊？它什么时候送你回来？"她一再哀怨地唱着这首歌，那条船不见踪影，她无法解释它为什么开走。我考虑要不要走过去，建议她向轮船公司去打听一下——这类事儿，搬运工们通常最清楚……

沙丘顶上弥漫着飞沙。沙雾灰蒙蒙的，飘过沙丘，压下斜坡，扑向我们的头发和我们的面孔，甚至还吹向谷底。还有那些喜沙草和海滩散发出的那种腐朽味儿：这一切显得多么亲切——有朝一日，遥远的过去会回来吗？会像淡红色椭圆形跑道上的长跑运动员那样最后再跑回来吗？终点会和起点重合在一起吗？

傍晚时分，我们租了一条小船，它还散发着新油漆味儿呢。这时，潮水汹涌地向广阔的大海退去。我们在航道外面抛下锚，再用老锚固定了船位。链条嚓啦嚓啦地磨着船头。贝尔特用绳子拴着一块有棱角的大石头，把它沉到水里，旋转着的船身才稳定了下来。特娅和霍斯特这时正坐在远处的海滩边。云层覆盖着天空。"天空的颜色像青花鱼色一样。"贝尔特边准备钓具，边喃喃地说道。他准备钓具，先是拿出闪光片，结果一看闪光片太重，于是决定用晃动片替代闪光片。他甩了几下钓钩，都不行，只好把钓具收回。我在一边看着他把晃动片拿掉，从盒子内取出一个银质的鳗鱼钩，将它缚上，钓钩的末端用红色毛线挽牢。这时，他把一根钓竿递给我，并对我点点头，示意我怎么做。我模仿他的做法将鱼钩抛出去，再像他那样轻轻地把钓竿朝边上移动一下。这时银质钓钩在水里摇晃起来，同时转动着。我还没有来得及把钓鱼竿对准船头方向，我的金属假指就觉得有鱼咬食，因为两个金属假指握着的钓竿颤动了一下。可惜我拎鱼钩太慢，只好再把钓钩拉起来，然后再甩出去。贝尔特很灵巧，他轻轻一运动手腕，猛一拎钓竿，就把鱼钩住了。水流中有一大群鱼，那儿，一条青花鱼游到紧靠水面的地方。贝尔特让鱼竿尖端沉入水里，抖动着，啊，那条鱼蹦跳起来，猛地露出条纹状脊背，摆动几下，又消失在水里；谁知贝尔特动作极为敏捷，他早已将鱼死死钩住，缓慢地把鱼拉过来，将它甩到船里。这儿的鱼肯定很多，它们是随着潮水游到岸边的，所以鱼钩抛出之后，总有鱼咬食的感觉。钓钩迅速沉到水里后，鱼就上了钩；但只有鱼一上钩就拎竿才能钓得到，要不然鱼很快就会挣脱钓钩逃走……

是啊，我们头顶上空呈青花鱼色，月光也呈青花鱼色。钓上来的一条条的青花鱼在贝尔特脚前有气无力地扭动着。我看到,这些鱼像鱼雷一样圆溜溜的,只见它们蹦跳着,但越来越无力,次数也越来越少;我看到,它们渐渐地闭上了鳃盖,急促地喘着气,一副惨相,真像是精疲力竭的长跑运动员,摆动着两只手臂,一个劲儿地左右摇晃着脑袋,十分艰难地喘着气。有一条鱼最后全身抖动起来,再战栗着动一下胸鳍,就断气了……

后来,鱼群游走了。再没鱼咬食了。贝尔特把一个个的小铅珠固定在钓钩上,系好钓饵,然后放开长长的绳子,让小铅珠触到海底。他从来也不朝海滩边看一眼,特娅和霍斯特正坐在海滩边,他们并肩坐在茫茫暮色中,看着我们怎样钓鱼。也许特娅使我感到遗憾,也许当时我想阻拦我以为自己已经感觉到的事情。"你得当心啊,贝尔特,"我说,"人们有时候忘记说'不',别人却把这人的意思理解为'是'。我想,我们光知道自己该干什么还不够,我们还必须让别人懂得,他们和我们在一起是为什么。"贝尔特一边上下摇动钓竿的尖端,一边说:"你不必为我担心,我的老朋友。我完全知道我得怎样干。我也知道,我该怎样感谢特娅。等全德运动会过去后,我就去读大学。""那好,"我说,"但愿你也看清了特娅是怎么一回事。""关于特娅是怎么一回事,你是怎么看的?"他问道。"我吗?"我说,"事情总归是这样的:她在你房间里忙忙碌碌的,她为你忙忙碌碌的,你不要以为这只是为协会效劳,只是因为她爸爸是协会主席。谁只要往一件事上投入感情,就会期望获得利息。"贝尔特笑了,看着我,然后说:"一切都正常,我的老朋友。如果考虑到利息率,那么我就立刻开始偿付。感情是要付利息的。我觉得这样做并不难,你可以放心。如果这是你全部的忧虑的话……""这就是我全部的忧虑。"我说。"好吧,"他说,"那么我们不需要再谈了,我们还是希望有条鳗鱼上钩。"大海的上空高挂着青花鱼一般光亮的明月,海水明镜般平滑,小船平平稳稳停泊在水面上,尽管如此,我们在那个晚上再也没钓到一条鱼。沙丘的轮廓像是卧睡的野兽的脊背。高高的上空是蓝蓝的夜色。沙滩咖啡馆的灯光照在贝尔特的肩上。我们一声不吭地从海底起锚,然后划着船回到小港。港口此时亦沉浸在茫茫夜色之中。我们只闻到一种气味,一种焦油发出的气味……

晚餐吃上了新鲜的青花鱼。饭后我们喝兑茶的朗姆酒,喝兑朗姆酒的茶。霍斯特,嗯,他孤独一人隐没在黑暗的夜色里,好久好久没回来。在贝尔特和特娅消失后很久,我耐不住走到门前。这时,我才看见他从海滩边回来……

第二天早上才发生了一些事情。太阳火辣辣地烤着沙滩,细小的水沟在荒无人迹的沙滩上闪闪发亮。我们,哦,我们觉得这个早晨是专门为我们安排的,直到沙滩上一下子挤满人群,这种感觉才消失。那位束着腰带的骑手也策马奔来,他身后牵着几匹备好鞍具的马,也都是些劣马。海滩跑马,是啊,海滩跑马现在开始——跑马早就是这个岛上的一大传统。跑第一轮时,那些马就一下子租了出去。一个女人,头上束着发髻,松软的大腿上有一道道青筋;她朝着海滩方向,朝一个懒洋洋的年轻人扬去几个飞吻:这是个显得有些老气的狄安娜[①]——她还想获得哪种奖品呢?骑马奔跑时,她那宽大的嘴傻笑着。马奔驰而去,蹄后高高扬起飞沙。马儿一直飞奔到那个古老的风车那儿,然后掉头又飞奔而来,马蹄嗒嗒嗒响,像是远方浪涛

---

① 罗马神话中的狩猎女神。

拍击岸滩的声音。是啊,在第二轮跑马赛时,霍斯特骑马竞赛,获得了胜利。他下马后,贝尔特租了他骑过的那匹马。趁马休息时,我们走上沙丘,想俯瞰一下整个海滩。我们赤着脚踏过细沙。贝尔特手里拿着根细棍子,他笑眯眯的,向我们这儿挥手致意。然后,我还清楚地记得:我看见马猛地纵身一跳,这出乎贝尔特的意料,害他差点儿从马鞍上摔下来,但他又赶忙抓牢,向前弯下身子,紧紧抓住马鬃。当他们从我们身边奔驰而过时,我觉得自己看见他双眼流露出恐惧的神色。不,他不像是在骑马,他无法驾驭那匹马;他不知所措地坐在马上,成了在马背上猛烈颠簸着的一个负担。不过,他骑的马跑在最前面。这是匹跑得最快的马,它驮着这个蹩脚的骑手奋力奔向胜利,一直到那个古老的风车那儿。看上去仿佛只有贝尔特才有可能赢得胜利,即使在后来,在马掉头之后——那个束腰带的人为马掉头做了个标志——看上去也只有贝尔特才能赢得胜利。贝尔特骑的马奔跑到海滩尽头,掉头往回奔驰时,以两个马身的距离领先。可是以后,我们在沙丘顶上看得清清楚楚:他的马突然高抬前蹄,嘶叫一声,扭转头,横越海滩,继而朝沙丘奔去;在沙丘顶上,它迟疑了片刻,接着又狂奔起来,它前蹄支撑着,顺斜坡一直奔向满是沙土的山谷。贝尔特从马背上摔了下来,肩膀在沙土上着地。马站住了。贝尔特昏昏沉沉地仰天躺在地上,马回过头看着他。霍斯特跨着大步跑下斜坡,他是我们当中第一个跑过去的。他跌跌撞撞、连滚带爬地滑下斜坡,松软的沙土使他的双脚难以站稳。不过,在他到达贝尔特那儿之前,我们看到贝尔特已艰难地站了起来。他揉揉脖子,然后拿起那根细棍子,围着马走了一圈,最后一把抓起缰绳……

沙子明亮得刺人眼目，阳光火辣辣地烧灼着谷地，谷地上的空气颤抖着。啊，贝尔特忽然高高举起手，马猛地把头一扬，嗯，我们看见，他如何在打马。木棍子多次扬起，不慌不忙地照准马头呼啸着打过去。声响传不到我们这儿来，但我们看见了他猛烈敲打的情景。霍斯特跑得更快了，他似乎也看到了贝尔特在打马；现在，对，现在他终于到了他那儿。他一下子夺过贝尔特手中的缰绳，把他推开，与此同时，木棍子打到他向前护挡着的手臂。随即，在松软的沙子上，在十分安静的环境里，一切事情都在这鸦雀无声之中令人难以置信地发生了。随即，霍斯特猛烈反击。他一拳打中贝尔特的脸，他这一拳肯定很重，因为贝尔特两臂往旁边一甩，头一耷拉，就瘫倒在沙地上了。当他从地上站起身来，挥起木棍子想打过去时，霍斯特又是猛然一击，他打得狠，打得干脆，因此，贝尔特一个趔趄跪了下来，接着脸朝下扑倒在地上。特娅大叫一声，把我往前一推，我们便顺斜坡滑下去。这时贝尔特再次挣扎着站起来，又一挥木棍子，想出击，却又重重地挨了霍斯特一拳头。这时，霍斯特骑在他身上，一拳接一拳地揍他。他也许真的会结果他的性命，但贝尔特用双手抓住霍斯特的右手拳头，牢牢抓着它，并拼命把它掰开，噢，最后他折断了他的无名指……

事情发生到这时，我们都赶到了。我试图把他们分开。我看见贝尔特双眼闭着躺在地上，脸上满是沙子，他的头发里，他的嘴唇上，也都是沙子。我试着卡住霍斯特的喉咙，把他拉下来，但没成功，单用一只手是没法做到的。后来，我用我的金属假指使劲儿击他的锁骨。他猛地一起身，而就在这一刹那，当疼痛使他忘记一切时，贝尔特折断了他的无名指……

我把霍斯特扶回海滨咖啡馆。他握着自己的手指，啜泣不已；他没有说一句话，也没有朝沙地上的那个地方望一眼，特娅正在那儿责备贝尔特，那个束腰带的骑手这时出现在那儿，牵走了他的马……

我把霍斯特的手指缚好，缠上绷带。那根指头看上去像是截短棍。我们下楼去喝朗姆酒茶。"猪猡，"霍斯特说，"猪猡。"他用右手掐牢并压紧那根折断了的手指……

其他人在什么地方呢？我们等候着。我透过窗户，眺望海滨景色。现在，人们站在海滩边观看潮水怎样涌来，怎样冲掉浅滩上的小水沟，怎样漫过黑黝黝的浅滩。海潮把海水均匀地推挤过来。现在，他们从沙丘那儿走来：特娅挽着贝尔特的手臂，数说着他，并拭着他的后脑勺。我微笑着说："霍斯特，一切都过去了，忘掉这件事吧，你们两个谁也不要压服谁。"随后，特娅和贝尔特一起来到房间里。贝尔特和霍斯特相互交换了一下眼色——这是一种默不作声却难以挽回的敌视目光——我站起身来，哦，我还很清楚，那时我这个调解人忧心忡忡，但我还是办成了点事儿，我为和解开了个好头。终于，他们隔着桌子彼此伸出了手，敌意终于冰释……

我们清早便回去，没有再在潮水中钓鱼。我们默默不语地回到了家里。霍斯特开车，是啊，他坚持自己开车，因为他想以此忘记手指头上的阵阵刺痛。首先他叫特娅下车，然后叫贝尔特和我下车。他的送货车——"颠倒黑白的油漆工普莱斯"——呜呜呜地开走了，我们目送他离去，但他没从车窗伸出手来挥手，没有朝我们挥手。"气氛真紧张。"贝尔特说。"你做得不大好，"我说，"你给别人留下的印象不好。"而他说："等着瞧吧，我的老朋友，一切会清楚的。"他摇摇头，挤挤眼，然后拍了一下我的肩膀。而后，我们上楼去他的房间喝啤酒……

楼上露出克罗纳特铅球般圆溜溜的脑袋，我们从下面隔着栏杆望过去，他的头就像是一轮明月。他准是在等我们，或者，他是在我们前面刚刚上了楼。他那布满粗毛孔的脸对着我们，喘着气。我们大家进了房间，围着那个果酱瓶坐下，果酱瓶里插着的水仙花已经枯萎了。克罗纳特，体育协会主席，开始说话之前，递给贝尔特满满一公文包苹果。不，他不想隐瞒什么。"我们想把各种事儿搞个清楚。"他说。他喘着气，友善地准备和贝尔特好好谈谈，这当儿我也在场……

一切都是有关特娅的事儿。"她还是个孩子。"克罗纳特说。然后，他谈到关于那个服装模特儿的事。噢，他们在阁楼里有个服装模特儿，服装是克罗纳特夫人亲自剪裁缝制的。当克罗纳特来到阁楼，看见这个模特儿被搞成了个什么样子时，感到特别惊讶：高高隆起的胸脯被割去了，圆溜溜凸起的臀部也已被削平；脸变成了个男人样的，面孔十分乏味，而且傻乎乎地笑着；头发分缝，梳理得整整齐齐；嘴上还留着红胡须。他从来没有跟特娅说起这件事。"她确实还是个孩子，"他对贝尔特一个人说，"你给我留心这个姑娘，听到了吗？其他的事我不想再说什么，年轻人。你要留心，要不，趁现在还不晚，就放开她，让她安静安静吧！不要发生像现在这类事情，说走就走开，过了周末才回来。这我可不满意。"此后呢？此后我们去对面的协会酒吧间了吗？我想是的。我们到对面去了，我们在那儿喝啤酒，吃卡塞尔香肠加酸菜；是啊，我们常常坐在对面，什么地方的饭菜也不像协会酒吧间的如此便宜，而且，很少有其他地方比得上这儿烹调的技艺。大伙儿在一起：协会老前辈"体育元老"隆茨总在，我们总能碰到他；伯特菲尔也在，我们总能看到这位"西方国家"的牙医；教练维甘德也经常来这儿。我们一起坐在积满灰尘、被烟熏得难看了的奖品下。那是些高高兴兴随心聊天的夜晚，我们谈论全德运动会，弄清锦标赛的整个形势；不会，我们不会再得不到某个称号，在我们桌边新的冠军早已确定，其中当然有贝尔特。霍斯特有时也来，若问起他的看法，他也说贝尔特有获得冠军的机会。他们两个又彼此谈话了。我看见，他们两个并肩站在窗口，眺望海港和造船厂的景色。我看见，他们两个举起啤酒杯干杯——贝尔特使他感到心情轻松。对，贝尔特试图为发生的不愉快的事情做点弥补，他想忘却整个事情——这一点，我当时看到了，而且，我也相信……

但后来体协举行了那次会议：滑动门关了起来，协会主席、协会司库和体育器械管理员——大家都出席了会议。后来，一副心地善良的老鼠面孔的隆茨，向我讲述并证实了那次会议上的事情。他对我讲述时，像是在考虑什么，显得忧心忡忡：大家都出席了那次会议，唯独霍斯特没有去。他不能来，尽管他是讨论的中心，他的事情已列入议程。伯特菲尔，当然是伯特菲尔负责解释了这件事情。这位牙医陈述的事情究竟是哪样的一件事呢？他要用钻头钻掉哪根神经呢？霍斯特是油漆工，这一点大家都知道；大家也知道，他在船体外的吊板上漆船时，轮船老板会供应他一切，一个人所需要的一切——首先是香烟。而他所犯的错误仅仅就在于他不抽烟，不然，他会把烟盒打开的，海关的那些彪形大汉看到打开的烟盒就不至于发火。因此，发生了事情：当他正要离开自由港时，他被喊进检查室，在那里，他们把他当成个烟草袋似的翻遍了全身，连最后一个褶缝也没有放过。他们肯定是找到了他们要寻找的东西：十五盒香烟是很难弄碎让人看不出的。他想把这十五盒香烟作为礼物给他们留下，不要求任何补偿。但在那一天，他们对这份礼物并不垂涎。他们也许得到指示，下班前必须抓到个罪犯。反正他们对他说：他的这十五盒香烟准能构成"案件"，这个案件很严重，会造成恶果。伯特菲尔显然立刻用"西方国家"的观点看待这个问题，并开始尝试根治；从他那儿是不能期望有其他解决办法的。没有，他们没有给霍斯特设置障碍。克罗纳特没有，维甘德没有，老隆茨也没有。然而，伯特菲尔却不容置疑地——至少看上去是如此——对在座的人发誓说，必须使体育保持纯洁。没任何人，是的，没任何人立刻表示同意他的说法。但就在这时，伯特菲尔得到了料想不到的赞同意见。贝尔特站起身，唯独他打破了大家的沉默，并使大家深感震惊：他说明了他为什么赞同禁止霍斯特参加体育运动的理由。若是伯特菲尔单枪匹马，他的提议是通不过的，现在他成功了。贝尔特起了决定作用。是啊，因为在他发言之后，桌边有人开始踢脚表示不赞同，有的开始发出疑问，有的窃窃私语。他，他们心目中的新偶像、新宠儿，他们寄希望于他，他表了态，现在他们必须做出反应。霍斯特终于被禁止参加正式比赛。贝尔特——不是他，而是"体育元老"隆茨对我说的——有十分明确的理由，以至于我们后来谈起此事时，我对自己的看法也没有把握了；我没有，从来也没有把握——我赞同贝尔特的意见，我站在他一边，和当时与他一起参加会议的几乎每个人一样，站在他一边。是啊，我支持他，我必须承认，一位自身有污点的长跑运动员也会给他的协会带来污点。这是个简单的结论，但当时我不知道这个结论太简单，不知道简单的结论没多大用处，更可能是错误的……

　　也许老隆茨知道这件事。他在述说时，流露出若有所思、忧心忡忡的神色，他的嘴抽动着，手指也忙乱地动个不停。看来"体育元老"隆茨是心里明白的。我没对特娅讲起这件事情，我只把事情留给自己，但我对她保密的事情丝毫不能使我感到一身轻松。我应该告诉她，那天下午，当我们一起待在贝尔特的房间里，她问我是谁禁止霍斯特参赛时，我就应该告诉她。要是我把事情告诉了她，也许她这时就会站起来，并热烈鼓掌；也许她会在铁丝栅栏上前倾身体，朝跑道狂喊贝尔特的名字。霍斯特肯定也不会站在她旁边，至少不会像现在这个样子，摆着亲密无间的姿势，随便地把一个胳膊支撑在她的肩上。但也许——即使我在那个下午把一切都告诉了她——事情仍会照后来的样子，继续发展下去，她也许会照旧不顾一切地在这条路上跑下去的……

　　肯定是在跑第七圈，对，就是第七圈。他们在终点处向贝尔特举起一块白色的牌子。他看见那个牌子了吗？那块提示他合理分配力气的牌子有帮助吗？他，或者说一名长跑运动员，在赛跑时到底有没有时间来进行正确估计呢？如果他们在终点给他举起这个牌子，也许会使他感到轻松。跑马拉松的那个人会估计错误，因为没有人陪伴着他，也没有人在他身边控制他的步伐和分配体力；他独自一人全力以赴地奔跑着，没有什么策略确定他的步子，他只有一个想法：我们已经取得胜利。胜利的念头不允许再有什么别的念头。这个消息实在了不起，它驱赶着那个跑马拉松的人奔向死亡。这条路，这个新的对手，比波斯人强大得多……

　　贝尔特跑入弯道，我听见他喘着粗气；现在我也听见他的对手们喘着粗气，他跑过这段路程要面对的所有对手，不仅仅是场上的对手，都喘着粗气。因为，现在不再有运动员是单独一个人的情况，谁也不再像孤寂的跑马拉松的那个人一样，仅仅是与自己进行竞争。不是的，现在运动员要和在场的对手竞争，还要和自己熟知的时间与纪录进行竞争——这些同样也在与他竞争。取胜，单单取胜还不够……

下雨了吗？乌云遮住了太阳，草坪失去了光泽，乌云低低地从体育场上空飘过。运动场上人声鼎沸，许多人狂喊着，嗯，他们可是为门票付了钱的啊！他们要看到自己所希望的胜利。计时员们坐在又窄又陡的阶梯上，仿佛是身穿白衣的主教……

可是，要是贝尔特输了，那会怎么样呢？唉，贝尔特不可能获胜，他不会第一个冲过终点，他那胸脯冲破终点带的时代一去不复返了。他的对手们会阻止他实现自己的目标。他本人由于冲刺而恐慌，也阻止了自己实现目标。他领先黑尔斯特勒姆二十米。在黑尔斯特勒姆后面，其他运动员渐渐地拉开距离。黑尔斯特勒姆呢，他如果继续保持优美风姿，继续保持适当的步幅，继续保持被压抑住的比赛激情，就应当获胜，定能获胜；但这一切都不起决定作用，一个运动员靠跳远姿势的美妙、投掷动作的完美和长跑的风姿，是不能得胜的，唯独起作用的是跳得远，是计时员按出的时间短。贝尔特跑在前面。他气喘吁吁的，但他的对手也气喘吁吁的。他看上去不再像个失败者，他不再像起跑时那样给人以毫无获胜机会的印象，没有；现在，他像当年在港口体育协会锦标赛上与生龙活虎的运动员们比赛时一样：激动，愤怒，好像他要用自己的奔跑报复那些已把他一笔勾销的人。穆索，那个臀部撅得老高、皮肤呈马鞍色的意大利运动员，追了上来。对贝尔特来说，穆索是个意想不到的威胁，他从西博恩身边冲了过去，从吃惊地抬头望着的黑尔斯特勒姆身边冲了过去；黑尔斯特勒姆贴内圈边缘跑，任由他冲过去。这时，穆索向贝尔特发起攻击。他短步急速奔跑，追到了十五米，十米——机灵的赫尔墨斯满足了他的请求？或者，难道是比赛之神阿贡满足了他的请求？或者，难道是雅典娜给了他争得特别奖的希望，帮了他的忙？穆索汗流满面，脖子上的肌肉都暴了起来，上嘴唇高高翘起，嘴巴呈四边形，像是受折磨变得僵硬了似的；他那双眼睛闪着犹疑不定的光。不会，他不会成功，他追不上贝尔特。贝尔特已经感觉到威胁，但他并未回头看，似乎对手那请求、绝望的目光在他背后对他发出了警告。贝尔特加快了速度，他不能放弃领先地位。现在，他们都冲了过去。贝尔特，贝尔特！——呼喊的是我吗？朝跑道喊他名字的声音是我的吗？但愿我的声音能传到他耳朵里，能给他增添新的力量。这做得到吗？我没有放弃对他获胜的信心吗？当他起跑前寻找我时，也许我该对他挥挥手。那是我第一次拒绝向他做个小小保证，保证到场观看，并衷心祝他成功——也许尽管发生了一切，我也该向他挥挥手？不管怎么说，他是位长跑运动员，他还决定着速度，他还是有希望的。贝尔特，贝尔特，给他们露一手，彻底战胜他们！

穆索没有放慢速度。可是，在他身后，黑尔斯特勒姆和西博恩追了上来。他们两个用同样的步子跑着，一个紧跟一个，好像他们被同一个节奏承载着，或者说，好像一种默契或是一个誓言把他们紧紧连在一起，誓死相互推动，相互牵引。他们窥伺时机，满腹猜疑，但他们在别人面前独具优势：别的人无论是谁都必须为自个儿进行观察，都必须自个儿做出反应，都必须自个儿进行竞争，而黑尔斯特勒姆和西博恩却是相互谦让，看上去两个人虽然都有傲气与疑心，怀疑对方要决定这次赛跑结局，但是又相互赞许……

另外一对怎么样了呢？他们也拉开了距离：奥普里斯，那个头发鬈曲的罗马尼亚人，现在跑到了两个丹麦人的当中。梅格莱因，那位瑞士的邮递员，这时跑在最后。他的脸现在显得很轻松，表情沉着，几乎是毫不在乎的样子。他曾用沉着、几乎毫不在乎的表情奔跑，获得了五千米长跑铜牌，现在他就是用这样的表情奔跑的。在进入终点弯道之前，他出人意料地开始冲刺，他超过一个又一个的对手，独自一人跑在跑道中间。如果他早一点儿开始冲刺，那他也许会作为第二名冲过终点，获得亚军……

现在，嗯，现在有人获得了成功：跳远比赛跳出了六米的成绩。这一跳有效。前面座位上和上面荣誉看台上响起热烈掌声，祝贺一位肌肉发达的女子跳远运动员。那位女子站在裁判后面，此时又是跳跃，又是跺脚；她把一个大拇指塞到嘴里，好像胜利——她的这一跳意味着获胜——是个烧烫的电灶板，烧到了她。她把披在前面湿漉漉的头发从额头撩开，朝为她热烈鼓掌的看台扬去飞吻。然后，她跑回去，穿上红葡萄酒色的运动衫。她有把握获得奖牌，她比贝尔特更有把握。但是，奖牌、奖状、奖品，这些不再是运动员的最大满足，运动员首先跑到裁判员那儿，了解秒表按下来的时间，了解跳出的距离。唉，一切都变了。古代的运动员，他们参加赛跑只是为了获得奖品，若是看不到有价值的奖品，一位古希腊赛跑运动员是不会起跑的。这一点阿喀琉斯心里明白。在为帕特洛克罗斯举行葬礼的日子[①]，运动员被叫去参加比赛，但他们首先关心的是放

[①] 在希腊神话里，阿喀琉斯在给被杀害的朋友帕特洛克罗斯举行葬礼那天，特意举行体育赛会，奖品丰厚，有金银、牡牛、武器等。

在终点的奖品……

不会的，古希腊运动员谁也不会单单为了奥林匹克的月桂树枝，为了一种抽象的满足而起跑，他们参加赛跑是为了黄金，为了银杯，为了牡牛，为了贵重武器，运动会的举办者必须设立这些奖品；他们参加赛跑首先是为了生活，然后是为了奖品。而今天，运动员参加赛跑只是为了创出纪录……

黑尔斯特勒姆和西博恩在向穆索进攻？没有，他们没有对他发起进攻，是穆索自己放慢了速度。穆索试图跑在贝尔特身后，这样消耗了他太多的体力；现在他放慢了速度，他让他们追过去，他跑在西博恩身后，踩着他的脚步。他们三个追赶着贝尔特，他们形成一个小组，沉着地、满怀信心地向前奔跑。他们的步伐很均匀。他们的手臂、肩膀和腿部用同样的节拍摆动着，每个人的身体都是同一个姿态。他们看上去像是同一个运动员，是啊，好像他们的拼搏和期望的共同性消除了他们之间的一切差异。从他们身上只能看到那种威力强大的步伐，这种步伐持续不断地用一种强迫性的节奏带着他们前进……

贝尔特放慢了速度吗？他又转过身朝后看他的对手们。为什么，他为什么这样做呢？他们千百次对他说，要是他回过身，就会损失时间，这一点他以往总是十分清楚的——难道他奔跑时把一切都给忘了不成？难道赛跑会改变一个运动员，使他除了注意场上的对手之外再不考虑别的了吗？不要转过身，贝尔特！只管奔跑，奔跑！不要回过头看！你没有必要知道你后面发生的情况，你正领先跑在前面呢……

我的天呐，让他转过身吧，让他把赢得的时间孤注一掷吧，他不会获胜，新的欧洲冠军不会再叫贝尔特·布赫纳。我为什么感到害怕了呢？为什么原先那种令人窒息的压力感又出现了呢？是因为他的缘故吗？我不能再无动于衷了吗？现在，特娅也站了起来。前面的座位上没有一个人坐着。是啊，到场的特娅也站了起来，她是要看贝尔特怎么失败的。她站在栏杆边，看着贝尔特奔跑，脸上看来非常平静，没有显出激动的样子。

特娅这次不需要再做什么事情了。这次赛跑结束后，她特娅不会再像当年那样接受奖状和奖牌了……

那是什么时候的事情？是哪一次比赛？那是在州锦标赛时，是啊，就在全德运动会前几周，贝尔特在火辣辣的烈日下，在烈焰般灼人的炎热酷暑下参加赛跑。他跑在所有运动员前面，只有韦威尔斯紧跟着他。韦威尔斯是个面色苍白的机械工，他跟着跑了二十二圈多，突然跟跟跄跄，接着便摔倒在地；他又站起来，随后又摔倒在地上，最后躺倒在跑道上；他浑身抽搐着，脸上带着傻乎乎的微笑，救护员赶忙用担架把他抬进帐篷，他在担架上还一直在微笑着。贝尔特没有发现最危险的对手已经消失，他仍然拼命奔跑，好像韦威尔斯还在他身后。贝尔特创造了当年的最佳纪录。接着为优胜者举行授奖仪式，第二名和第三名已经站在绿色授奖台上，他们站在那儿，前后左右不停地转动脑袋，一个劲儿张望着——我们大家也都在四处张望贝尔特——但这位冠军已不见踪影。他们在盥洗室，在各个房间，在更衣室，在救护员的帐篷里，到处寻找他。州主席和我们耐心等候时，他们用高音喇叭喊贝尔特的名字，请他火速来参加授奖仪式，但这位冠军没有出现。谁也没看见他是什么时候走开的，怎么消失的，到哪儿去了。在万般无奈的情况下，特娅跳过栏杆，横越跑道，丝毫不胆怯地径直走上冠军领奖台，站在第二和第三名之间——她以一种理所当然的神态替自己的丈夫出席领奖——和州主席低声说了几句话，此后，她在观众们欢快和充分理解的热烈掌声中,接受了贝尔特的奖状和奖牌。她替贝尔特和被其击败的对手握握手,接着代表贝尔特转过身向直道走去。然后,她来到我们的座位这里,当时我和维甘德、克罗纳特坐在一起。她把奖状和奖牌放进公文包,偷偷朝我点点头,并在他们两个男人背后小声对我说:"来,我们去找他……"

不,特娅并不确切知道,贝尔特获胜后到哪儿去了。她只能猜测他去哪儿了。我们驶过整座城市去港口,然后去鱼市。炎热似一根疼痛的手指,似一颗疼痛的牙齿,令人难以忍受。在鱼市,我们下车。特娅领我朝一个酒吧间走去,那是个用白石灰水粉刷得干干净净的酒吧间。"在这里面?"我问道,但没有得到回答,因为她已经站在水泥台阶上,正要推开厚厚的木门。我们踏进低矮的酒吧间。店主嘴里嚼着东西,从门帘后面出来。这是个胖乎乎的人,眼睑耷拉着。他先和特娅打招呼,然后和我打招呼。在柜台边,他们小声谈了几句话,然后特娅悄悄地给我使个眼色,我们掀起门帘溜了进去。店主没吭一声,他指着一个黑洞洞的木梯,目送我们爬上去。特娅对这儿很熟悉。她拉着我的手,站着等一会儿,好让眼睛适应阁楼上一直昏暗的环境——通过金属假指,我感觉得到她的手指在发抖——我们听不到任何响声,连呼吸声都听不到;特娅终于开始向前走动,她拉着我慢慢地走过向下弯沉的木地板,我们半弯着腰穿过低矮的阁楼木柱,走到一扇门那儿,那扇门是通向阁楼房间的。我们停下脚步,侧耳倾听,但一直听不到任何声响。特娅举起弯曲起来的一根手指,坚定地看着我,当我点点头时,她才敲门。门闩从里面向上抬起,门慢慢地被拉开。啊,贝尔特站在我们面前,他对我们的到来既不感到意外,也不感到惊讶，而是十分平静地、几乎是心情非常轻松地看着我们，好像他在等候我们似的……

贝尔特很快打个手势。我们踮着脚尖走进一个小房间。这个房间只有一个天窗，墙壁用白石灰水粉刷过。我首先看见墙上用石膏裹着的钉子上挂着的衣服，然后看见地板上放着一堆书和一包剪报。哦，贝尔特退到一边，这时我看见一张老式的大床，看见枕头上"体育元老"隆茨的那张善良的老鼠脸，他头发灰白，眼睛闭着。他盖着条厚厚的毯子，一动不动地躺着。在床头边的一张藤椅上放着一只碟子，碟子上摆着面包；藤椅上还有一只盛着薄荷茶的棕色茶壶，稀薄的水蒸气从里面曲里拐弯地升起来。在放面包的碟子旁边，有两瓶黏糊糊的药水，还有几支装着药片的玻璃管。我们走近床边。老隆茨睁开眼，朝我们打招呼，并艰难地从厚毯子下伸出一只手来。"真想不到这么倒霉，"他说，"偏偏在全德冠军赛前病倒了。今天，这个年轻孩子赛跑，我真想也到场观看。他获胜了。"我们拉起他的手，一直握着，直到贝尔特过来又把他的手塞在毯子里。我望着贝尔特，截住他的目光。是啊，我立刻明白过来，他向特娅和我借钱派什么用场——这件事他从来也没有对我们说起过。我知道，我也听说过，隆茨病了，但我不知道贝尔特在照料他，每天给他准备他需要的东西，给他打扫房间，给他冲薄荷茶，为他去药房取药。我们坐到床沿上，默默不语，闻着屋内带点儿酸性的气味。在贝尔特又向我借了钱、走出去取药之后，"体育元老"隆茨狡猾地微笑着把枕头垫垫高，坐起来，从毯子里伸出两只手。"是啊，"他说，"是啊。"他说着朝下楼的贝尔特点点头。"他定能成功，"隆茨说，"贝尔特一定会成为一位伟大的长跑运动员。我一定尽最大努力，让自己能够在全德运动会上看到他。他们不给我很大机会，这我知道，但我一定要向他们表明：在全德运动会上，我一定会用最洪亮的声音呼喊他的名字。首先，我必须把我的马拉松长跑研究搞完，没有多少了，没有多少了，只需要证明一下，马拉松这种长跑是从死亡出发跑向死亡。"因为我们一声不吭地看着他，因为他觉得必须向我们证实这一点，所以，他从枕头底下摸出个压皱了的练习本。接着，他用干瘪的手指在里面翻找着。"喏，在这儿，就是这个，这是马拉松长跑的最初照片：塞尔西波斯从艾罗伊达镇把马拉松战役的消息带回家。绝大多数人当然会说，这是埃夫克莱斯，他全副武装，对这场战役仍欣喜若狂，于是从那儿拔腿就跑；当他到达雅典最初的一些房屋门前时，累得摔倒在地上；他倒在地上断气之前，还喊道：'你们高兴吧——我们也感到高兴。'是啊，跑离死亡，接着再跑向死亡。普鲁塔克[①]说得对。"特娅站起身，从他手中拿过练习本，然后又把它放在枕头底下。她斟上茶，把茶杯递给他，他颤抖着伸手接过去。他啜饮这杯热茶，脸歪斜着，呻吟起来。后来，他出乎意料地听到楼梯上有脚步声响起，露出了很吃惊的样子。那是两个男人的脚步声，他们正踩着阁楼地板朝小房间走来。眼睑耷拉着的店主打开门，并没有走进房间，只是把头从门缝里伸了进来，好像要检查一下，用石灰水粉刷过的房间里还有几个空位子，他是不是还要尽自己的责任准备座位，好让另外一个人进来。我们感觉到他身后还有个人，但并没有看见是谁。他发现房间里还有足够的空位子，于是便朝身后点点头，然后把门空出来。霍斯特从阁楼昏暗的光线里出现了。他犹犹豫豫的，双手插在他那夹克衫

[①] 二世纪时的古希腊传记作家。

的口袋里。我们又走到了一起……

后来,贝尔特从药房取药回来;他一声不吭地把药放到藤椅上,然后又一声不吭地走到霍斯特跟前。他们俩握握手,霍斯特说:"我来只是表示祝贺,没别的意思。我激动得再也忍受不住了。你真了不起,贝尔特。这是我一生中看到的最好的一次赛跑。你不仅会在全德运动会上赢得胜利,而且你会赢得你想赢得的一切胜利。""我也有你这位世界上最佳的领步人。"贝尔特说,"你应该再次出来进行训练,霍斯特,我很快就会和伯特菲尔说说,我的小伙子。"他走到"体育元老"隆茨的床边。隆茨的老鼠脸上沁出汗水,闪着亮光;他那喉结像是在吞咽食物,顺着瘦削的脖子往下一动一动的。贝尔特,对,他旋开一个药瓶的盖子,把黏糊糊的药水倒进一个汤匙里,接着一定要把药水送到隆茨的干燥嘴唇之间,让他咽下去。老人吞下药水,睁大眼睛看着我们。他吃力地把一只手从厚厚的毯子下伸出来。他指着贝尔特,对我们说:"你们要好好关心他,好好当心他,使他成为一名长跑运动员,而不要去干别的。如果你们支持他,全欧洲的人就会谈论咱们的协会。他们会说,这个协会是了不起的长跑运动员的协会。你们不要关心技术项目问题,最大的项目总归是坚持跑步。另外,跑步也是个花小钱就能办得到的项目,因为人们不需要器械,不需要辅助手段,只需要他的那颗心。你们不要对其他什么感兴趣,马戏团的那种做法不值得学:需要钱,需要昂贵的器械,需要贵重的服装,那就和体育没多大关系了。你们要注意他,让他成为一位长跑运动员。"贝尔特点点头,表示给以安慰,望他放心。隆茨老人示意特娅,要她坐到他床边,接着朝她略微抬高身子。在他们小声说话时,我们背过身子回避。他们轻轻的说话声是房间里唯一的声响。

随后静了下来。特娅吻老人的额头时,老人又吧喷了一声。"体育元老"睡着了。"他想干什么呢?"贝尔特低声问道。"没什么,"特娅说,"也许以后会清楚。"我们离开睡着的老人。在酒吧间门口,我们和霍斯特分手。我们在那个下午的令人伤心的气氛中去贝尔特的房间。我们三人顺着港口走去,听着潮水冲刷码头、拍击岸边的喧嚣声。我们鱼贯而行,最前面是特娅,然后是贝尔特,最后是我。我手中提着那个放着奖状和奖牌的公文包。我望着贝尔特的背影,他仍然穿着那身破旧的衣裳,夹克衫满是褶皱,鞋后跟磨得歪歪斜斜的;他那灰黄色的头发散落在衣领上,看上去他和当时在渡轮上我第一次与他重逢时一样。我知道,他把他们付给他的管理员工资的全部,或者说是几乎全部,都用到"体育元老"隆茨身上了;没有,他没有为自己的大学学习留下分文,他还没有买过一本书呢。那时我想——他走在我前面时我还在这么想——现在使他感兴趣的只有老隆茨和跑步。后来,我们一起站在正在营业的港口饭店门口,一起走了进去,哀叹着在乱蓬蓬的葡萄架下找了个台子,并要了啤酒——当时,一条快艇,那是条白色快艇,无声无息地从我们身边滑过去,我们并没看见一个人影,当时不就是这样吗?快艇取了个西班牙姑娘的名字。它让人回忆起阳光明媚的海岸,回忆起光彩夺目的甜橙港口:快艇像个游手好闲者的纪念碑般逆流而上。我们目送着快艇,这时,贝尔特说:"你看到你想搭乘的一艘汽轮,上面都是些虚伪的人,我的老朋友,偏偏是这些虚伪之徒对我们指指点点,告诉我们需要什么,应当怎么做。这怎么可能呢?""事情非常简单,"我说,"他们有钱。"他的目光流露出鄙夷的神色,他那嘟嘟着的嘴巴也显露出鄙夷的样子。快艇进港消失后,哦,我还记得清清楚楚,他眯缝着眼睛看着我们，同时压低声音说："我讨厌贫穷，我讨厌贫穷甚于一切。什么也不能保证贫穷比富有更好，只要问问那些和穷苦的孤儿寡妇打交道的人，你们就会清楚的。现在安排任何计划都无任何意义，首先我必须摆脱贫穷。"过了一会儿，在特娅迷惑不解地看着他时，他又说："贫穷把我折磨得够苦了。它不能让人活得更好，不能让人生活得更幸福。我知道你们想说什么，但你们不用说了——你们没有看见老隆茨躺倒在他床前地板上的情景，你们没有替他脱衣服，没有给他洗澡，你们只看见他是个被照料和护理得很好的病人。唉，我们离开这儿吧！"当我们站在空荡荡的马路上——沥青已软化，粘到了脚跟上；沥青地面裂开的地方闪着强烈的亮光——我们走到前面时，贝尔特又返回去，在饭店柜台买了两包凉鱼丸。他把鱼丸拿回房间。当时，就在他第一次正式获得冠军的那天，准备接受他的失败的问题也开始了……

我们先后跟着上楼梯，这次是贝尔特走在前面，他手里拿着钥匙。他第一个走到门口，随后我看见，他弓起腰通过钥匙孔窥视里面，同时向我们摆摆手，示意我们轻轻走过去。房间里有个人。是啊，然后他开门，让我们先进去。靠窗口面对我们站着的是阿尔夫。阿尔夫一副挑衅的样子，他面色憔悴，相貌俊美，但又显得平庸浅薄；这个年轻人的眼珠黑溜溜的，头发黑黑的，他正朝我们不知所措地微笑着。贝尔特把一包鱼丸朝他扔过去，他一下子就把它接住了，动作是那样敏捷，同时又显得漫不经心。他看着被油脂浸透了的纸，凝视了一小会儿；他没有立刻吃，尽管他的目光透露出他饿极了。他没有立刻吃，而是站在窗玻璃后面，歪斜着身子朝下望望空荡荡的街道，然后走到门口，打开门，朝下面楼梯间听听有什么动静。他没有注意我，也没有特别注意特娅，特娅一直在用怀疑的目光盯着他。他感到放心后才把鱼丸包放在桌子上，坐在临摹丢勒的《家兔》画下方，开始吃了起来……

特娅和贝尔特窃窃私语，特娅小声地要求他做个解释，贝尔特却大声笑了起来，没有直接回答她。随后他说："在这儿可以大声说话，我们彼此不保守任何秘密。"对，他把特娅对他小声说的话重复了一遍，接着把阿尔夫的事儿告诉我们。阿尔夫用手指把灰白色的鱼丸弄碎，打量着这种长纤维的鱼肉，一块一块地塞进嘴里。贝尔特边笑边解释，我永远也不会忘记，他朝我们眨眨眼，并朝着这位漂亮的年轻人说："阿尔夫是个无赖。"他边笑边说，"你们看到了这样一个柔弱的无赖有着怎样的胃口。在外面，他无法吃东西，因为，如果他在大庭广众之下吃鱼丸，肯定会有一些人非常讨厌他。他不能在外面让人看到自己，因此，我给他准备了一份午餐。"贝尔特边笑边讲述自己训练回来时的情景。当时天还未黑，港口已沉浸在暮色之中；汽船靠岸时，他们在暮色里开始在港口进行大搜索。尽管他只穿着运动衣，而且除了协会借给他的钉鞋外没有任何别的东西，但还是被推进一个木板小屋搜了身，这使他特别气愤。他提出抗议，但无济于事。他们把他推进小屋，他不得不在他们面前脱掉衣服。他站在那儿，而他们把他的运动衣翻来翻去，还用手指摸索钉鞋的尖端。要是他们换个方法进行搜身，他也许会以无所谓的样子走出小屋。可是，凡是被他们推进小屋的人，无不感到深受他们那种职业性猜疑的威胁，无不觉得深深受到官方的怀疑。无论是谁，即便是身上没有他们要搜索的东西，也会感到他们的疑心叫人不寒而栗；从坏处着想，这是他们的义务，凡是被迫让他们搜身的人，他们都将其当作长期被追捕的杀人犯。对，他们把贝尔特推来推去，盘问他的生平，最后把他的运动服朝他胸前猛地丢去，而且气冲冲的，因为他们感到失望，没有从他身上找到任何东西。贝尔特穿起运动服，转眼就不见了。然后，他来到外面，在港口的暮色里看见一个年轻人朝外逃走，那个人已逃出他们在港口下面设下的包围圈的一角；贝尔特看到那个年轻人冲过包围圈，但不知道他最终是否能够成功逃脱。后来，当他看见穿制服的追捕者在他的房屋前巡逻，心里就有了数；他们潜伏在那儿等候着，从这一点贝尔特就知道那个年轻人逃脱了。后来，在走廊里，他惊骇地听到轻轻的一记口哨声，还没停下脚步转过身，他就猜到了口哨是谁吹的。因此，当阿尔夫惊慌的面孔在楼梯栏杆上露出时，贝尔特片刻也没犹豫，就把他让进自己的房间。他给他吃的，让他睡在自己房间里，没有试探他，没有问他为什么逃出来，为什么不敢到街上去……

阿尔夫，是啊，我还记得，在那个下午，他用手指把鱼丸弄碎；我们坐在贝尔特身边，看着阿尔夫吃完后站起身来，到门口听听有什么动静，然后歪斜着身子站在玻璃窗后，看马路上有何情况。他不相信他们忘记了他，这一点他无法相信。贝尔特呢？他对他这位面容憔悴的伙伴的如此警惕，如此小心谨慎，很感兴趣，不管阿尔夫到哪儿，他都用目光追踪着他——阿尔夫只要一动就总会引起贝尔特对他的注意。特娅静静地坐在我们之间的一条板凳上。她也在观察阿尔夫，但她持怀疑态度，甚至是敌视态度。阿尔夫把一种新的气味带进了房间，这是一种高级香烟和廉价发油的气味，闻起来甜丝丝的，一口香烟喷出后就散发出这种甜丝丝的味儿。在那个下午的炎热天气里，我觉得这种气味直冲脑门。阿尔夫又感到安全之后，问贝尔特这次比赛的结果；贝尔特说，他获胜了。当阿尔夫想知道他通过什么办法获胜时，贝尔特详细回答道："赛跑者必须只想着某件事情。"他说，"赛跑者必须想着某个驱赶自己一心向前奔跑并给自己以新的力量的东西。如果我完蛋了，或者我认为我自己要完蛋，我就想到维克托。我总是想到森林边那个平坦的湖泊，想到逃跑路上的那个礼拜天，在那个礼拜天我们刚刮过胡子，士兵突然出现在对岸。随后，我又听到他们的喊叫声，听到他们鸣放的枪声，我看见维克托怎样脚步一停转身倒在地上。是啊，突然一切又出现在面前：他们的喊叫声，嗒嗒嗒的枪声和维克托的那张面孔。每当我想到这些——我的心情并不会变得轻松，但我也不会放慢步伐。如果人们有这样一些经历倒也挺好。维克托在帮忙。"此后，贝尔特还在说着话时，我看见特娅面色苍白，她的嘴没有一点儿血色，脖子上的血管怦怦怦地直跳；她把一只手平放在胸前，闭着双眼，耷拉着头。当贝尔特不再说话时，当我们大家不再说话时，特娅的上身摇摇晃晃，接着突然倒向一边——慢慢地，非常非常慢地，而且叫人感到惊骇，竟然听不到一点儿声音——滑倒在地上。我们抬起她，把她放在沙发上。她的脖子冒着汗水，她的嘴唇瑟瑟发抖。她那一双胖乎乎的小手抓向沙发套，紧紧地抓着沙发套布，以至于手指节都泛白了。我们站在她面前，这时阿尔夫说——他的声音很轻，他意识到了什么，而且他的话带有讥讽意味："这类事儿是会发生的，甚至是常见的。我猜想，贝尔特，不久，你们就不会再孤单了。"贝尔特不由自主地退到后面，恐惧和抗拒的神情流露在脸上。他摇摇头，难以置信地看着这位姑娘，姑娘叹着气把头摇来摇去。贝尔特失望而惊骇地低头看着她，这一点我看得很清楚。贝尔特举起双手说："这不可能，你搞错了。你肯定搞错了，阿尔夫，因为你不知道，这对我来说意味着什么。这样一来就得放弃一切。我的老朋友，你是怎么想的呢？""事情不会这么糟糕。"我说，因为除了这样说我不知道说什么好。贝尔特伸手拿过一只凳子，坐到沙发旁边，把特娅的手指掰开，使其不再紧抓沙发套布。他弯腰面对着姑娘的脸。他叫着她的名字，把水灌到她嘴里，然后给她按摩太阳穴。当特娅终于、终于直起身，在贝尔特帮助下坐好，羞怯窘迫地望着我们时——哎，当时一切都已经预示了出来——贝尔特没问她什么话，这也许是因为我们在场，也许是因为他不希望得到回答，不希望得到他害怕得到的回答。他苦思冥想着，寻找自卫的办法，好像是在那个绿色大堤后面的战俘营里。他这样坐在那儿，直到特娅站起身，一言不发地走到门口；我们简短道别后就要分手。贝尔特想跟我们一起走，但特娅说："我感觉很好，我这就回家，你无须麻烦。"她挽起我的手臂，我们离开贝尔特和他的那位美丽同伴。我们越过马路，没回头朝上面窗口看一眼，尽管知道他们两个站在上面等我们朝他们挥手。"快，"特娅说，"快点！"我得费很大劲才能跟上她……

不，她还不想回家；她突然拉起我的手，走进下面河水旁边那家通风的酒吧间。我们在乱蓬蓬的葡萄藤叶下找到一张桌子。我们坐在那儿喝起酒来。我感觉到她在寻找一个开端，所以我们饮完酒，登上一条黑色的驳船。我说："你必须给他时间，对他你必须有耐心，那样一切都会好起来的。各种事情他都经历过。"特娅把两只手抵在驳船甲板上，眺望着河水。"我感到害怕，"她说，"先前，我们一起喝酒，那条船从旁边驶过，贝尔特开始说话时，我就感到害怕。他还从来没有对我提起过这些事。我真的感到有点儿害怕。"而我呢，我像叔父一样地安慰她——唉，当时我怎么能够相信真实情况会是如此残酷呢！——当然，我没有放弃我作为叔父这个长辈的角色，我说："他还很年轻，特娅，但你无须害怕。我认识贝尔特很久。我知道他是怎么回事。他有很多打算，因此，你必须给他一些时间。"是啊，当时我是这么说的，我觉得必须安慰她，尽管我看到，或者我预感到，没有别的东西会比这种安慰更伤她心了；但当时我也许还希望，整个事情会好转起来——我记不清了，我只知道，安慰是一种很糟糕的回答，是叔父这个长辈所做的一种回答。什么地方只要能够一刀两断，我就试图在什么地方将其弥合起来。我们的耽搁也很起作用，我们坐在驳船上时，我耽搁了些事。然而特娅，哦，是呀，这位姑娘感到心满意足了，就像一个姑娘在自己的处境下只能做的那样心满意足了。我记得，她突然把那只装着奖状和奖牌的公文包放在膝上。我没注意到她把这只公文包随身带上了。现在，她把它打开，拿出那张她替贝尔特接受的奖状。我们两个人一块儿看起奖状来……

下雨了，现在运动场上开始下雨了。不过这只是场阵雨。它倾斜着扫过煤渣跑道，像是绷直的绳子织成的一道栅栏出现在看台前。终点处对面，在没有遮盖的直道上，他们撑开了雨伞，一片雨伞林茂密成长起来，香烟的烟雾从雨伞林中飘起。赛跑运动员已进入第八圈，不，已进入第九圈。他们的头发湿漉漉的，运动衣粘在身体上，钉鞋的钉子把潮湿的煤屑高高扬起，腿上溅满了污泥。贝尔特一直领先，独自跑在前面，按照自己的计划跑着急槌击鼓般的步子。运动员们的领跑者至此还未发生变化。但现在贝尔特身后的顺序变化了。奥普里斯，头发鬈曲的罗马尼亚人，被人超了过去——冲到前头的是克里斯膝呢，还是克鲁德森呢？——一位丹麦运动员从他身旁冲了过去。现在，两个丹麦人并肩跑在一起，嗯，这两位看上去像是孪生兄弟的运动员彼此说着话，他们在奔跑时达成了谅解。他们决定采取哪种策略呢？他们一直还在相互交谈着，这时他们加快了速度。他们追了上来，逐渐接近跑在西博恩和黑尔斯特勒姆身后的穆索。他们超过去，他们知道为什么；他们各自都有自己的计划……

是啊，若是两位运动员搭档，若是其中比较弱的那个准备为另一位牺牲自己，那么，被推出的那一位会变得更强大，他获胜的机会就会增加。两个丹麦运动员已经找到这种策略了吗？他们看上去多么像是孪生兄弟啊……

哦，当时，意大利的孪生兄弟参加的那次越野赛跑——那是在什么地方呢？这对兄弟中只有一位报名参赛，这是位农副业工人，长着一副掠夺成性的独裁者的面孔。他赤脚走到起跑线上，兴高采烈地站到摄影记者前。然而在跑了一公里之后，他不得不放弃领先地位；他落在了后面，或者说他有意落在了后面。他跑到最后面的时候，谁也没看到他在微笑，谁也没看到他在途中的某个地方，一下子闪进一个灌木丛里，随后又钻了出来。只是他赶上他们时，只是他带着近乎给予鼓励的讥讽神色从他们身边跑过时，他们才发现问题。当他们，在他后面很久，摇摇晃晃通过终点时，他那副掠夺成性的独裁者的面孔流露出胜利者的神情，朝他们笑了起来——没有，没有一个人发觉，赢得那场越野赛跑的是两个运动员，这两个运动员在一个灌木丛后面碰头，彼此交换了一下角色。要不是他们两人为到手的奖品争吵起来，那次的冠军就会是这对诡计多端的孪生兄弟的了。他们吵架时，舞弊行为暴露了……

克里斯滕和克鲁德森在进行较量,加快奔跑,他们不断调换先后次序,像钟摆似的,一会儿这个在前,那个在后,一会儿又颠倒过来。贝尔特以绝对优势进入弯道,随后进入终点前的直道,他领先黑尔斯特勒姆二十米,或甚至是二十五米;他倾着身子,回过头看落在最后面的运动员梅格莱因:他想超过他一圈吗?哦,他开始加快步伐,又投入一次途中冲刺;他竟然还有力气进行这样的奔跑,一半路程还没跑完呢。但那是怎么一回事儿呢?他跑得并非更快,冲刺并没有扩大他领先的距离,因为黑尔斯特勒姆已经注意到这一点,而且开始放大步幅。黑尔斯特勒姆内心已起疑惑,他知道自己最多可以让贝尔特领先多少,因此紧跟不舍。那架双翼飞机拖着迎风哗啦啦响的布幅广告又出现在体育场上空。风把它斜压下来,它是为什么做广告呢?上面写的字之前辨认不出来,但现在看清了:"选轮胎要留心——要使用波拉克斯牌轮胎!"……

黑尔斯特勒姆不会让人把自己甩开,他们称这位瑞典人为"飞毛腿神甫":他的步子飞似的,在贝尔特后面紧紧追赶。他在想着什么呢?贝尔特在想维克托;一旦他感到脖子后面有紧追者的呼吸,他就会想到维克托。而黑尔斯特勒姆呢,这位头发金黄、信仰上帝的运动员在想着进天堂的大门吗?他试图在煤渣跑道上跑出个上帝保佑吗?如果他获得胜利,是什么在帮助他呢?……

主教也许会接待他,允许他吻一吻那只冰冷的戒指,那张心满意足的脸会低下来看看黑尔斯特勒姆,他会微笑着,而且会小心谨慎地赞扬他:哪儿有人,哪儿就有上帝,煤渣跑道上也有上帝。他们也许会把他的照片带来,作为教会杂志的封面——但照片下他们署哪个名字呢?啊,黑尔斯特勒姆的长跑是胜利者的长跑：他的肩膀多么柔软，他的步子多么富有弹性，他这样跑过去，决不让贝尔特把自己拉得更远……

卖香肠的小商贩，他们为什么背着大肚子的箱子偏偏站在栏杆前面呢？"走开，滚开！"……

在我后面，大家也喊叫起来。他们谩骂着，叫那些小商贩不要挡住自己的视线。再这样就得这么办。我要一根香烟，不要香肠。出什么事啦？运动场上响起一阵喧哗声，好像是波涛拍击海岸的轰鸣声。出什么事啦？在第一个弯道，啊呀，一位丹麦运动员跌倒在地上；他两臂向前伸着趴倒在潮湿的跑道上。奥普里斯从他身上跑了过去，梅格莱因这时也从他身上跳过去。两名身穿制服的救护员赶紧跑上运动场，一只手紧紧按着挎在肩上摇摇摆摆的医疗箱。又不需要他们了，那位运动员又站了起来——那是克里斯滕呢，还是克鲁德森呢？他的运动衫从肩部到腰部有一片污斑，但他没有放弃比赛，他继续奔跑起来，想追赶上梅格莱因。观众为这位丹麦运动员热烈鼓掌；他已经追赶上梅格莱因，正踩着他的步子奔跑。贝尔特回过头；什么也看不见了，一切都已过去。运动会筹委会主席比克迈尔出现在荣誉看台上，那肯定是他，从侧影看他那后脑勺扁扁的。他被介绍给首席市长，他点点头，不停地笑着，而且一个劲地鞠躬。现在，他把一些棕色的皮盒子放下，并做了个邀请的手势；过会儿举行授奖仪式时，市长可以给优胜者分发这些装着奖牌的盒子……

他们是否因长跑比赛中断了撑竿跳高呢？没有，他们照样在进行撑竿跳高比赛。撑竿跳高是一项耗费时间的项目，每跳一次，运动员都需要放松一下，再次积蓄精力，认真做好准备。一个运动员拿着撑竿试着助跑，他走到跳高架子那里，竖起撑竿，反复测量位于四米四十处的横杆高度。现在，他慢慢走回去，目光盯着地面，双肩低垂着。他停下脚步，转过身；他双手紧握撑竿，脸朝下，撑竿贴在一边的面颊上。这时，他抬起头，开始奔跑。他双手紧握举得半高的撑竿，疾速奔跑，同时用目光搜索着撑竿尖端就要插进去的黑黑洞穴。他起跳了；他用尽全力猛地纵身一跃，把自己高高撑起来，他的身体越过横杆，双手松开撑竿，跳了过去。不，他身体下落时，擦到了横杆。他撞下横杆，松软地掉进潮湿的锯屑堆里；横杆掉了下来……

雨停了，阵雨过去了，风似乎也减弱了。非终点直道前的旗子低垂着。贝尔特的脸变了形，如此苍白，看上去他好像是在接受拷打，像是在忍受秘密刑讯的折磨似的——这是表示对胜利的一种渴望吗？这种渴望如此强烈，以至于使他忘记有利的获胜机会，使他丧失正确估计自己力量的能力了吗？难道他会像法国人勒米西奥的情况一样吗？这位法国人在雅典参加第一届现代奥林匹克运动会时，跑到途中，像被雷电击中似的倒在地上，失去知觉。贝尔特会这样吗？……

这是什么样的一个途中速度啊！贝尔特赛跑中没有一次一开始就跑得如此之快，他还从未获得过这样一个途中速度，这是绝望之下跑出的纪录；是啊，但途中速度并不说明什么，因为，只有赛跑的终点才起决定作用。或者，在这次赛跑的终点会不会创造出他的一项新的纪录呢？这是可能的，在这方面一切都是可能的，因为绝大多数纪录都是出乎意料地跑出来的。这些纪录有的是顶着大风，有的甚至是冒着大雨跑出的；有的是在松软的跑道上，有的是在严酷的烈日下跑出的。绝大多数纪录的获得都出乎大家的意料，甚至计时员也感到突然——纪录很少是在充分准备、预测和选定带步人后创出来的。他们常常写道，说某个纪录达到了一种绝对极限；他们想，跑更好的成绩，没有一个运动员的心脏和肺脏能支撑得了。后来，一个来自芬兰林区的人，一个英国的郊区医生，或者是澳大利亚的一个农业工人，他们遇上一个对手，这个对手牵引着他们，驱赶着他们奔跑；他们奔跑着，最后用一个新的纪录表明，心脏或肺脏的功能谁也确定不了，甚至连极富智慧的专家也确定不了。每当一位伟大的赛跑运动员出现在跑道上，他们总是认为，现在成绩达到了极限。努尔米以三十一分四十五秒的成绩，在第一次参加奥林匹克运动会时摘取了桂冠，那时他们就这么认为；后来，库索津斯基以略多于三十分的成绩取胜；接着，查托比克来了，并参加赛跑，好像他想拼个死活夺得胜利——在赫尔辛基，他以二十九分十七秒的成绩夺冠——他们这时又认为，世界上不会再有任何赛跑运动员能够比查托比克跑得更好。然而，继查托比克之后又来了弗拉基米尔·库茨，在他的创纪录赛跑中，前五次都比查托比克在赫尔辛基跑得更快……

是啊，贝尔特的途中速度有可能创出新纪录，如果他能坚持下去的话；但他不会坚持下去，他没有力气再这样奔跑。他的最后一次赛跑会以失败告终，他将以这次失败永远告别体坛……

这不会是他的第一次失败，不会。他已经失败过一次，那时，他和一个对手展开竞赛。谁也没有战胜过那个对手，或者说，谁也没有可能会战胜他。然而，他，贝尔特，想要知道个究竟，想一试高低。就在那个星期天的上午，在他跑出他的第一个伟大的胜利之前很久——他的名字当时在体育场上还无人知晓，他贝尔特当时充其量是个有希望的运动员——对，他刚要开始成为伟大的赛跑运动员时,第一次失败就来临了;这次失败,他本人也许根本没有作为失败记载下来,但失败变成了现实。它一开始就表现了出来,好像贝尔特应该做好准备,一次失败总是有可能来临,一次失败肯定会来临:开始是伴随着结束开始的……

那是在全德运动会锦标赛决赛的日子。贝尔特要在下午参加赛跑。上午,我们坐在协会酒吧间吃早餐。大家都在场,有维甘德、伯特菲尔和克罗纳特。我看见他们心神不定地围着贝尔特坐着,我还听见他们从各个角度向他提出最后的一些建议,而贝尔特耐心地点点头,边吃他那份炒蛋。在那一天——他们为这一天给他做了充分准备——港口体育协会的名字也将随着贝尔特的名字飞出这座城市。大家都知道存在着什么风险。克罗纳特非常担忧,他再也无法安静下来。他围着桌子转来转去。他望望天空,天空云雾蒙蒙;他测了一下气温,天气十分闷热。他站在贝尔特的座椅后面,若有所思地盯着那盘炒蛋,好像他在考虑着怎么样才能使他的这位被保护人减轻咀嚼的艰难。他那因常喝啤酒导致毛孔变得很粗的脸显得十分不安。伯特菲尔如同以往一样,头发梳得平平整整,咂着嘴,双手在桌子底下搓来搓去。他认为冠军已是十拿九稳了。他用指责的神色看着我,因为在我看来,冠军还没有吃准是谁。我认为,多恩和贝尔特一样,也有获胜机会。多恩是个非常可靠的长跑运动员,他身体瘦削,性情怪僻。他常常在海滩训练,训练时收集干海藻;在草地上训练时,他则常常收集野菜。在家里,他用这些东西煮他的"胜利羹",协会的人常以此对他进行善意的讽刺。是的,性情怪僻的运动员多恩一向素食,他要求极为严格,以至于他附近的一般素食主义者都变得诚惶诚恐了,好像自己反而成了离经叛道的人了。多恩为维多利亚体育协会参加赛跑,我从来不知道他是怎么加入那个协会的,因为维多利亚协会在当时已经是个高雅和尊贵的协会。加入该协会的是许多律师,广播电台的几位编辑,还有商人,甚至还有一位市议员——这些人都是高贵的"夜晚运动员",他们在极为考究的设备上进行锻炼,目的是为了享受俱乐部的夜生活,给自己增添欲望。多恩为这个维多利亚协会参加赛跑。我觉得,他和贝尔特一样都有很大获胜机会……

贝尔特吃完后,克罗纳特把他的盘子拿到厨房里,带回一杯热牛奶。哦,那个眼睑低垂的男人——"体育元老"老隆茨的店主——这时出现在酒吧间。他的目光立刻找到了贝尔特,这位外国店主未打招呼,未看我们当中任何人一眼;他如此自然地走向贝尔特,好像屋子里除了他们两个之外没有其他人似的。他站在贝尔特身后,微微弯下腰,说了些话,他的话我们都听明白了:"他不会再坚持多久了。你快去,他在等着呢!""他快要死了吗?"贝尔特平静地问。"赶快走。"这位外国店主说。贝尔特站起身,让那杯热牛奶放在那儿。"现在不能走,"克罗纳特说,"你现在不能走,贝尔特!"紧接着,克罗纳特愤怒地对这位外国店主说:"您想在这儿干什么呢?贝尔特现在不能走,几小时以后,他必须去参加赛跑!"贝尔特穿过酒吧间,我现在还记得清清楚楚,他不顾克罗纳特那充满忧虑和发出警告似的喊叫,毫不迟疑、毫不犹豫地从我们身边走过去,把他的老教练维甘德朝旁边一推,随后又是毫不迟疑地打开酒吧间的门,旋即消失在那条灰蒙蒙的大街上。是啊,他,还有其他人,都对那天寄予希望;但就在那会儿,就在决赛前不到几个小时的时候,他走了,这场决赛将带给贝尔特的可不仅仅是一场决赛。我走出去时,看见他在奔跑。他没有等候有轨电车,也没有招手喊一辆停在协会酒吧间下面的出租汽车——贝尔特奔跑着。也许他知道是和谁赛跑;如果他不知道这一点,那么,他至少是怀着害怕的心情在奔跑;要是跑得不够快的话,他害怕自己会迟到,害怕一切会过去。"不会坚持多久了。"外国店主已经这么说过。贝尔特想着他的话。唉,这是决赛前的奔跑——在进行这种奔跑时,我常常陪伴着他。当他沿着断裂的墙壁奔跑时,当他顺着那条通向鱼市的肮脏街道奔跑时,我试图设想他在想些什么,他经受了怎么样的痛苦折磨。我跟在他后面。我沿着他跑过的路走着。一位年迈的涂着浓浓脂粉的妇女从我对面走来,她一只手臂搂着个牛奶瓶,另一只手臂抱着条黄毛狗。她脸上流露着十分生气的样子。贝尔特从她身边跑了过去。她是在生贝尔特的气吗?这位妇女随后转身踏进一条通风的门道。一辆汽车从鱼市驶来,坐在方向盘后面的是一位身着黑色衣服的男人。我看见他摇着头,从后视镜里寻找着什么。难道是贝尔特在他的车前面穿过了马路?在下方,在那堵墙的尽头,有两个瘦弱的孩子:一个男孩满身污秽,一个女孩佩戴着个饰针。他们手里拿着弹子,但他们并不是把弹子朝水泥台阶弹出去;他们两个都朝鱼市的方向望去,好像打扰他们玩耍的人朝那儿跑走了。我走过鱼市的那个铁轨纵横交错的广场,从仓库之间穿过去,一直到我看到那个用石灰水粉刷得干干净净的酒吧间。"体育元老"老隆茨就在酒吧间里,躺在昏暗的阁楼上。贝尔特赢得了他这次奔跑的胜利吗?……

我踏进酒吧间。酒吧间里静悄悄的。我放轻脚步爬上木楼梯,站在昏暗的、散发着霉味儿的阁楼里倾听着。因为,我期望听到老人那种平缓的喃喃声,然而,就像我第一次和特娅爬上这儿时那样,现在依然是听不到一点儿声音。随后,我打开阁楼小房间的门。我一下子看出,贝尔特失败了:"体育元老"隆茨直挺挺躺在床上,双手放在沉甸甸的毯子上面。他的头发贴在两边太阳穴上,低垂的眼皮微微闪着淡蓝色的光亮。他死了。贝尔特呢?贝尔特坐在床前吱吱响的藤椅上,望着这位老人的心满意足的老鼠脸,好像他要探索这个生命的根源;关于这个生命,他现在只知道它已经结束,除此而外一无所知。我没有说一句话,坐在靠窗户的板凳上,等待着,同时想着贝尔特不一会儿就必须去参加比赛;我什么也没说,我没有打断他探索隆茨已经度过的这贫贱但又是快乐的一生的根源。我预感到他们和外国店主正在来这儿的路上,随时都有可能听到他们在广场上的喊叫声,随时都有可能听到他们踏上黑暗的木楼梯发出的砰砰声。在我侧耳倾听时,贝尔特说:"若是你才来,我的老朋友,那么,一切都太晚了。现在一切都已成定局,你无法再改变啦。你必须看到,事先就得把支票兑现。"我默不作声,这时他又说:"不能像他这样,永远不能。"……

天阴沉下来,阁楼的房间里显得很昏暗。贝尔特站起身,一声不吭地走动着。我这时感到,好像自己坐在一个水族馆里。他把书籍、杂志和剪报堆放到一个角落里,从墙上拿下所有衣服,默默地清扫房间。我这时又觉得,仿佛我是在观看在暮色中游动着的一条鱼……

随后,我听见他们在广场上的喊叫声。不一会儿,克罗纳特从楼梯上喊着贝尔特的名字。我们没有等他们上来。我们迎着他们走过去,因为贝尔特不想和他们说话,他什么也不想说;出租车把我们带往运动场,我们陪伴他去更衣室时,这期间他也没说一句话。他换衣服时,我在他身边。我说:"你准能成功,贝尔特。你不能叫我们感到失望,至少不能叫'体育元老'隆茨失望。如果你这次赢了,你口袋里就有了一切。这次全德运动会对你来说是最重要的一次长跑比赛。"他微微一笑,我留下他一个人,走开了……

终于开始万米决赛。我和特娅,还有霍斯特和阿尔夫,坐在一起——阿尔夫也来了。是啊,全协会的人都来了。那些积极分子、老前辈、赞助者和创办人都来了,他们的家属和他们也一起来了,整个港口似乎也和这些家属一起来了;我看见汽艇主坐在我后面,坐在我后面的还有水手、装卸工人和水上警察;港口所有能休假的人都来到这个人声鼎沸的地方。他们肯定已经知道,他们中的一个人要为夺取全国最高称号而奔跑。他们想看到港口里的获胜情景。贝尔特在找我,我朝他挥挥手。他一起跑就领先,二十四圈之后他仍未放弃领先地位,他甚至超过场上最后两名运动员一圈,但有一个运动员他无法甩脱掉:多恩。这个瘦削的运动员,这个飞快奔跑的素食主义者,他接受途中冲刺的挑战,紧跟不舍。难道干海藻给了他力量?难道他掺在"胜利羹"里的野草给了他力量?多恩,维多利亚协会的这位长跑运动员,紧追不舍。二十四圈之后,他看上去比贝尔特更加精力充沛,他能轻易地从他身边跑过去,但在进入终点直道前他一直克制着自己,进入终点直道后,他才开始加快速度。港口的人看出了贝尔特的危险。这时,鼓舞人心的喊叫声像风暴似的响起来。他们从座位上高高跳起来,为他加油鼓气,驱使着自己的选手奔跑最后一百米,但他们的这位选手最后冲刺从来就跑不好。多恩渐渐地追了上来,接着和贝尔特跑齐了,随后便冲了过去。当他们冲过终点时,多恩领先贝尔特半米。于是,多恩赢得了全德冠军,贝尔特为亚军……

贝尔特感到满意，港口来的支持者对亚军也感到满意。贝尔特的名字在喇叭里响起，他为之奔跑的协会名字也在喇叭里响起，这时他们的掌声经久不息；是啊，他们庆祝他的劲头比庆祝冠军还要热烈。因为，他使他们，使从港口来的所有人，享受到了受赞扬的幸福。他们对这枚银牌感到心满意足。克罗纳特呢，他那红红的面孔出现在摄影记者中间，他高兴极了；我看见，他拼命挤到贝尔特那儿，狂热地拥抱他，好像舍不得再把他放开；然后，他拉着他走过体育场，像是一位驯兽员牵着自己驯出的获奖宠物走过赛场。在这次长跑比赛之后，他便与他形影不离了。贝尔特换衣服时，他站在旁边；他把贝尔特推进出租车，到协会酒吧间门前又把他拉出来。然而，在我们走进酒吧间之前，发生了一件当时还让贝尔特感到尴尬的事情。我还记得清清楚楚：一个男孩，身穿整洁的节日服装，一条腿绑着夹板，忽然走到贝尔特跟前。他递给贝尔特一支铅笔和一个打开的本子。贝尔特不知所措地望着他。此时，阿尔夫说："你应给他签个名。"贝尔特问道："为了什么呢？""他收集名人的签字，"阿尔夫冷笑着说，"现在你有名气了。对这一点，你得感到满足。把你的名字写进去，他会非常高兴。"我们围着贝尔特站着，看着他把自己的名字写进那个男孩的本子里。这是他一生的第一个签名。他写得如此缓慢，如此认真，就像是给一份文件署上自己的名字。此后，贝尔特朝男孩伸出手，站在那儿不知如何是好，仿佛不知还要发生什么事儿似的。于是，我们把他拉了进去……

谁来把这枚银牌拿走呢？是贝尔特呢，还是协会呢？协会似乎赢得了它，至少庆祝会可以让人得出这样的结论。啊，那些小小的胜利获得的战利品，与贝尔特的银牌相比，看上去多么寒碜；烟熏脏了的三角旗、各种彩带、硬纸剪的花冠——谁还知道它们是为哪次胜利授予的呢？它们在价值上一下子变得如同集市上的珠子，这种珠子花一马克就能买到满满的一纸袋子……

协会的人从我们桌边走过，为的是对贝尔特表示祝贺。每个人都想握握他的手，每个人都想拍拍他的肩膀；霍斯特，这位头发卷曲的船舶油漆工，也走过来向他表示祝贺。霍斯特在一次内部会议上曾被他们禁止参加正式比赛。当贝尔特说自己希望下次和他们一起比赛时，霍斯特说他的跑步生涯已经结束，他们既不需要取消禁令，也不需要为他花费精力。他说："我的赛跑生涯已经结束，贝尔特。他们给我在膝部动了手术。我无法再跑步了。但是，我们对你，贝尔特，寄予很大希望。在下次赛跑时，你准能击败多恩，你只须注意，在最后冲刺之前，让他远远落在你后面。"……

贝尔特微笑着接受大家的祝贺，他的微笑是那么心不在焉。嗯，他用微笑把自己遮掩起来；我觉察到他内心不安，精神沮丧，觉察到一种隐藏着的反叛情绪。他和其他人谈话，他和他们干杯，他让人给自己和特娅一起拍照，然后他和协会主席留影，还单独为协会的相册照了张相，他也参加庆祝。但他和他们庆祝的是同一件事吗？他们庆祝这个胜利，而他呢，我从他脸上看得出，当时贝尔特已经在考虑告别的事情。甚至阿尔夫也不能使他一时消除他那面孔上假面具般的微笑。阿尔夫和他说着话，贝尔特却摇着头，同时眼睛望着一边。甚至阿尔夫——他一直还住在贝尔特那儿，现在是鱼类加工厂的信差，当然是在贝尔特的推荐下获得这份差使的——甚至他的这位漂亮的朋友，对此也无能为力。贝尔特在想着哪种告别呢？……

在我们庆祝这枚银牌时,酒吧间散发着啤酒味儿和廉价香烟的味儿。后来,克罗纳特站起身来,意味深长地请求大家安静下来——一直还有人在叽叽喳喳地说话,一张椅子还砰地移动了一下——他长时间地等候着,直到无须再说什么为止,因为,关于坐在他旁边的特娅和贝尔特的事情,他已经通过目光把要说的话全说了……

克罗纳特宣布了他们订婚的事情。他拥抱他们俩,大家又是一番祝贺。贝尔特站在那儿微笑着,那是一种内心空虚的微笑。当我祝贺特娅时,她同我握握手,她那双温暖、丰盈的手握住我的手;她眨了眨眼,嗯,她想感谢她的这位秘密的同盟者,想让我回忆起我们的那次谈话,在那次谈话中,我曾经以长辈般的身份安慰了她。我理解她眨眼的意思,我再也没什么可说的了。我很早就离开了他们的庆祝会,我必须去写文章,报道前天的赛事和贝尔特赛跑的情况。我没说过多告别的话就走了……

一直是老一套:星期天晚上写文章,以便星期一文章能见报。在订婚的那天晚上,本来还得发生一点什么事情;我在离开的路上思忖着这件事,回到家开始写稿子时还在琢磨。贝尔特的那张脸,无意之中出现在香烟的烟雾里。我瞧见他微笑着,觉察到他苦思冥想、心神不定的样子;有时我望着电话机,心想他们会从酒吧给我挂个电话。他们没有给我打电话。后来,不,第二天,贝尔特就对我说他整个晚上都在和维甘德谈话。什么事也没有发生。或者,更明白地说,发生的事情如此渐渐地、如此理所当然地发生了,以至于谁也无法觉察到。一切是从维甘德,对,是从他开始的。在订婚的那天晚上,他向贝尔特提出建议:"我不能再教你了,年轻人,根据你的情况,你必须另找一位教练。要是允许我给你提个建议的话，那我就建议你去找吉泽。你要在他那个学院里选读一门训练课程。他已经让三位，或者现在说是四位长跑运动员创下了世界纪录。对你来说，吉泽是个合适的人选。"第二天，贝尔特对我讲起这件事，他想知道我对吉泽有何看法。我认为吉泽不是一位魔术大师，而是一位能让每位长跑运动员成为机器人的工程师；但因为机器人获胜的机会在增加，所以选择吉泽似乎很有道理。我建议贝尔特不妨试一试。我还记得，我建议他去吉泽那儿选读一门课程。为什么我这样做呢？也许是其他一切我都觉得无关紧要，或者说，我觉得比我所做的更无关紧要；也许在某些方面也是我的过错，因为我当时很想看到他能够获得胜利。我想帮助他成为一名长跑运动员，而且我支持他放弃某些事。谁要是什么也不想放弃，就无法获得成功。哦，我一而再、再而三地劝说他，尽管我看到，或者必须看到我的建议会把他指引到什么地方。他常常问我，我常常回答他——谁也没法计算我对他干出偌大的成绩做了多少贡献。首先是，我很高兴我对贝尔特起了影响；有时，我觉得好像我在他的生命中寄托了我自己的生命。我真该把给他提的建议也对我自己提出来。他从我这儿能听到这样的鼓励、告诫和要求，而如果我处在他的境地，这种鼓励、告诫和要求也会适合于我。自私自利，也许这是一种特殊形式的自私自利，出于这种自私自利，要是他在我的影响下做成某件事情，也会使我感到满意。是啊，是这么一回事儿，在那个凉爽的春天，当贝尔特在港口体育协会的支持下去吉泽那儿接受训练时，我仍然是这样的心情……

  吉泽当时的处境很困难，大家都指责他，不仅在本国，而且在阿姆斯特丹，在斯德哥尔摩，人们都指责他；尤其是在伦敦，因为据说他残酷的训练方法把帕多克给毁了，帕多克最擅长跑一千五百米，是英国最有希望的长跑运动员之一……

到处都在暗地里攻击他，都在小心谨慎地指责他，因为，谁也不敢公开撰文反对他，他取得了许许多多的惊人成绩：有许多长跑运动员自称是他的弟子，是吉泽弟子，还有吉泽风格，吉泽训练，吉泽式纪录，这些即使是他的反对者也都表示赞赏。贝尔特去他那儿时，我也去了他那儿。编辑部需要一篇用第一手资料写出的文章，报道吉泽训练法，我被派去进行采访。编辑部说："你尽可放心地写批评性文章，但是不要太过分，在吉泽那儿往往会培养出赛跑纪录。因此，你到那儿去看一看，并设法让他接见你。"……

山坡上长满一层层的葡萄藤，高地上的树林呈深蓝色；运动场坐落在下面山谷里，它的四周围着栏杆，没有一丝风。运动场旁边是条河，河水上涨起来，水中一个个的旋涡，树枝在水涡中打着转；河水冲击垂柳枝条，激起小小的浪花。我站在那座古老的木桥上，眺望河水，河水遇到桥墩受阻，汩汩地流淌过去；河水在黑乎乎的河湾那儿形成螺旋形的波纹。后来，在黑蒙蒙的河湾里出现一个高速移动的影子，鱼尾鳍搅起小小的旋涡；当那条鱼跳出水面吞食一只甲虫时，我看见荡漾起来的一圈圈涟漪……

贝尔特在什么地方呢？他过来了，现在他正从"马拉松门"跑过……

当他们从"马拉松门"出来时，穿着浅色防风夹克的吉泽跑在前面。他面容沉静，下颏像是鱼鳃，又和梅花鲈鱼的下颚相像；跑在他后面的是身着训练衣的四位运动员，他们像是魔术师的徒弟般紧跟着他，有的搓着手，有的练习着起跑，有的蹦蹦跳跳地放松身体。我获得准许——吉泽说:"这只是个例外,说清楚。"——他准许我观看他们按照他的方法进行训练的情景。当然,吉泽事先要让人为他的运动员检查身体——检查肺脏、心脏和血液循环;布劳霍恩负责体检工作,他是学院里一位英俊的体育医生,跳交际舞多次获得冠军——因为,心脏虚弱或肺活量不够,吉泽压根儿就不会在跑道上开始训练工作……

不,吉泽要确保安全,他和朋友布劳霍恩携手工作;训练时,布劳霍恩常常到场。这是种什么样的训练啊!这种训练法不是偶然形成的,不是从传统和观察得出的结果,也不是从老运动员的经验总结得来的。吉泽的训练计划经过他的艰苦努力才精心构思出来的,他本人干脆把他的计划称为"体系"。有机的成分在他设计的结构中起着重要作用。这是他本人发展起来的一种"类型学"。甚至心理学也没被他忽视;凡是涉及作为人的运动员和作为运动员的人的一切因素,都在吉泽的结构中考虑到了。"基础是广泛的,我从底层开始,一层层地加高。"后来,他在一次答记者问中这么说。他一层层地进行加高,他的手段是,他让这四位运动员——他们训练长距离赛跑,按照他的"类型学",他们都是"慢燃火炉"——去进行短距离全速奔跑训练;几分钟的间隔时间,一再反复训练。我猜想,贝尔特起初也这么猜想,吉泽是要不惜任何代价,把这些长跑运动员培养成"急燃火炉",直到他们在八百米跑的纪录上非常出色。他们四个人都认为,吉泽是想让他们去掉专攻长跑的习惯。当吉泽出乎意料地让他们参加短跑比赛时,他们还在思念长跑。布劳霍恩在他们赛跑时计时。事后,贝尔特对我说,他跑出的成绩比在全德运动会上的还好。"心理方面的花招,"吉泽解释说,"运动员若是习惯了快速短跑,就会觉得速度太慢。他一鼓劲,就会跑得更快。"是啊,心理学也写进了吉泽的训练计划;没有任何方面被他遗忘了。他借助于教学电影让他们认清自己的优缺点,他借助于挂在墙上的黑板给他们解释哪位运动员跑哪种距离最为理想,他让他们知道天生的障碍,每个运动员从跑一项距离转到跑另一项距离都必须了解这些天生的障碍。布劳霍恩讲解医学上的情况和变化。在跑道上,在较短的距离里,训练长距离的全速奔跑,这样培养运动员的冲刺能力,让运动员具有敏锐快捷的感觉。"在短距离赛跑方面,"吉泽说,"几乎所有纪录都已突破。只有长距离赛跑的纪录还可以刷新。为实现这一目的,长跑运动员必须学会全速短跑的本领。心脏应坚持得住。心脏的跳速可以减少到一半,而身体不会受到伤害。心脏的跳动次数越少,运动员的潜力就越大。"……

每到晚上,运动员们都精疲力竭。我和贝尔特稍微散散步,我们总是默不作声地顺河走到树林那儿,然后再返回来,因为在训练期间,他需要有充足的睡眠……

那儿有个老人,他的帽子上插着牙签。这位老人每天晚上都坐在那座木桥上,摇晃着的双腿在水上映出倒影。老人非常友好,像对待老朋友似的,对我们挤挤眼,和我们打招呼。他对我们讲起黑乎乎的河湾里的一条老鳟鱼,那条鱼很狡猾,个头很大,它扯断了许多条钓鱼绳,让很多钓鱼者感到绝望。这条鳟鱼多年来一直待在河湾里,村子里的人个个都知道它。有时,在八月河水低落时,他们说看到过这条鳟鱼:它窥视着,鱼鳍顶着河水轻轻地扇动——外来人不会想到这条河里有一条这么大的鱼,这么大的一条鳟鱼。这位老人每天晚上都会谈起它,谈得我们最后下决心去钓鱼。我让人把我的钓鱼用具带给我，备用钓竿给贝尔特。我们礼拜天去钓鱼……

备好了不少鱼饵：保存在汽水瓶里的蚂蚱、蛆虫、湿的和干的苍蝇，还有最后一道食物——活梭子鱼；梭子鱼是我用树枝在下面小湖边起伏的沙地上捕捉到的。礼拜天不训练。一大清早——草地上遍是冰凉的露水，河边柳树前飘着雾气——我们在运动场边碰头，然后走过富有弹性的草地，来到水边，那是在木桥上游好远的地方，因为我们不想因震动或是响声让那条此时正捕食的老鳟鱼起疑心。我们想让鱼饵顺河水而下。我们装好钓竿，固定好绕着绳子的转盘，这时贝尔特高兴得简直透不过气来。嗯，我还看见他站在下面河边紧张期待的情景：当我们拿着装好的钓竿走到水边，第一次将鱼饵抛出去时，我背部还感觉到他挑战似的撞了我一下。河水黑乎乎的，什么地方都看不到河底。我首先把一只蚂蚱扔到河的中央，让它顺着水往下漂，同时我放出转盘上的绳子。那只蚂蚱在一个旋涡里直打转儿，后被冲到岸边，冲到柳树下。我便收回绳子重新抛出去。这次，我更缓慢地放出转盘上的绳子。那只蚂蚱顺着河水朝下漂去，忽然被水流冲到水下，但马上又浮了出来。此后，它漂到岩石那儿，那是两块被水冲刷得圆溜溜的岩石，它们突起在水面上，后面的水流十分平静。我知道肯定发生什么情况了。水流把那只蚂蚱冲向岩石，然后慢慢地让它绕着石头打转儿。就在这时，一条鳟鱼猛地蹿起来，我看见它吞下蚂蚱，立刻转回身，赶紧游到它常待的地方。绳子长蛇似的跟在它后面，漂在水上。我用劲把鱼竿提了提。那条鳟鱼牢牢挂在了鱼钩上。绳子绷得紧紧的，钓竿的尖部摆动着，随后弯到了水下。我发现我无法抓到鳟鱼。我打开闭锁。那条鳟鱼把绳子从转盘上拉走，离开它在石头后面的老地盘，快速顺流而下，朝那座木桥方向逃去。绳子突然松了下来,非常松了,我再也感觉不到有那条鱼了。我猜想,它已经脱离了钓钩。随后,贝尔特顺河指着柳树下面:那条鳟鱼从水中高高跃起,弯着身子,而且一个劲地抖动着。我看见它还在钩子上。贝尔特收回自己的钓竿。他走过来帮忙,不过我用一只手也做得到,我迫使那条鳟鱼从柳树下游到河的中央。在河中央,它又跳跃了一下。水流帮了它的忙。它挣扎得很厉害,以至于起初我以为,那条传奇式的鳟鱼钩在了鱼钩上;但它跃起时——是啊,它第一次跃起时,我就看出来了,那不是老人对我们讲述过的那条大鳟鱼……

鳟鱼拼命拖拽绳子,剧烈挣扎,但动作越来越弱。我感觉得到,它冲撞钓竿的劲儿越来越小了。它过来了,无法阻止地越来越近了。此后,鱼儿一冲撞,系绳子的转盘就咔嚓咔嚓地响:那条鳟鱼已被牢牢钩住。我再也感觉不到它还在动弹。钓绳夹在了两块石头之间。我用钓竿拉钓绳,只听见绷紧的绳子在空中砰砰地响。我慢慢把钓具移向一边,想从旁边岩石下面把鱼拉起来,但是没有成功。贝尔特也没能做到。最后,钓绳在它被岩石摩擦得松脆的地方扯断了……

我们往河下游移动一点。贝尔特爬到紧紧陷进河床的一株树干上。我在岸边。我们拿出新的鱼饵,一次一次地抛出去,但没有鱼来吞食。我们一边抛着鱼饵,一边朝那座木桥走去。这个时候,贝尔特才把梭子鱼装上;他把它弄死,用绳子穿过鱼肚,再把一块磨得光溜溜、活像个鱼头的空心铅拴在钓饵上。我们把这两样东西抛到黑乎乎的河湾里,河湾里的水荡起长长的螺旋形波纹。梭子鱼有气无力地晃悠着。这时,我们又开始谈起话来……

我想两者都能看到。这种要求实在太高了。我希望贝尔特成为一个长跑运动员,我希望看到他获得胜利;同时,我必须提醒他,他不可能一生都做个长跑运动员。当我们在太阳下坐到木桥上时,我又谈起这事。他对我的问题毫无准备,既感到突然,又感到生气,一个劲儿望着我。"全德运动会现在过去了,贝尔特。"我说。他默默不语,一副怀疑的神情,过了一会儿,他才说:"那怎么样呢?这和鳟鱼有什么关系呢?"我不想再问什么,但他那怀疑的神情把我激怒了:"全德运动会之后你应做出决定,贝尔特。你应去大学学习。我可以想象,你会成为一名出色的兽医。"而他呢,他观察着摇来摆去的鱼饵,说:"别讲了,老朋友。进大学学习不仅要有兴趣,而且要有钱,而我眼下所紧缺的恰恰是钱。如果你能借给我所需要的这么多钱,我下个学期就到汉诺威上学去。怎么样?""可以半工半读,"我说,"长跑运动员不是职业,贝尔特。你只能短期内做个长跑运动员,当兽医可是一生的事情。我觉得,趁还有时间,你应做出决定。对吉泽来说,你只是个'慢燃火炉',但这只适合于煤渣跑道——另外,年轻人,我们大家燃烧的时间相当短促。"他一声不吭地把钓钩往柳树边拉近一点。柳树根被冲刷得暴露了出来,白花花的,在水面下微微发亮;我看见那条梭子鱼也闪着亮光,向着树根漂去。我再也等不到回答。但随后贝尔特摇摇头说:"为你的说教,你总是寻求最糟糕的机会。每当我们钓鱼时,你就提起这个话题。你不要耗费心神了,我的老朋友,我知道我该做什么。现在你注意自己的钓钩吧,也许还会发生什么情况。"我们等待那条大鳟鱼来吞吃鱼饵。就在这时,我们听到身后有哗啦哗啦的响声。我们回过头来,看见那位老人跪在河边,正用他那搪瓷罐从河里舀水喝。老人坐到我们旁边,从帽子上抽出根牙签,开始在嘴里咬起来。太阳已升到半空，从前方斜照着我们。现在，柳树的影子落在黑乎乎的河湾上。那条大鳟鱼没来吞食，尽管我们不停地调换鱼饵，从蚂蚱到梭子鱼，所有鱼饵都提供给它了。水上没出现圆圆的涟漪，也没看见任何波浪泄露出掠食的鱼在水面下游动的踪影。在那个星期天上午，我们一无所获。于是，我们放弃钓鱼，收拾起了钓具……

葡萄园一片寂静，村庄里看不见一个人影儿，灰泥剥落的墙壁刺人眼目。我们一先一后穿过村庄，走进学院。在学院里，贝尔特把那座玻璃顶训练场指给我看，这是按照吉泽的意愿设计的：回廊高高的，庄严肃穆，给人以大理石般的凉意；墙上挂满了青铜纪念牌，一个裸体青铜运动员正把火炬伸进奥林匹克火焰的托盘里试图点燃，但他毫无希望，在这儿永远也燃不起奥林匹克火焰。木桶漆成了绿色，里面生长着月桂树。著名长跑运动员的半身塑像睁着僵死的眼睛望着时间。哦，吉泽的这座玻璃顶训练场像是长跑运动员的灵堂。在这儿，他们可以安息，忘记昔日奔跑时的痛苦折磨，忘记他们经历过的胜利情景——在吉泽的回廊里不再有计时表，也不再有竞争对手，驱赶他们奔跑。贝尔特也会在这儿告终吗？他的半身塑像也会竖立在这儿吗？它会用掏空的僵死眼睛盯着来访者吗？在我们顺着陡直的路，穿过大片樱桃园，往上朝旅馆走去时，我告诉贝尔特我在想些什么，他微笑起来……

这是个漫长的、十分漫长的下午。它迫使我——或者我觉得是被迫——第一次参加扮演某个角色；就在饭后，当时我们坐在楼上我的房间里，汽车喇叭又嘟嘟响起来。贝尔特立刻消失了。我从窗口望见他走到汽车那儿，朝汽车里面说着话。我无法看见他在对谁说话，也无法听到他说些什么。随后，他这一边的车门打开了,他便上了车。当汽车开动时,一条用洗发剂洗得十分干净的狗从敞开着的车窗里把嘴巴伸出来,鼻子东闻闻西嗅嗅;它发现了我,朝楼上对着我汪汪直叫,好像不赞同我看着贝尔特跨进汽车。汽车行驶带来的风使得它那光亮洁净的皮毛像流水似的波动着。我望见那辆汽车开上了高地,后来行驶在那条柏油路上。这是个十分漫长的下午,星期天把人搞得十分困倦。我肯定是和衣在床上睡着了,因为我没有听见她敲门的声音;当我——因为我感到有人在看我——猛地坐起身时,她们两个已经站在房间里:女店主和身着旅游服的特娅……

是协会主席派特娅来的。她带来了对贝尔特的问候,带来了给贝尔特洗得干干净净的衬衫,还带来了满满一网袋水果。我从她手中接过一切。我对她说,不,我记不得我对她说了些什么。我们让一切留在房间里。尽管我看到她旅途极度疲惫,但我们还是离开了旅馆。我们登上高地,朝山上的那片树林走去。风在松树林里回响着。一群黑色小鸟自在地翱翔在山谷上空。我从长凳处可以看见那条柏油马路,那辆汽车肯定会在这条柏油马路上返回来。我们坐在纪念碑前的长凳上,这块纪念碑长满了苔藓,它让人想起一位太子在这儿狩猎作乐的情景,让人想起一头鹿是怎样在这儿死亡的。那位太子有七个名字,那头鹿有十二个岔角。我从山上给特娅指着下面的村庄、学院和那条在柳树防护林后面闪烁着的河流。她一声不吭,目光跟随着我转动的手臂;她仔细眺望着山谷,好像她希望能够发现贝尔特。我不得不耐心等候,等那辆汽车返回来。我感到自己是被迫这样做的,因为我想——我当时还这么想——照顾人是理所当然的事……

哎，这是个十分漫长的下午，汽车迟迟没返回。我设法使特娅耐心地待在长凳上，为此，我对她讲起贝尔特在训练中的进步，讲起吉泽教给他的迅速冲刺的窍门，讲起贝尔特在行为举止方面的变化，讲起贝尔特在第一次计时跑中获得的个人最佳成绩……

终于，就在天色暗下来之前不久，那辆汽车出现在柏油马路上了，接着很快驶上旅馆前的高地。我们站起来。我觉得还有许多事情没给她讲，但那是次很糟糕的照顾，我没有让她了解到一点儿真实情况，这是我这种叔父般的照顾造成的。我又错过了一次机会……

下坡时，对，那是在下坡的时候——身体要是失去平衡，就得大步跳跃而下，陡直的土路一旦迫使我们进行绝望的跳跃，脚就无法蹬住地；我们相互牵拉着——哦，我还记得，我明显感觉到，在我一跳之后，背部突然感到刺痛。那种感觉仿佛是一根细细的铁丝刺进背部，然后又从胸部穿出来；那是一种烫烫的、痒痒的擦伤疼痛，我简直难以忍受。我再也回忆不起那天晚上的情景。因为，特娅和贝尔特把我扶上火车，他们把我送回家。我从来不知道自己背部有个弹片。这个弹片肯定是疏忽之下得到的，当时，我失去了一只手——在大堤旁边的战俘营里，那是在贝尔特刚逃走之后不久，我们不得不把地雷拖到海岸边，一位军械技术员在海边引爆那些地雷——只有在这个机会才有可能得到这个弹片。当整个乌七八糟的事情过去后，我呢，就像个无票乘车的人，最后被检票员抓住，只好花钱买车票。唉，当地雷爆炸、我的手被炸伤时，这个弹片也就悄悄留在了我的肋骨间……

回家后，我立刻就去找社会保险所的保健顾问医生，因为只有这位保健顾问医生才可以鉴定我的疼痛；补助金的多少取决于他的鉴定。他叫什么名字呢？他的脸瘦骨嶙峋的，他那刀砍出的伤疤红红的；他很幽默，他的幽默像是娱乐场里的公鸡啼叫似的。不要，他叫我不要为这个碎片而担忧；他叫我把这个弹片看成是个纪念品，看成是胡苏姆小城对我的致意。他说，这个弹片总有一天会被封闭起来，那时我就可以安静下来，想做什么就可以做什么，还能活一大把年纪。"我认识一位优秀的骑手。这位骑手在列日①中了一个弹片。他六十五岁时还坐在马鞍上。如果弹片挤压他，他反而会感到特别舒适。"他这样对我说。他认为我的疼痛没多大关系，而且他认为，我的那种像是有人用一段铁丝穿过我胸膛的感觉也没多大问题。我说声对不起就走了。但后来，除了这种毫无根据的感觉外，还增添了这样一种感受，觉得这段铁丝肯定是烧红了一般在烫人。这时，我又去找他，但这次并不是在他的办公室，那儿总是和保健与补助金问题有关；这次是在他的私人诊所，因为我的疼痛越来越厉害。他好像回想不起他给我做的保健鉴定，他好像连我这个人也记不起来了，因为，他从 X 光透视屏后观察了我一小会儿后惊讶地看着我，好像他无法为我还能两条腿站在那儿找到个解释。他问我是不是知道我身上有个弹片，他还问我是不是知道这个弹片很"健壮"，它已经决定要"旅游"了。当我对他说我知道这个弹片已经有段时间时，他说我必须赶快和这位朋友一刀两断。没过多久，我就躺在手术台上了……

我第一次醒来时，才看见这座医院。这个令人伤心痛苦的兵营，这片肮脏的草地，还有那位身着制服、看守木门的残疾军

---

① 第一次世界大战时的一个战场，在比利时。

人。我现在还能看出他的模样,听到挂在餐车上的铁皮碗发出的叮叮当当的响声,那些身强力壮的男护士正把这些餐车推往厨房;还有来苏尔发出的味道,每当我想起这一切时,我还闻得到它的味道。这位保健医生叫施帕尔大夫,对,施帕尔。他把我安排进一个单人病房,病房窗户正对着院子;我眺望着那些水泥路,眺望着那些单幢房屋的砖墙,这些房屋都编着号码,人们称之为楼阁……

每天早上都查病房。施帕尔每天都到我这儿来。有时,他和一位外表英俊的医生站在我的窗口下。我听到他们用一种藐视的口吻谈论联邦共和国的高尔夫球场地。这些场地肯定很糟糕,上面到处是牛粪和鼹鼠翻起的小丘。没有一个高尔夫球场他们看得上眼。但是,有几个高尔夫球场看来施帕尔还不知道。这个外表英俊的医生运用医学词汇描述着这些场地。就我所能听清楚的,这些高尔夫球场在他的诊断中都是些毫无希望的病例,他急切地劝说施帕尔不要试着对这些病情进行治疗……

白色窗帘在穿堂风中来回飘动。一位女护士把餐具收走,她的面容显得忧虑憔悴;安装在墙里面的自来水管咕咕地响个不停。当时,因为我住在医院里,耽误了观看贝尔特在国际对抗赛中和比利时选手较量而获胜的情景。我无法到场观看,只能从收音机里听他夺冠的消息,收音机是护士长借给我的。这是怎样的一个胜利啊!这要归功于吉泽,是吉泽获得了胜利,是吉泽的训练法把贝尔特推上了胜利宝座——贝尔特在训练之后的第一次赛跑中就立刻表现出他学到了什么本领。贝尔特一次冲刺就占据了领先地位,而后通过途中冲刺,就击败了两名比利时运动员,同时还击败了多恩,击败了他的这位怪僻的、最厉害的竞争对手……

我听到一位新闻记者的说话声。他在描述赛跑的情景；他充满激情，用热烈的富有戏剧性的声调开始说话。多恩是他心目中的夺冠运动员，这一点我马上就听出来了。他把赌注押在多恩身上，他并不特别看重贝尔特的领先地位和途中冲刺。这位记者把话筒拿得离嘴唇太近，因此，我这台收音机的喇叭发出咻啦咻啦的响声。这位记者似乎对这场比赛的结果了解得十分清楚，他的声音含有一种内行人知道最后结果的口气——收音机里几乎一切声音都含有内行人知道结果的口气，好像记者有个消息，这个消息唯独他才能予以公布。因此，他的口气听起来充满自信，说出的话更改不得，其声调仿佛是周密思考后发誓似的。听他说话，真是糟糕透了。谁也无法对他直接提出抗议，谁也无法进行干预——他的话传出收音机，是的，就像是从云端里传出来的。我早就发觉，这位记者只是把贝尔特看成确定步伐大小的人，或者，看成是煤渣跑道上的没有丝毫希望的冒险家，直到突然响起一枪，表示开始进入最后一圈为止。这时，记者的声音突然沉默了下来，是啊，或是由于没有把握，或是由于惊讶，或是由于目瞪口呆的缘故，记者一下子沉默了下来；因为，在最后一圈，贝尔特几乎领先五十米。当记者的声音再次响起时，他只是说贝尔特这个名字；只是贝尔特的奔跑，只是贝尔特占绝对优势的胜利，才值得报道。记者的声音让人毫不怀疑，贝尔特理所当然是他心目中的夺冠人物；这个声音表明不可能搞错……

喇叭噗噗地响个不停；掌声和欢呼声听起来就像是火车头放蒸汽发出的咻咻声。这时，那位记者又突然说起话来："我们要设法让这位冠军到话筒前来。"贝尔特出现在话筒前，我听得出他在急促地呼吸；记者祝贺他，并问他怎样评价这次比赛，贝尔特说他对这次比赛感到满意,他除了说对这次比赛感到满意外,再没说其他话。记者大大感谢贝尔特提供的这一点儿消息,并让出话筒,让贝尔特通过话筒对观众说句问候的话。我把枕头抬高一点,等候他的问候。当贝尔特开始说话时,我大吃一惊。他说:"你不久就会恢复健康,我的老朋友,你很快就会康复过来!两小时内,我就到外面。"——对,他通过话筒对我表示问候,尽管我本来想到,他会问候特娅或者是克罗纳特。因为我一时感到困惑不解,所以我没特别注意到,这场比赛的领导通过话筒对运动场上的观众宣布了些什么。记者的话筒把宣布的事情也送到了我的病房。我不清楚,贝尔特用多少时间赢得了胜利。但是我知道另外的事儿,这种事儿我觉得更糟糕,就像贝尔特输了这场比赛。我听到喇叭嗡嗡嗡的声音:"冠军,布赫纳,维多利亚体育协会的布赫纳。"几秒钟之后,我才发现这意味着什么。我想反问一句;我倾听着,他们会不会再把"冠军,布赫纳,维多利亚体育协会的布赫纳"这句话重复一下。因为,如果是这么回事,如果他们没有说错,那么,贝尔特肯定是在我住院期间调换了个协会……

没有,主持比赛事宜的发言人丝毫没有更正自己的话,他们奏响了进行曲。港口体育协会——尤其是伯特菲尔——没有对用维多利亚体育协会的名义提到贝尔特的名字进行抗议。难道贝尔特与港口体育协会的人脱离关系了吗?他们是用哪种告别形式分手的呢?难道贝尔特现在已经忘记,是谁指导他开始跑步,使他成为一名运动员的吗?我在病床上躺着等他来看望时,有一种感觉,仿佛他们刚给我取出的那个弹片又刺在我的脊背里了。是啊,我只是想着下面港口里那个白杨树环绕的破烂运动场地,想着克罗纳特那张高兴得红通通的粗毛孔的脸,想着维甘德,想着伯特菲尔和"体育元老"隆茨,每当夜晚下雨,他们就坐在协会的酒吧间里——他们都是慈父般的战略家,每个人都不愧是跑道上的毛奇①,每个人都不愧是跑道上的鲁登道夫②,我还想到特娅,想到她那无拘无束的举止,她以这样的举止享受初持家务的幸福与欢乐。现在一切都过去了吗?贝尔特把一切联系都给割断了吗,把他开始发迹的各个场地给抛到脑后了吗?……

贝尔特到来之前,我几个小时都心神不定。此后,当那位身着制服的残疾人挪开拦路木障时,我看到那辆汽车顺柏油路往上驶来。那条洗得干干净净的狗,从旋下来的车窗伸出头,东闻闻西嗅嗅的。汽车停在我的窗下。起初,没有人下车。我想,那条洗得干干净净的狗独自到这儿来是要找我的,因为,它歪斜着脑袋在察看各个窗户的前沿。但过了一会儿之后,贝尔特从车上下来了。他穿着一件胶布夹层雨衣。卡拉在他后面也下了车。当时,我第一次看到她——卡拉。这是个困倦的女人,她既困倦又漂亮;她的个儿比贝尔特高半头;在她的脸上显露着一种从来不会改变的厌倦表情,她觉得一切都让她讨厌,但也并不是太讨厌;她的伤心是经过粉饰的,她的厌烦是受到控制的。她喜欢吃的小零食是薄荷夹心巧克力,这些东西在她身边从来也不会没有。不管她在哪儿,人们都能听到轻轻的咔嚓咔嚓声,听到她咬夹心巧克力时牙齿干巴巴地摩擦的声音。她跟在贝尔特身后走向大门;她的脚步踏在面砖地上。这时我的病房响起敲门的声音。此后,他们就站在了我的床边。瞧卡

---

① 德国历史上有两位名叫毛奇的著名军事家:H.K.B.封·毛奇(1800—1891)和 H.J.L.封·毛奇(1848—1916),前者曾任普鲁士军总参谋长,后者曾任德军总参谋长。
② 德国著名军事战略家,曾任作战总参谋长。

拉的目光！她目光低垂着看我，好像是在观看一条浸在酒精里用作标本的盲肠——她的目光既显得很痛苦，又显得很感兴趣。她略微做个鬼脸，就坐在了椅子上，这把椅子是贝尔特从房角拉来的。贝尔特坐在床上，靠我的大腿支撑着，他一个劲儿地打量着我，就像是在一切事情发生之后要重新认识我似的。当他发现我床边的那个小小的收音机时，他开始一心研究我的脸；我感觉到他想提个问题，我感觉到他想知道什么。最后，他无法再忍受了："要是你收听了有关赛跑的转播，我的老朋友，那么你什么都一清二楚了。我被维多利亚体育协会给说服了。事情只能是这样，因为我在港口体育协会不会再有所发展。"当我只是盯着他看却没说什么时，他又说道："我十分清楚，知道你在想什么，我的老朋友。你在想，这一切实在太糟糕；你在想，我真该在港口体育协会一直待到今天，因为是克罗纳特和其他人把我从醋厂里接了出来，他们给我吃的，并在我第一次起跑时帮助了我。这一切都不错，我的老朋友。他们为我做了大量的事情，我会在一段时间里感谢他们，但我不能一生都为此感谢他们。过多的感谢会消耗人的精力，它无济于事。我欠下了谁的恩情，我就一直觉得在谁面前总感到不舒服。他们以此把人捆上了链条。但我想继续前进，我必须继续前进。每个人都在围着个人的煤渣跑道，一圈圈地奔跑，我的老朋友。每个人都在为某种事情参加一场赛跑。我们必须当心，让自己跑在前面，决不让别人从我们的身边跑过去。更多的话我其实没什么可说的。我真感到惊讶，我对你说了这么多的话——显然是因为这是你，我的老朋友。整个事情你肯定已经知道。现在，多恩和我在同一个协会里并肩赛跑。"……

他不吭声了，这是要求我给予回答。薄荷夹心巧克力在卡拉的牙齿之间沙啦沙啦地响个不停。不能,我不能说很多话,我也不想问问他,他从哪个意义上认为自己已经取得进步。他调换了体育协会,对此我祝他走运。我没再想知道调换协会的整个事情,没再想知道调换协会的详细过程,对此他感到失望;最后——由于我如此无动于衷,他觉得不安——他开始述说起来,他说得那么急促,毫不停顿,而且竭力用活泼的口气:"一切都是卡拉引出的。"他说,这一点没等他说出口我就知道……

卡拉的丈夫是乌韦·加拉希法学博士,他是维多利亚体育协会的秘书。贝尔特讲到卡拉和乌韦通过什么途径使他调换了协会。"你要相信,我的老朋友,我当上了经理,经销体育用品,运动套衫、运动内衣什么的。你一定要看看我的商店。现在,我可以安安静静地准备我的学习了……"接着,他给我个暗示,他无法对我说他原打算说的话,因为卡拉也在病房里……

唉,在他们坐在我床边的整个时间里,我都有一种感觉,好像那个弹片又刺在我的脊背里叫我难忍。当他们终于站起身准备走时,我才感到一身轻松。他答应再来,而且说第二天就来,但是,在他下这一保证的瞬间,我就知道他是不会再来的。有卡拉陪伴,他不会来;单独一个人,他更不会来。他确实没有再来看望我……

他的辩护理由是不充足的,他精心考虑出来的冠冕堂皇的理由也太简单,难道他发现这一点了吗?尽管我在医院又躺了八九天或十一二天,但他一直没来看我;也许是他不想再让我听到他的消息——这也许是个很好的告别,至少是个令人深感轻松的告别,这种告别使我们避免了为后来发生的某些事而担忧——然而,我不能舍弃他,当时还不能。我和他一起干过事情,我参与投资,且数额实在太多。我没有舍弃他,因为我还期待着获取利息……

　　什么样的利息呢？难道我希望他的名声会给我带来一些好处吗？难道我希望，凡是在贝尔特起跑和获胜的地方，他们都能认出我是发现他的人，并全都向我致意吗？他没来看望我，也没有往编辑部给我打电话。而我呢，唉，我突然走到如此一步，以至于我开始把过错归在自己头上：我由于默不作声伤了他的心；他对一个冷漠无情的人道出了自己的计划，道出了自己的担忧；他到医院来看望我，因为他需要一个回答，而我却一声不吭，拒绝回答他。要是我长时间想着某些事，我就会相信这是自己的错。于是，我就去找他。他的体育用品商店坐落在花店和药店之间。我先是站在橱窗前面：橱窗里有曲棍球、溜冰鞋、实心皮球、滑雪裤、游泳裤、游泳衣通气管、运动套衫、运动短袜、运动鞋，还有一支标枪，还有乒乓球、钉鞋、"喂，你不要生气"① 等。在一个角落里还有幅广告："您知道运动内衣的七大优点吗？"一位衣着无可挑剔的男人在广告上挺直着身子，他笑容可掬，显得十分优越。他知道运动内衣的七大优点，可以看出他富有经验：他十分强调健美的胸脯，他那腹股沟也勾勒得十分鲜明——第八个优点也可以估计得出。橱窗后面关闭着。商店里面我是无法看到的。我悄悄地从店门走过去，然而看不到贝尔特的踪影，也听不到他的声音。我踏进商店里时，看见一位身着黄色套衫的女售货员：小小的前额，强健的肩膀。贝尔特管她叫南妮。南妮把身体支撑在柜台边上，微笑着招呼我过去。她还没说一个字，就有人拍了我一下肩膀，在我身后——他是躲藏在什么地方的呢？——站着贝尔特。那

---

① 一种玩具棋名，棋子按照掷骰子的点数在棋格上移动。

次不愉快的探望，我们已经忘记；把我们分离开的一切，我们也已经忘记。他一只手搭在我肩上，拉着我从南妮身边走过去，到后面的账房间；我们走过一堆堆的箱子，走过装在玻璃纸袋里的堆积如山的运动衣裤。这儿散发着新鲜皮草的味儿；这儿还摆着实心皮球、足球。看到这些，老的心脏又会恢复青春。一个架子上放着强健背部肌肉的拉力器。"我等了很久了，"贝尔特说，"但我知道，你会来的。我们坐在同一条船上，我的老朋友，谁也不会如此一声不吭地下船，从此就结束。不过，你先在这儿看看吧！第一张支票，我们已经兑换，而且，因为会让你放心，所以，我已经积攒了很多钱，第一个学期我足能对付得过去。不过，你先在这儿看看，朋友！"随后，南妮进来，问我们是不是有兴趣喝杯茶，不，她没这样问；南妮是用另一种口气问的："假如先生们感到有喝杯茶的愿望——我愿效劳，很快把茶端来。"……

热茶后来端了上来。我们坐着喝茶，我越过茶杯打量着贝尔特；是啊，他没费劲儿就脱离开了。他和和气气地与港口的雄狮们告别，他们让他搬走，并对他表示最好的祝愿，唯独伯特菲尔没有。伯特菲尔在简短告别时无任何表示。特娅呢？有次我问贝尔特，我的问题是关于特娅的。"一切照旧。"贝尔特说，"今天晚上，她到我这儿来，到我的新木房来。我搬家了，朋友，你也应该立刻来看我的新木房——要是还能称它是木房的话。但我们应该先一起在俱乐部吃点儿东西。"我们乘的是卡拉的汽车吗？在我们出去时——我记不得了，他当时是不是已经在用卡拉的车——看见阿尔夫在店里，他是那么英俊，那么大方，他在购物，正和南妮打交道，这时他不想去吃什么。因此，只有贝尔特和我两个人。他带我去对面维多利亚体育协会的俱乐部……

哦，这个地方，这些小房间，这座新布置起来的俱乐部，这儿坐落在市中心。运动场规模不大，场地碾耙得平平整整；后面是两个网球场，还有游泳池、淋浴室，这一切都没有受到一点儿损坏，都没有让人感到激烈训练和拼命争夺的痕迹。难道这儿只是玩玩弹子不成？整个场地看上去就像是供人拍德国电影的设施；无论什么地方都没有叫人感到烦恼、不安和失望的标志。我想，是啊，当我第一次看到这个场地时，我想，在这儿出席体育活动都必须身着晚礼服。我看见身穿晚礼服的律师、商人、电台职员走上场来，我相信，我听到他们谨慎欢呼的声音，同时，他们相互抛掷着球，而俱乐部的富有经验的招待员站在他们身后，用餐巾纸把脏乎乎的球擦干净。我和贝尔特从维多利亚体育协会的所有设施之间穿过；我四处看到的尽是摆得整整齐齐的设备，样子像熨斗烫出来的裤腿褶缝一般笔挺。甚至淋浴室也具有一种人性化的特色。他们给俱乐部照了相，照片刊登在《新建筑》杂志上。矮树林后面的花园里有个住房，协会的园丁及其家属住在里面。这位园丁不愧是维多利亚体育协会的"美容师"，终身受到他们雇用。他叫利普席茨，对，他也许是奥佩伦人。他们大家对他都十分满意……

利普席茨发现我们走在路上时，忙从我们后面冲了上来，在淋浴室后面挡住我们，但当他认出贝尔特时，他把帽子一拉，退到一边……

俱乐部的平台上，常常在温暖的夜晚举行舞会；桌子小巧玲珑，桌边摆着白漆的铁椅。我们走进去之后，对，在里面，贝尔特朝我腰部捅了一下，要我好好注意维多利亚俱乐部与港口雄狮运动员的酒吧间相比有什么不同——是不同，这儿没有煤炭味儿，也没有香烟的冷灰味儿，地板上也没撒满锯屑。坐在这儿的先生们没有一位吊着裤带。这儿静悄悄的。他们在精致的小型台灯的亮光下谈着话，但听不清他们谈的什么。我觉得，他们好像是食肉鱼的默默交流，而不是有响声的危险的谈话。他们都系着领结，他们的脸都刮得干干净净，他们的眼睛骨碌骨碌地转个不停，几乎所有的脸庞随时都准备着堆起微笑。各种年龄层次的人都有。协会主席马特恩派了一位招待员从椰纤维长幅地毯上走下来接待我们，就好像是符龙斯基公爵迎接他的客人那样。这位招待员在前面引路，带我们到马特恩那儿去。马特恩是个严肃的六十多岁的人，脸红通通的，留着胡戈·埃克纳①那样的胡子，他那头发呈银白色，与飞艇外表涂的油漆颜色相仿，而且略微带一点儿淡灰色。他慈父般地向贝尔特问好，还亲切地问我好，我们可以在他的桌边一起进餐。我们吃塞尔维亚式肉串，佐料很辣，辣得眼泪都流了出来。在进餐的时候，马特恩一个劲儿地抱怨大腿上的疼痛。他把一只手偷偷伸进裤袋，拼命搔着疼痛的腿。随即，她走了过来——她到底是谁呢？——并提醒他喝咖啡的时间到了。我还从来没有看到过这样一位冷若冰霜的美人：她的脖子微微向后仰着，她那双眼睛乜斜着，下巴瘦削。哦，我还记得清清楚楚，她突然间站在了我们桌边。第一眼看上去，我就觉得她像朵"冰霜之花"。马特恩唉声叹气地挣扎着站起来，吊在她臂弯里上了楼，那儿已准备好了咖啡。"楼上尽可能带有私人色彩。"贝尔特说。同时，他若有所思，目光扫过天花板……

---

① 德国航空工程师兼飞行家，一九〇九年开始制造飞艇，一九二四年驾驶他为美国制造的"齐柏林3号"首次横越大西洋抵美；惯蓄小胡子。

是啊，在维多利亚体育协会里，一切都尽可能带有私人色彩。那些沙发椅，那些体育设施，那些谈话声调，还有那些接受新会员的条件都带有私人色彩。谁讲起了那位不幸的商人呢？当然是加拉希，卡拉的丈夫。那个商人一心要成为维多利亚体育协会的会员；他填写了各种表格，宣称准备匿名捐一笔款子，但协会主席犹犹豫豫的；当那位商人想提高捐赠金额时，协会让人通知他不可能考虑他的申请：他公开开店做买卖阻碍了他入会。贝尔特虽然也公开开店做买卖，但他的店属协会所有；在某种程度上说，他只是一个售货员，而且，贝尔特——同样像怪僻的多恩——首先是维多利亚体育协会的荣誉标志，即便是他不出场，也同样是个荣誉标志。当协会的法学家乌韦·加拉希——他们称他是"娱乐博士"——提起这件事时，是呀，加拉希和我，我们第一次握手时，彼此就已经产生了好感。在他说话时，人们一定要时刻留神；他很狡猾，但他也很真诚；他的坏心肠，实实在在地像一份土地登记册那样，所表现出来的并非是真实的。哦，他的容貌现在还历历在目：这位大汉，头发金黄，脸上布满雀斑，昏昏欲睡的；从外表看，他像个帆船运动员，像"汉萨同盟"①的一位帆船运动员……

马特恩和那朵"冰霜之花"上楼时，加拉希来到我们桌边。他吃着焖西红柿，喝着牛奶；他头也不抬一下，小声讲述起协会的各种逸事。还有些什么逸事呢？所有逸事我全都忘了，但我永远也不会忘记后来发生的事，那时我们已经结为好朋友，如他所说，他带我去"上班"了……

---

① 十四至十六世纪在北德意志城市之间形成的商业、政治同盟，曾拥有繁忙的海运系统与联合舰队。

那肯定是在秋天的一个晚上。贝尔特和多恩仍在进行训练；天虽然黑了，他们还得完成吉泽书面通知的训练课程——他们不愧是被远距离操纵的运动员。乌韦·加拉希带我"上班"去。他在为一家工厂忙碌着。那家工厂生产鱼类加工机械，有切片机、去刺机和大型锄切机，这种锄切机通过一道工序就能给鱼分类、去头。不过，卡拉的丈夫并不在那家工厂工作，不在的，他只是在工厂领取自己辛辛苦苦开展活动的费用。他的工作是开展娱乐活动，是创造寻欢作乐的气氛；叫人精疲力竭的谈判结束之后，他把那些大客户带去娱乐一番。加拿大人、日本人、英国人和俄罗斯人，所有国家的人带着订货单出现在他面前：就在大家离开工厂的当儿，对乌韦·加拉希来说，工作也就开始了。他负责与客户搞好关系，与客户联络情感；这方面他干得十分出色，因此，大家称他为"娱乐博士"……

在那个秋天的晚上，他带我去"上班"：他的任务是让一位挪威人、一位美国人和两位大脑袋的日本先生欢乐愉快起来。那两位日本人并不那么轻浮风流，而是像两位彬彬有礼、专搞调查的官员，凡是他们觉得陌生的东西——一切在他们看来都很陌生——他们都认真对待，因此，他们不断地向加拉希提出这样一个问题："……这是什么呀？"我们去港口，那儿有地下酒吧间、游乐场、破烂的杂耍剧场，还有卖"爱情顾问"书籍和小香肠的店铺。在报刊上，他们称这个港口区是这座城市的阀门，是个受控制的出口；在这儿，在跳舞场上，在有暖气的供人过夜的房间里，在算命先生们的小木屋内，积聚在肚子里的气体压力可以释放出来。法律博士加拉希熟知娱乐之道；他想出了一个万无一失的办法，用他这个办法，即便是完全绝望的生意人，他也能使他欢快起来。"欢乐是我的职业，"他说，

"干这一行，我坚信，只有这一行能得到更好的报酬。"两位日本先生一个劲儿地问："……这是什么呀？"加拉希不知疲倦地予以回答。是啊，卡拉的丈夫知道，干什么属于娱乐。我们开始吃烤羊肉，开始喝甘醇的烈酒……

那个挪威人忧心忡忡，那个美国人脸色忧郁，唯独两个日本人一个劲儿地提问题。我开始对乌韦·加拉希感到同情，因为我看到，欢乐气氛来得多么缓慢啊。我明白过来，他干的这一行是世界上令人最感悲伤的职业，他是个低报酬的"娱乐律师"。然而，他一时一刻也不丧失勇气，他从不灰心，从不，最后他终于获得成功。那位忧心忡忡的挪威人首先露出了笑容。姑娘们个个都是表演脱衣舞的艺术家，当她们脱去衣服时，她们寻找着一位裁判员。那个美国人挥手拒绝，那两个日本先生仍在问："……这是什么呀？"因此，做裁判的事儿就落在挪威人头上。那个挪威人挑选出一个姑娘，他把一只苹果交给她。姑娘们热烈鼓掌。乐队演奏起来。裁判员不知所措地环视周围，他感到惊奇，没想到他的决定竟然给他带来这么多的掌声。随后，他笑了起来，而且他整个晚上都笑容可掬。乌韦用别的办法吸引住了那个美国人。忽然，乐队里的一个人出现在我们的桌边，他抱怨说指挥不见了，现在他们需要一位能控制音乐旋律的人。那个来自缅因①的人试着充当指挥。他发现了自己的第二职业，而且也发现了欢乐。日本人，那两个日本人最后也发现了获取欢乐的途径，当然是条意想不到的途径：他们彼此朗读一只酒瓶上的商标纸，相互惊讶地望着；尽管我们弄不清他们欢乐的原因是什么——他们一直很欢乐，而且不住地问：

---

① 美国的一个州名。

"……这是什么呀？"……

后来，加拉希向我透露了他的办法。"娱乐和打仗一样，"他说，"首先进行动员。你必须让他们积极起来。你必须发动他们，让他们主动参与。要是他们有所投入，那他们也就会有所得。"夜里他把这些内容告诉了我；我们冒着雨走在泥泞打滑的花园小径上，这时，我们已把那些高高兴兴的先生送回旅馆，他请我到他家里喝一杯……

舒适的花园房屋，四周围着用木板条交叉钉起来的篱笆，板条顶端是尖的；敞开着的车库空荡荡的。他朝车库望了一眼，耸耸肩。衣帽间挂着一条系狗的皮带，还挂着贝尔特的一件黄色的夹层胶布雨衣。我一眼就看见了这件雨衣。这位头发呈金黄色的大个子一屁股坐进已磨损的皮沙发椅里，沙发椅嘎吱嘎吱作响；他双手捂起脸，随后哀叹一声，紧咬牙关，斟满两杯酒。这时，我这时明白过来，他要请我做点什么事情。我站起身，他又拉我坐下来；我把酒杯放到一边，他又把它塞到我手里。在那个夜晚，我坐在他身边，大雨点儿击鼓似的打在车库的波纹铁皮房顶上。他，双眼含着泪水，脸上流露着憎恶神色，一个劲儿地喝酒；同时，他伸着一只手，把我拦在沙发椅里，就好像是为安全起见，放下挡板，把一个小孩子关在座椅里一样。他坐在那儿，仿佛是沃尔克特烈酒，或者是这类的一种烧酒，把他永远给撂倒了；又仿佛是他此时在寻找话语，要把一切全都讲给我听。他十分亲密地对我称兄道弟，在回家的路上他就已经如此亲密地称呼我了；到了家里，他又叫人觉得，好像我是这个世界上唯一能给他以帮助的人。也许我就是这样的一个人。哎，随后他，这位"娱乐博士"，咽下一口酒，嘴唇抖动着，声音模糊不清——我有时以为，他无法再说完整的话了——开始详详细细讲述他强迫我留下后期望我知道的事情。他把酒杯在面前慢慢地转了几圈，随后对着酒杯谈起来……

这不是什么新闻。他跟我谈的一切，我早已知道了：他爱着卡拉。这个金发大汉爱着他的妻子。他喋喋不休地谈到他怎样怎样爱她。这时他取出一副纸牌，一面把一张张纸牌从一只手里翻到另一只手里，一面谈起他们一起乘汽车出游的情景，谈起他和卡拉乘船到伊斯坦布尔的那次旅行；他描述他们两人怎样在一间滑雪人的休息小屋里度过一个风雨交加的夜晚。"在这一个夜晚，一切都经受了考验。"他谈起他怎样爱她，为什么爱她，他跟我谈得越久，情况也越清楚，他对爱情的回顾应该是对贝尔特的谴责。的确，我从他明显无误的绝望情绪中觉察到他心头埋藏着一股针对贝尔特的仇恨；他没有提到他的名字，他甚至避免提到它，然而我注意到他要把话说得使人一听就猜到贝尔特。我还听出他想托我办一件事：让我去警告贝尔特。他原原本本地向我说了这一番话，也许只是巴望我会向贝尔特提出警告什么的。这并不使我感到吃惊，但是我不愿卷进这种爱情纠纷中去，我要置身事外，我后来没有对贝尔特说什么……

的确，贝尔特始终不知道这个晚上的事，以后也没有体会到乌韦预言过而后来果然发生了的那些事。这一回我没有向他提出警告。我们待在一起有多久呀？等我离开时，天已经蒙蒙亮了。我是用尽气力才脱身的，他不让我走，因为卡拉和贝尔特还没有回来，为了强迫我留下，他一再讲述新的故事，爱情故事，他和卡拉经历过的爱情故事。"一定要再听一遍当年在帆船上的故事以后，你才能走。"……

东方泛起鱼肚色时，我走了，但没有回家。我搭上一辆经过港口的电车,从电车上,我看见加拉希穿着衬衫,挂着背带,来到围篱旁向街道两头张望。他站在那儿像探索似的望望打开着的、黑魆魆空荡荡的车库。我在港口下了车,走进一家小酒店,吃了些醋熘肉,喝了几杯热酒,后来我一定是睡着了,因为我鼻子里突然钻进了鱼汤的气味,那已经是中午了……

当时,连那故事,贝尔特的故事,也像中午一样达到了顶峰,我们已处于无能为力的地步,它的结果是意料中的,甚至不容置疑——我跟乌韦·加拉希在一起度过这个夜晚以后,我对这件事已感到确凿无疑。然而,后来事实表明,这一桩谁都认为不可避免的事却发生了意外,出现了料想不到的情况,这看来使必然出现的事也发生了变故,正像一场赛跑一样,势均力敌的运动员在相同的条件下互相追逐,争得你死我活,结果却出现了意外的结局。那天中午,我往高坡走去,经过港口健将们的酒吧间时,我知道是什么东西吸引着我上这儿来,也许只是希望重新见见他们,也许还有一个愿望,想找到他们,看看事情是不是真的已确凿无疑,我需要最后证实一下……

我一走进酒吧间,看到特娅,心中就完全明白了;只要看她那种嘲弄的招呼和嘲弄的微笑,已用不着她跟我解释什么,光凭她的外表或外表的变化,已给我做出最后证实。我马上明白事情已到了什么地步,知道有些事情快要收场了,因为我一看到她招呼我的模样——那种含讥带讽的问候、装出来的活泼劲头,尤其是那种屈尊相待的态度——我也就明白了。所以我避免谈论全部事实,我在加拉希那儿听到的已经相当详细,我只跟她说说大致情况,让她自己谈起,也许她信任我,会把事情原原本本地告诉我。我必须给人一个印象,认为我完全是一个听众,一个着迷的听众,对于这样的听众,人们会情不自禁地向他倾诉，一吐为快。也许我是个天生的听众，连我自己也不知道；然而我一定显露出这样的迹象，因为她已经理所当然地认为可以向我推心置腹，倾吐往事。她不再思前顾后，也不问我可能有什么想法，而是直截了当地打开话匣子，向我和盘托出……

特娅谈起他们的事情时，非常镇静，几乎毫不悲伤；唉，就在协会战利品下面的桌子旁，她毫不激愤地谈起事情是怎样闹成这种结局的。我听到她谈起的情况，那些已发生或一定会发生的事情一幕幕呈现在我的眼前：他们两人有一次出游，发现海边小山上的树林和古老的瞭望木塔，这座古老的瞭望塔是他们一前一后默默地走着时，贝尔特在小路附近发现的，它稍稍耸出在松树的树顶上面。通上平台的陡峭楼梯已缺了几级。柱子已经腐烂，摇摇欲坠。栏杆已不可靠，平台的木板经受风吹雨打，有了裂缝。他们登上瞭望塔，横下身子，躺在暖洋洋的平台上，静听松林里的风声，望着下面海岸边一所毁损了的房屋。村子里把这所房屋称为"无人之屋"，因为没有人记得是谁建造的，又是谁把它毁了的；当一艘单桅船装载着横梁、桁梁和各种各样的物料驶出海湾时——这以后，房屋又一次遭到破坏——只有一个人想要查看个究竟，他追寻这艘单桅船，但是船只早已驶至听不到呼喊声的远处了……

他们躺在平台上，望着这所"无人之屋"，看到海浪冲击着海岸，浪花四溅；再往远处看，海面像桨面一样平坦，在远远的地平线那儿，沙土的岛屿隐约可见。他们感到木塔在摇晃。他们侧耳倾听周围的动静。沙土小路上传来窸窸窣窣的脚步声，从栏杆边上向下看去，只见两个带着猎枪的男人经过那儿，朝海岸，朝那所"无人之屋"走去。特娅——她清清楚楚地记得——当时问他，这两人拿枪要打什么，贝尔特却冷冷回答："他们要打掉自己的头发，免得花钱理发。"说完后，他又令人生气地闭上了嘴巴，不过特娅并不死心，在这古老的瞭望塔顶上，她感到她等待已久的事情将要发生，现在她要搞个水落石出。她不再有什么顾虑了。他们仍并头一起躺着。我听着她谈起他们两人怎样一来一往地对话——她对一切已了然于心。特娅问："你为什么这么生气？一路上一声不吭。"他站了起来，扶着栏杆。"没有什么。"他说。"那你再坐下来。""坐在一起也不感到更好。""你要独个儿待着吗？"她问。"也许是吧，我不知道。我真的不知道。""那你心里有什么事吗？""事情总是有的。""坐下来，贝尔特，到我这边来。""我站着挺好。"他避免看她。风吹过树梢，下面，两个带枪的人出现在"无人之屋"的旁边。"你不想再来吗？"她问。"我不知道。""那是什么缘故？""还能是什么缘故？一个人突然发现失去什么东西，他寻找了一会儿，想想是怎么回事，不过他不再找下去了。""永远不想再来吗，贝尔特？要是我那一次有了个孩子，情况就会不同了，是不是？""我不知道。我也不认为这样。反正事情一下子过去了！"下面"无人之屋"旁边接连响了两枪；一群乌鸦飞了起来，惊慌不安地来回飞翔，它们在那边的海面上空聚集起来，向海岸飞落下去。特娅说她听到枪声时吃了一惊，不过仍然照旧躺着，贝尔特向那所"无人之屋"观察情况，她问他道："现在怎么办？""随便吧。"他回答。她又说："也许你仍喜欢过单身生活吧。"他点点头，向楼梯走去，慢慢地开始走下去，直到只剩他的上半身还耸出在瞭望塔的平台上时，他突然停步，说道："我去看看他们打中了什么！"这是贝尔特的最后一句话。他的肩膀消失了，他的脸庞也不见了，他走到楼梯的第三级就一下子跳到地上。特娅继续躺着。她听见他落地的声音,后来又听见他的脚步声。她没有目送他走。她知道他不会回来了……

我们坐在协会战利品下面的桌子旁,她谈着这故事的结局,或者说谈着她自己的故事的结局,在那瞭望木塔上发生的事情,她记得多清楚呀……

她描述这个结局时,没有谴责,没有悲伤,只是详细的过程使人听来难受。也许她有意给我讲得这么详尽,也许她讲这故事是另有用意;唉,当时对大家来说已经为时太晚,我已无法再改变这个局面了,虽然我相信必定要发生的事情会接踵而来。我也相信,随着这个结局,贝尔特的事情也一定就此完蛋。我看他再也没有希望了,从这次事情以后,他已经把最后的关系也抛弃了。这是一个错误。但没有发生什么事。尽管没有发生什么事,在港口体育协会里,除了维甘德以外,大家都对他很冷淡。又会有什么样的事情呢?要是以前没有得到特娅的帮助,他也许早就退出了吧?他不是早已和初登体坛时的一切断绝了关系吗?他的退出早就已成定局,而且也已成为事实,只是还缺少正式手续而已。他的故事十之八九不过是一个插曲,正像有些事情,要是从它的结局去看,也不过是插曲罢了。不,他的故事当时还没有结束,他的踪迹当时还没法消失,因为刚到达途中。如果不是途中——在他的故事里,怎样才算是途中?——那么也是新的一圈……

第十三圈了,他们挂上新的牌子,向贝尔特和其他运动员指出,从起跑线算起开始第十三圈了。已经跑掉一半路程,贝尔特领先三十米。可是一半路程并不等于赛跑的一半,不,不等于一半,要是他们训练有素,要是他们的两条腿在任何时候都对赛跑的路程有足够的感觉，就会知道他们已经跑了多少路，还得要跑多长一段距离。赛跑不是在绘图板上进行的，最后几圈计算的分量不同。最后几圈要加倍计算，甚至超过两倍，因为有些人的最后两圈比开头二十三圈还要艰难。有些万米运动员跑了二十三圈后才算跑了一半。贝尔特的一半是在什么地方呢？他的背心溅满了尘土，连肩膀上也是斑斑污迹。他的膝部不再像黑尔斯特勒姆的膝盖举得那么高了，黑尔斯特勒姆跟在他后面，始终保持第二名的位置，没有打算采取行动打破这个次序。西博恩也没有追上去，保持在黑尔斯特勒姆后面一米距离。他们一定是放弃了把他钳制在中间的企图，因为他的途中成绩——他迄今取得的最佳的途中成绩——表明他的开始速度对黑尔斯特勒姆和西博恩来说确实太快，他们不得不让他领先……

他有没有听到跟在他后面一直响彻整个运动场的掌声呢？要是他赢了，要是他的最后一场赛跑以胜利告终，使他的名字从早已被认为要销声匿迹的境况中复活过来，再一次登上光荣榜——欧洲万米冠军贝尔特·布赫纳——那又怎样呢？唉，他不可能得胜，他永远不会再取得胜利。他跟他后面那些运动员相隔的三十米距离其实没有什么价值，这是他从他们手里得到的一笔预支款项，等到最后几圈开始时，他就得偿还这笔债务。他的领先并没有多大价值，要是换了努尔米，那才有意义，那才是冠军的保证，可靠的保证；嘿，努尔米的领先不仅仅宣告着胜利，它本身就是胜利。努尔米并不把他的对手们放在心上。他的领先并不是为了使自己放心，一定要跑在他们前面。他把他最大的对手掌握在自己手里，那块跑步手表，他在赛跑途中有时向它瞥上一眼。他只承认这个对手，他跟它比赛，他跟自己的纪录比赛，每一次他向手表瞥上一眼后，这个纪录就强迫他向前奔去，它不让他有其他的考虑，只让他想着战胜这个纪录。贝尔特的领先没有多大价值，他们很快就会把他当作夹心面包，于是就表明他的领先不过是一次短暂悲惨的自我满足罢了……

风没有停止，潮湿的海风微微带着咸味。纠察员的眼镜上沾上了雨点。雨水在香肠小贩的镀镍的箱子上缓缓地流淌。他把纸碟子塞进上衣口袋。煤渣跑道吸收水分不快；外跑道有一个小水潭，然而现在没法点燃汽油把跑道烤干——不能中断这场赛跑，这是贝尔特的最后一次长跑。现在他跑上来了，一只手斜斜地上下摆动，手掌张开了一会儿，挥动了几下，似乎要把阻碍着他的什么东西撵走……

现在他从一些青年的身边跑过，这些小伙子拿着乌黑光亮的签名纪念册蹲在草地上等候他……

他既没有向跪着的摄影师望一眼，也没有向我们这边转过头来——当他快步跑着，刚经过我们这边时，也许我应该向他挥手致意……

现在他已经经过我们这儿，跑进弯道了。一面白旗在他后面飞速地举起，旗帜被雨淋湿，软绵绵地低垂着；一面绝望的旗帜……

在推铅球运动员那边，已开始最后一轮比赛，一名波兰选手始终在这项比赛中领先，现在又轮到他出场。他拿一块手帕把铅球揩揩干，对斜着身子在他后面的跑道上奔跑的贝尔特望了一眼。他扔掉手帕，踏进土红色的投掷圈，捧住铅球，一下子把它托了起来。他站在那儿，一动也不动，背对着投掷的方向。现在他弯下身子，跳了一下，在跳动中转动身子，利用身体转动的力量把铅球推出去；铅球斜斜地向上飞去，太倾斜了；它从手指上滑出去，落在离标记有很大一段距离的地方。这位运动员难以相信地看看自己的手，摇摇头，做出一个姿势，似乎要告诫自己的手似的。他已经取得很大的优势，他的胜利是十拿九稳的。第二名落后半米……

跑达终点的第二名是谁？黑尔斯特勒姆？还是西博恩？他们两人之中有一个将是冠军，另一个将是亚军；西博恩将会是亚军，亚军对这个红头发的运动员来说算不了一回事：有很多年他一直取得亚军，始终落在他的同胞瑞安的后面，有几次只有一胸之差；他总是亚军，直到瑞安有一天为了完成大学的学业而退出体坛，西博恩才开始取得一系列的胜利。自从瑞安退出以后，他几乎没有失败过一次；他已经改善了他的冲刺，他在跟其他运动员比赛时达到的成绩已胜过他和瑞安对抗时两人曾经取得的成绩——尽管如此，跟黑尔斯特勒姆较量，他不会有什么希望。要是他尽早开始冲刺，也许还会勉强取胜；反正没有充分把握。也许奥普里斯会决定这场比赛的胜负，也许穆索或两个丹麦人中的一个也有机会。他们你追我赶，彼此逐渐靠近，一个紧跟着一个，只有梅格莱因重新落在后面。梅格莱因看来是脚踝扭伤，或是抽筋了。他的步伐没有像获得五千米铜牌时那样轻快；他的脚有点儿跛，嘴唇惨白，痛苦地奔跑着。为什么他不退出比赛？他要跑完全程吗？唉，要是一切努力都是枉然，他们的奔跑，他们的坚持，又是为了什么呢？然而，即使再没有希望，一旦开始了，就这样锲而不舍，坚持下去——是什么力量拉着他们前进？对手的吸引力吗？还是万米路程对他们的挑战？他们明明没有希望，却偏偏继续跑下去，难道因为他们处在一种极度兴奋的影响之下，这种影响即使没有使他们忘记一切，也使他们忘记了大半吗？参加一场长跑比赛，要对运动员提出多少要求？又有多少人不得不为此做出牺牲？……

当年在巴黎，不错，准是在那次奥林匹克运动会上——天气酷热，柏油路面也发烫，在科隆布①举行了有史以来最长的一次长跑：四十名运动员参加这一场十公里越野赛跑，这准是世界上最长的一次赛跑。②太阳烤着他们的身体，每一次呼吸都像一团烈火冲进胸膛。努尔米参加了这场比赛，还有杰出的里托拉和怀德。四十名运动员走到起跑线上，出发奔跑。在这四十名运动员中，有十七名到达运动场，只有十五名到达终点。其他人成了牺牲品，把自己献给了这场比赛。他们跑着，跑着，一下子瘫倒在地。从来没有一支医疗救护队像当年在科隆布那样忙得不亦乐乎。有些人正在奔跑，却突然像挨了一粒子弹似的倒在地上；还有些人，他们倒下后，还试图手脚并用，向目的地爬去。最糟的是"迷了路"，他们给人的印象好似被判了刑，乱跑一通，企图死里求生。他们精神恍惚、摇摇晃晃地跑进运动场，失去了控制，差不多失去知觉，迷迷糊糊地朝相反的方向冲去，观众看到这种情况，不禁大为吃惊，他们跺脚、叫喊，然而运动员们已头晕目眩，既听不见他们的祈求声，也听不见他们的绝望的呼喊；有几个运动员快要到达终点时却转身奔了回来：他们已忘掉了终点。像牲口被赶进栅栏一般，他们被工作人员赶过了终点线。努尔米，嘿，努尔米赢得了这场比赛的冠军，也许里托拉也名列前茅，他们和极少数人

---

① 法国巴黎附近的一个城市。
② 原文如此。

为此提供了一个例子,说明赛跑有多少要求,一定要符合多少要求……

贝尔特在哪儿?现在他迈着均匀的、几乎是机械的步伐,仿佛他的跑步永无尽头似的;只是他的膝盖不再像开始时抬得那样高,他的肩膀摆动得也不再像先前那样跟步子合拍,而在五千米以前,他那些动作是多么协调啊。他又回过头去,向跟在他后面的对手望了一眼。他这一瞥泄露出他内心的焦虑,他感到自己没法摆脱自己的对手;由他独自决定自己的速度、按照自己的节奏奔跑的时刻已一去不复返了。梅格莱因会放弃比赛吗?他越跑越慢,已经落后一百米甚至一百五十米了;他的脖子向前伸出老远,手臂低垂,两只脚跛得更加厉害。梅格莱因停止奔跑,退出了比赛。他踏上草地。现在对他来说一切都结束了。他弯下身子,两手撑在大腿上,连连咳嗽。一个穿雨衣的教练朝他奔来。这位教练拿一条毯子披在梅格莱因的背上,把梅格莱因的一条手臂搁在自己的肩头上,扶着他小心地走过场地。梅格莱因停下了脚步。教练替他脱掉鞋子。梅格莱因困惑地打量着贝尔特;他侧转了脸,目不转睛望着贝尔特。这时,贝尔特已跑过弯道,跑进终点线前面的那段直道。贝尔特还没有注意到他的对手的数目已经减少。他会不会已经注意到了?他脸上堆着微笑,我一看到他的笑容就心里明白,这是表示自信和自我安慰的微笑——难道他感到自己还那么强大吗?要不,难道这种微笑表示他心满意足?哦,他加快了步伐,他要再增加领先的优势。荣誉席上的贵宾在舒服的折叠椅上再也坐不住了。甚至那位市长,就是那位首席市长也站了起来,用他强壮有力的手拼命鼓掌。这越来越响亮的鼓掌声像一针兴奋剂,促使贝尔特发动途中冲刺。我需要一支烟,要是有一支耐抽的烟卷该有多好。贝尔特从来没有像这样跑过,也从来没有一次会如此令人印象深刻地跑向失败。他会像怀德一样名落孙山,当年科隆布越野赛上怀德本已在努尔米和里托拉前面稳稳地领先,只是因为他太逞英雄,开始蛮干一通,结果半路上就倒了下来。贝尔特将会像怀德一样败北。他会和运动场告别,于是今后人们谈到他时,将会记得他们曾信任他,支持他,把希望寄托在他的身上,以为他会给他自己和他们带来胜利,结果他们不得不承认他辜负了他们的希望。他们将会打定主意,下一次选择他们的运动员时一定得谨慎些,因为胜利比失望更快被人忘却,很容易被人丢在脑后。因此,如果他使他们失望,将会怎么样呢?贝内特在什么地方?还有扎巴拉?还有埃尔·夸菲?谁还记得意大利人贝加利或者名字叫淳的那个瘦瘦的日本人现在在什么地方?他们还不都是在那醒目的光荣榜的坟墓里找到归宿?他们不是比他更有成就吗?那么,一个运动员的功劳到底有多大呢?难道他是那样功勋盖世,人们必须向他一辈子撒鲜花吗?……

奥普里斯,哟,现在罗马尼亚人奥普里斯跑上来了。他锋芒初露,谁也没有料到。他用劲冲刺,追上西博恩,西博恩惊讶地回头看了一眼,紧贴着内圈奔跑,让奥普里斯过去,然而奥普里斯不愿超过他,甘愿跑在末尾的位置上。他们说,在比赛场上,奥普里斯活像那赢得近代第一次马拉松赛跑的希腊人赫特;斯皮里登·路易斯也是个赫特,在最后几公里,其他运动员又渴又累,放弃比赛,路易斯也就赢得了胜利。穆索和两名丹麦运动员跑在一块儿了。扩音器里宣布,梅格莱因为受伤,不得不退出比赛……

要是贝尔特能领先六十米,他或许能把领先地位维持到最后几圈……唉，对付这些对手，他没法办到这一点。我不应想这些了！一切都完了，再来估计他有没有希望是没有意义的。他们将会击败他。他们将在最后几圈以后把他像一座纪念碑似的遗忘掉！他们将把他远远地甩在后面，使他感到自己像一名潜水员穿上了铅鞋一样！也许他会最终认识到这跟我们抛弃他有关；与某些事断绝关系有时候很美妙，有时候很糟糕：他的美妙的时刻已成了往事。他将没落，我是不会为他写悼词的。不过我将提到他，我一定会谈到这场赛跑："一切都落空！"我可以这样描述，或者，我这样写更能说明问题："对着墙壁跑。"……

可不是，太阳又重新露脸了，这倒是出乎意料。我们的夏天具有最温和的冬天的特色：阴雨连绵。我们这儿的人生来就是在雨伞底下过日子的。连绵不断的雨水冲刷着大地上的一切，五月的雨水，珍贵的雨水，九月的雨水；雨水把世间的忧虑和苦恼也冲洗干净。草地上光闪闪的，青翠碧绿，整个运动场像洗了一个澡似的……

跑道糟糕透顶。有些运动员对此毫不在乎，这些运动员在一二十个运动场上跑过，没有多少精彩的表现，然后，当他们来到这似乎专门为他们铺设的跑道上时，却大显身手，即使大雨滂沱。贝尔特可没有这个能耐。松软的跑道不合乎他理想的条件，他理想的时刻是在晚上，就像他在哥本哈根打破欧洲纪录的那一次。晚上他跑得最出色。可是现在大概连晚上的时刻也不会对他有多大用处；任何运动员都会碰到这样的情况，有时哪怕是理想的条件也帮不了他的忙。一个人必须做出极大的努力，才能指望合适的环境可以起一些辅助的作用……

奥普里斯的大腿上有一道伤疤，是缝针留下的紫红色的针脚；随着每一下剧烈的步伐，这道伤疤有没有可能裂开，一滴一滴渗出鲜血来？他是在什么地方受伤的？他是怎么受伤的？……

贝尔特脸色灰白，显得精疲力竭；淡黄色的头发稀稀拉拉。他不再微笑了。我看得很清楚，他的脸上重新出现被追逐的恐惧神色，还可以看出，非取胜不可的想法折磨着他，使他流露出惊恐紧张的神态。难道他相信自己会胜利吗？……

不错，在那年秋天，在那不勒斯，他战胜了克里斯滕和克鲁德森，也击败了穆索……这是哪一年的事情呀？这是很久很久以前的事情，昔日的胜利并不保证今天会重现，那不勒斯的日子已一去不复返了……

"凯旋女郎"，哟，他们已安排了一位"凯旋女郎"，她站在下面的大门口，自然是穿着时装，手织的裙子，刺绣的上衣，全身打扮似乎都是手工精制的。她拿着一束准备献给冠军的花束。透明的尼龙巾做成精致的袋子保护着珍贵的花朵。她的胸部发育正常，身体由于从事掷棒游戏和健身操而锻炼得十分结实，脸容娇丽纯朴。说不定她会嫁给一个跨栏运动员、一个标枪运动员或者一个双杠运动员，每天早上起床以前，这位双杠运动员在做撑臂锻炼时让她一一计数，也许……

卡拉没有站在她的后面吗？没有，她办不到；恰恰相反，卡拉拒绝出场观看贝尔特赛跑。她无精打采地用辞谢的口气把所有的邀请和劝说都拒绝了。已经好多年，卡拉从不出场观看比赛，连我们请她观看贝尔特试图努力刷新纪录的时候，她也没有到运动场来……

州纪录，是的，在那年干旱的六月的晚上，贝尔特想要创造一个新的州纪录，因为卡拉摇摇手不想去，我们自己就上协会的运动场去了……

维多利亚协会安排了一次夜晚运动会,然而这次运动会只是一个借口,目的是让贝尔特进行一次破纪录的尝试。由多恩这位不合群的运动员做他的定步人,另外还有协会里另四名关系好的长跑运动员一起比赛,一来为了打破跑道上的冷清场面,二来让那些也许没法衡量贝尔特和多恩之间细微差别的观众有可能对此进行一番比较……

夕阳西下,他们从更衣室出来,贝尔特穿着蓝色运动服,脖子上围着一条毛巾,后面跟着多恩和另外几个运动员。看台上的观众还戴着太阳眼镜,衣服笔挺,拿着折叠的报纸;这儿没有穿皮大衣的人,也没有看足球比赛的观众。贝尔特在寻找我,我向他挥挥手;他刚要向起跑线走去,走来了穿白裤子的协会主席马特恩。这位主席把贝尔特拉到旁边,悄悄地私语着,我听不见他们说些什么,只看见贝尔特在谈话过程中一直望着地面。马特恩的一条手臂揽着贝尔特的腰部,终于,跟他握了握手。起跑的时间推迟了……

"永远跑不成啦,"《新闻报》的克洛斯特曼说,"据说没有准备好足够的计时员。我可绝不报道这种预定的纪录。"……

然而夕阳下去后,他们终于起跑了,多恩马上跑在前面,给贝尔特确定速度……

不行,他们失败了,虽然多恩跑出了个人的最佳成绩,虽然他们把这次赛跑中的几个配角差不多甩掉了两圈。要是那几位被他超过的对手给他让路的话,他可能已达到目的。不过,贝尔特还是平了州纪录。他准是跑了大约三十分四十六秒,所有看到这个纪录的人都知道,这个纪录不会维持多久了……

维多利亚体育协会成员们的掌声稀稀落落,不冷不热,他们并没有大声表示出他们的热情来,也没有人把贝尔特抬在肩头上,只有马特恩忘乎所以地、蹒跚地走进运动场,向贝尔特祝贺……

哟,准是在那一个晚上,贝尔特平了州纪录。随后,在俱乐部里欢宴,讲话。连乌韦·加拉希也讲了几句,这位黄金头发的彪形大汉发表了一通职业性的诙谐幽默的讲话,可是卡拉没有出席。直到那一天,贝尔特才成为维多利亚协会的正式成员。他没有马上成为正式成员,这种情况拖延了很久,现在他平了州纪录,才在维多利亚协会成员的眼里成为他们协会中的一员。他得有所表现,现在他们认可了他的表现,认为已经合格了。唯独俱乐部里的那些服务员还不承认他合格。对这一点我心里雪亮:当他们来到我们的桌子旁边时,那种令人生厌的服务态度,那种屈尊俯就的神气,那种不理不睬的腔调……一句话,那副傲慢的神态每一次都使我生气。只有这些服务员,这些收取小费的蛀虫,不把贝尔特和我放在眼里。也许他们对我怀有怨恨,因为我有一次不当心说了句:"茶房,茶房,结账。"对贝尔特呢,他们是无可奈何,因为他都是凭协会发的凭证付账。反正我们在服务员的眼里始终是外人……

由于这些服务员,主要是由于这些服务员,我们把庆祝会迁移到贝尔特的住所里去举行。我们乘卡拉的汽车前往。马特恩和那位姑娘要晚些来。其他人都一起去,连我们的"娱乐博士"也一起去,总共有八个或十二个人分乘两辆汽车。多恩坐在我的大腿上。他那瘦瘦的臀部压得我好难受。在贝尔特的住所,来开门的是阿尔夫,他正在为张罗潘趣酒[①]而忙碌。嘿,

---

[①] 一种果汁、糖、葡萄酒等的混合饮料。

一进他的住所,我们马上记起这不是港口边的那间小屋了:墙边摆着的不是自制的沙发,室内不再是一无陈设,窗台上也不再放着浸透了汗水的短袜子。这两间半房间里摆满了家具。我为什么讨厌这个住所?为什么我待在这些房间里总是感到自己是在做客?因为这些新家具,这些玻璃板和柳条制品吗?因为这些图画吗?这些海洋风景,港口风光,海鸥在飞翔,上面有画家的签名,人们只知道他们是汉萨同盟派画家。或者,我之所以讨厌这个住所是因为这些书籍吧?它们搁在擦得发亮的棕色书架上。那间浴室呢,宽敞的浴盆前面铺着湖绿色的泡沫塑料垫子,还有淋浴装置,浴盆上的整套用具,弯柄软刷子。谁给谁擦肥皂?贝尔特领着大家走过各个房间,指着这些房间一一说明,这时,卡拉默不作声地靠在暖气管上,嚼着薄荷夹心巧克力糖。我们把椅子搬拢在一起。因为吸烟,有人打开窗子;这几个新房间早已笼罩在香烟的烟雾里了。我背对着打开的窗子坐在那儿。桌子底下懒洋洋地躺着那条用洗发剂洗得干干净净的狗,它把头搁在两只前爪上。大家的眼光都集中在这条狗的身上,大家都在谈论它……它叫什么名字?玛格达,对了,玛格达或相似的名字。乌韦是这样叫它的,卡拉也是这样叫它的。"玛格达懂得二十四个字母。"卡拉说。乌韦证实了她的说法,还补充道:"两年里它将能流畅地看书,我们期望它三年里能看懂一卷中国抒情诗的译文。"然而,这些目标再也不会达到了,一辆三轮运货汽车在不久以后断送了玛格达的锦绣前程……

门铃声响个不停。"准是主席来了。"贝尔特说。卡拉走去开门,她比贝尔特先到门口。来的不是主席,而是一家鲜花店的送货员,他递过一束鲜花,鲜花里夹着一个信封。"送交布赫纳。"我听见他这么说,接着卡拉走了回来,轻蔑地把花束往玻璃板上一掷;贝尔特呢,我看见他无计可施,犹豫不决地望望花束,又望望信封,不敢当众拆开它。他忧虑地望着我,我马上明白他为什么寻找我的目光……信封上写他名字的是特娅的手迹。他坐在那儿,不知怎么办才好,卡拉这时又一次拿起花束,使劲一扔,花束经过我的面前,给抛出窗外了……

贝尔特不作一声,嘿,他什么话也没有说,只有那位素食主义的长跑运动员多恩不由自主地向窗外探出了半个身子。他是可惜那些鲜花吗?多恩,这位怪僻的人物,他是他这个时代中最坚韧的运动员之一,任何事情都不能使他心慌意乱,即使有一次听到他母亲的杂货店失窃,他也照旧镇静异常,尽管他是在起跑前不久得到这个消息的,他仍参加比赛,赢得了胜利。他是痛心那些鲜花,一再提起它,后来,阿尔夫拿来了潘趣酒,他还在提到它。他很早就离开了,他离开后,有人说他只是想要弄到这束鲜花做一碗鲜汤。浸湿的有筋的水果沉在潘趣酒底。这欢乐的场面多么冷落,只有加拉希像唱独角戏似的自言自语。唉,我对这一个变成唱独角戏的夜晚感到讨厌。可以看出,他们上这儿来,口袋里都准备了一套节目,这位女主人心里也有数,他们只等她暗示一下就准备拿出来。他们知道慕尼黑或尼斯[①]发生的最新消息,谁跟谁怎么样,在什么地方发生了什么,等等。他们没有跟别人谈起,只是自己知道。总是花菜,一份份味道不错的花菜;还有乌韦·加拉希的独角戏。唉,这一个庆祝追平州纪录的夜晚,我待在这个住所里感到不耐烦,在这儿的所见所闻早已使我失去耐心,巴不得早些结束。这个庆祝

---

① 法国城市。

追平州纪录的夜晚，也对接下去发生的很多事情起着决定性的作用，这确实使人感到惊讶，因为始终没有直接的迹象表明会发生这些事情，而且情况还并不十分明朗。恰恰相反，导致结局的所有事情刚刚在酝酿，还看不出明显的关系。正像捕鱼的扳网上的竿子一样，它跟渔网保持着一定的关系，却具有一个基础。故事的整个情节像整张渔网一样，开始时也只有通过拉竿感觉得到，而结果清楚地显示出它们之间有着明确无误的关系……

那个庆祝追平州纪录的夜晚，那些水果，潘趣酒里甜得发腻的水果使人口渴，我们从一只酒壶里倒出樱桃酒喝着，那位"娱乐博士"——他一脸惊恐的神色——一面一杯接一杯地直往肚子里灌，一面还扮演唱独角戏的角色。他定一定心，拿出一副纸牌，倒了出来，纸牌哗啦啦地在手指间落下，他洗着牌，一张张纸牌从那叠纸牌里弹跳出来……

卡拉和贝尔特并肩坐在一张椅子上，加拉希不时地用眼角向卡拉瞟去一眼。蓦地，那张椅子上已空空如也，加拉希这一惊真是非同小可！我看见他再也按捺不住，一下子跳起身来，想去寻找，不过他还是坐了下来；他邀请阿尔夫和坐在旁边的那位阔肩膀女士一起玩牌，他们玩着"二十一点"。尽管他漫不经心地玩牌，却总是赢，总是赢。贝尔特的杯子里仍是满满的一杯潘趣酒，杯底沉淀着一些黄梨块——他差不多一口没有喝过。我走进狭小的衣帽间，新建的衣帽间；谁要是不熟悉它，脱掉外衣的时候不小心翼翼，他的手背和臂肘就可能会撞着墙壁。卡拉的防尘薄大衣和那条狗绳子也挂在衣帽间里。接着，浴室门背后透出声音。我扭了扭门把手。门关着。声音消失了。我站在门旁等候，等了很久很久，于是我明白，他们把自己关在里面,他们不会开门,因为他们不能开门了。我正要走回去,加拉希已踏进小小的前房,上衣的上面口袋里插着纸牌。他低垂着眼睛对我望望,看来有点失魂落魄。他的一只大手慢慢地从我胸前向门把手伸过去,在快要碰到把手之前,我说了声:"已经有人!"他也就把手搁在我的肩头上,拉着我走回房间里……

我们一起玩牌。加拉希坐庄,他赢了。我们押的注不超过一个马克,我们轮流坐庄,差不多总是乌韦·加拉希赢。他把钱推拢在一起,显得兴致索然;他发牌,收牌,低着头望着自己的酒杯,隔了不多时间就拿起杯子狠劲儿地喝上几口,我们玩牌的时间越长,他也就越沉默。他拿着自己的牌,默默沉思,让对手们翻开自己的牌;他们全都神情冷漠,没有丝毫满意或恼怒的表示。他机械地玩着牌。除了他急速地站起来的声响和发出愤慨惊讶的笑声外,他似乎什么都不再放在心上。当时我输了多少呢?他肯定赢了我二十个马克。正当没有人再愿意跟他玩牌时——他对此既不惊讶,也不失望——贝尔特回来了。贝尔特的头发梳得整整齐齐,领带仔细地系好,上衣纽扣都已扣上。嘿,贝尔特刚站到桌子旁,我就看见加拉希用一个机械的然而是命令式的动作,向他伸出了手里的纸牌,眼神默默地、绝望地在贝尔特的脸上探索了一会儿,然后把纸牌一挥,邀请他玩牌,贝尔特慢腾腾地在他对面坐下来,他马上动手洗牌……

加拉希没有等到贝尔特准备就绪,就把牌洗好了,接着不停地发牌,眼睛避免看到贝尔特的脸。他只打量着贝尔特的一双手,它们拿起纸牌,稍稍举起,可以看到半页纸牌后就合拢在一起,盖了起来。玩牌时贝尔特也不说话。当他认为已有了足够的牌时,他就站起来;当他需要一张牌时,他就用食指做个手势。他们先试着打了两副牌,然后贝尔特脱下上衣,把皮夹子放在桌子上。"你还是马上把皮夹子统统给他的好,"阿尔夫说,"可以节约时间。我们宁可听听音乐,我相信现在电台正在播放音乐。"……

他们玩着牌,加拉希从他的一堆钱里取出五马克,推到桌子中央,哦,我至今还能看见他们坐在我面前的情景:"娱乐博士"那张粗糙的脸,他要是喝多了酒,脸上的皮肤就变得粗糙起来;还有贝尔特那向前突出的窄窄的肩膀。起初贝尔特为了提高兴致,似乎准备输掉一定数目的钱,免得令人扫兴,可是开头几副牌他不但没有输,反倒赢了,玩了几副后,他开始产生怀疑,警惕起来,感到不是味儿……

他满腹狐疑,细细观察加拉希是怎么洗牌、怎么分牌的。他要求把每一张牌都翻开来。他再也镇静不下来了。桌子底下的那条哈巴狗玛格达扰乱了他。阿尔夫把狗赶到一个角落里。只有乌韦·加拉希不动声色。他冷冷地把赌注推到桌子中央,小口小口地呷着樱桃酒;他输了,又输了。我从来没有看到一个赌输了的人像他这样不动感情的。当卡拉出现在贝尔特的椅子后面时,贝尔特对卡拉站在他背后的那副懒洋洋的模样感到受不了;她最好不要在场。她在一张皮凳子上坐下,叹了口气,满脸倦容,长长的棕色头发已经梳理过,我看见她脖子上有一块火红的斑点,颈动脉急速地搏动着。她含讥带讽地观看他们玩牌。加拉希提高了赌注,他把十马克推到桌子中央,贝尔特也跟进。加拉希对卡拉微笑了一下,她不理睬他的微笑。现在他赢了。他的态度和他玩牌的方式一点没有改变。当他坐庄时,当他跟他们赌博时,他低下脑袋,分发纸牌,把它们翻开,他赢了。他漫不经心地取回他赢得的钱。贝尔特一定是"倒了霉"，他从皮夹子里取出一张钞票，把它兑开，又输掉。他面对最简单的偷鸡也会输掉。有时候加拉希拿到十四点就停止取牌，贝尔特继续要牌，结果成了死牌，因为他拿到十八点还认为不够，他希望下一张牌会拿到一张皇后。有一次他拿到十五点就认为够了，可是翻开来一看，加拉希却是二十点。他几乎副副牌失算，屡战屡败，把他最后一张五十马克的钞票也兑开了——他已经输掉多少钱？至少一百五十马克。卡拉打开了收音机，贝尔特站起来把它关掉。"可以结束了，"卡拉说，"别打啦，真叫人受不了。"她对加拉希说："要是贝尔特不能罢手，那你停下来。你也该玩厌了，尽是赢。"她轻蔑地说，用一种疲惫的声调提出意见。加拉希点点头，把纸牌收拢，然而贝尔特却不耐烦地在桌子对面向他拼命挥手，坚决要求再玩下去，彪形大汉加拉希向卡拉投去痛苦的一瞥后，重新分牌。贝尔特又输了，他增加下一次的赌注，又继续输掉。唉，他不可能赢，因为命运正跟他作对。连他向加拉希借来的钱也输个精光……

"娱乐博士"面对着一堆赢来的钱，坐在那儿，一口气把半杯酒喝光，接着，啊，接着他抬起头，用胜利的眼光朝贝尔特扫了一眼，一把抓住卡拉的手腕。他紧紧抓住她，用力把她拉向自己身边，说道："你瞧我赢了多少。要是再玩下去，我还会赢。你应该祝贺我。你应该吻我一下，祝贺祝贺。你瞧我运气多好，整个晚上我是红运当头。"她竭力挣扎，想从他的手掌里挣脱出来。"你自己去保住你的运气吧。放开我。我不想跟你的运气有什么相干。"乌韦·加拉希放开她的手腕；他站了起来，不知怎么办才好，他摇摇晃晃地站在那儿，伸手摸摸前额。"对不起，"他说，"对不起，卡拉。这些都是我赢的，我是给你赢的，这你是知道的，你应该对我的好运气表示祝贺。"她似乎已经忘记不是只有他们两个人在场……她开口说话了，不但不显得热心，反倒带着厌倦而轻蔑的口气："要我对你赢得的钱感到满意吗？这种赢来的钱根本不值什么，我对这种钱从来不感兴趣，它尽是些造孽钱，都是损害别人的勾当。""娱乐博士"回答："我也可能输掉，卡拉。这是十分可能的。""不，"她说，"你不可能输掉，你不可能，因为你还没有输过一场。你瞧，这使我感到多么厌恶。要是一个人老是赢，那真叫我受不了。也许我就厌恶这种情况。现在你坐下，你喝醉了。这儿，"她把一面镶嵌着珍珠的圆圆的小镜子拿到他面前，"你自己照照镜子，多像一个赢了钱的醉汉。"……

贝尔特，贝尔特终于清醒过来了。他向卡拉使了个眼色，对加拉希安慰似的点了点头，设法使他情绪安定下来。我感觉到他这一刻倒对乌韦·加拉希产生了同情，因为他做出了卡拉不准备做的事：向加拉希伸出手去，祝贺他胜利。接着有人建议乘汽车到港口去——我相信是加拉希本人提出的。这一夜没有下雨；微风习习，菩提花散发着清香，圆圆的明月高挂在天空；我们向港口驶去。凉爽的夜晚使人神清气爽，水面上映着灯光的碎影，"娱乐博士"领着我们沿着码头走去。我们的人数不再像在贝尔特住所里时那么多，有几个已经告辞，连那位阔肩膀的女士、维多利亚体育协会的女子五项运动冠军，也已经走了……

我们五六个人沿着干船坞的围墙鱼贯而行。加拉希走在头里，心里不太踏实，不过他找到了路，领着我们在一条混凝土道路的边上继续走去，走到一幢坐落在长长一排乌黑的仓库后面的箱形砖砌房屋，这幢建筑物的顶上铺盖着油毛毡。加拉希跟门房讲了几句话,栅门给我们打开了;我们经过一个混凝土广场,进入这家鱼类加工机器工厂的产品陈列大厅。加拉希经常在这儿接待那些大主顾,通过寻欢作乐的手段拉拢他们,他的业务就是在这儿开始的。他打开窗子和天窗,我们看见墙边和大厅中央到处是精心保养的鱼类加工机器,不过只是些样品,是用来向大主顾们表演机器的优点和运转系统的……

我们站在大厅里的时候,哦,加拉希给我们做了表演,他先给我们做了一番介绍,一点不顾及时间已经很晚了。卡拉倚在门柱上,一副厌倦的神气,嚼着她的薄荷夹心巧克力糖。嘿,我至今还记得他这么说:"女士们,先生们,这些都是不同寻常的精密机器。他们会向我承认,至今采用的切除鱼头的方法还有很多方面有待改进,是呀,那种切除鱼头的方法多落后。背脊上一小块最好的鱼肉经常随同鱼头一起丢掉。女士们,先生们,我们不能容忍这种现象,所以,我们根据最新的科学知识,制造了一架切除鱼头的机器。你们瞧,鳕鱼从这儿放进去,用脚在这块踏板上踏一下,鳕鱼就几乎毫无声息地被送到刀那儿。女士们,先生们,这种刀不是只对准一个方向,只会砍呀,砍呀,或者做类似的动作;不,我们的刀先使鱼停下,测量了长短,然后用一种奇妙的圆形剪切的方法切除鱼头。你们瞧,这种刀的切割动作是多方向的。"我还听到他说:"女士们,先生们,由于这种机器的工作效率和可靠性,所以我建议给它取名'罗伯斯庇尔'[①];关于名称问题,还要商量。可是我们这种切除鱼头的机器讲究质量,交货期是十八个月,我要请诸位注意,

---

[①] 罗伯斯庇尔(1758—1794),法国大革命时的雅各宾派领袖,在反封建斗争中表现坚决,曾把很多反革命分子送上断头台,但"热月政变"后,他自己也被推上了断头台。

这种机器还不太多。"……

我还记得我们站在机器中间听他讲解,有时哈哈大笑,有时感到一阵战栗;大家兴致勃勃地参观那些去刺机、切片机、装残渣的铁丝网篮筐,还有那奇妙的切除鱼头机器。加拉希领着我们走过大厅,一面指点给我们看,一面讲解,只有卡拉没有跟我们一起走,她照旧靠在那门柱上。大家都对这些机器赞叹不已,然后,加拉希领我们回到卡拉的近旁,那儿有一台切片机。他讲解的声音越来越响,他是试图让卡拉也听得见;我感觉到,为了使她也感染到我们的笑声,他花了多大的劲呀!他开动了机器,一台装在机器内部的马达开始发出嗡嗡声,传送带嗒嗒嗒地转动起来。蓦地,啪的一声,似乎有什么东西破裂……于是出了事故。事情是这样发生的,当时加拉希正弯下身体,一只手伸进一个小小的黑魆魆的轴道,这里安装着切片刀。或许他是想要使传送带重新运转,或许他在处理某个我们中间谁也不懂的故障。正当传送带停止转动、他的一只手伸进那轴道里的时候,一刹那间,切片机重新开始运转起来……

他没有叫喊。他也没有晕倒。他挣扎着站起来,一阵战栗掠过全身。他呻吟着,把那割裂的手臂抽了出来,脚步踉踉跄跄,贝尔特和阿尔夫扶住他。我看见他的手和下臂破裂,血流如注。那一次我在海边绿色堤岸下面被地雷炸掉手的时候,人们急忙给我包扎,现在我也像他们那样忙碌起来。我让别人扶住他,自己用一根电线扎紧他的手臂,他站在那儿,浑身发抖,好似身处极度的寒冷中。他脸色惨白,眼睛闭得只剩下一点儿缝隙。卡拉马上跑到他身旁。她与其说是害怕,不如说是惊慌;她握住他的手臂,把它扭转过来,察看那血肉模糊的、用纱布捂住的伤口。当我扎紧手腕上面的那段手臂时,她把手帕覆在伤口上，帮我一起打结。有人已经通知了门房……是谁通知的呢？大家走得那么快，院子里响着嗒嗒嗒的脚步声，还有救护车的声响。"究竟发生什么事情啦，博士先生？"啊哟，究竟发生了什么事？加拉希自己能走，他的一条健康的手臂搁在卡拉的肩头上，不用我们帮助，摇摇晃晃地走过院子，向传达室走去，救护车已等在那里。卡拉先上车，他跟着上去。他们并肩坐着，自从我认识他们以来，他们从来没有像今天这样靠近地坐在一起过。凭借车里的灯光，我看见他靠在她的肩头上，他的脑袋微微朝后靠着，似乎内心感到愉快，他们就这样坐在车上。也许我看错了，也可能只是出于自己的想象，不过我相信在他苍白的脸上透露出一种奇特的满意心情，这种满意的心情是如此强烈，虽然他尽力不让它泄露，但它仍微微流露在脸上……

他们乘车走后，门房们一个个奔走相问："博士究竟出了什么事？"唉，在这一切事情发生以后，贝尔特认为必须做些什么事情了。阿尔夫把汽车开回去，其他人也告辞了，贝尔特和我两个人越过干船坞的墙。贝尔特不知道怎么办才好；他只认为他必须做些什么事情。"我必须改变一下了，"他说，"只是我还不知道做些什么才好。也许我一上手，会把什么都统统改变。我简直不知道该怎么办，老朋友。你是不是认为，我现在再来改变已经太晚了？"他停下脚步，让我走到他的跟前，直瞪瞪地望着我的眼睛。"老朋友，怎么办？"我们坐了下来，坐在墙头上，两条腿悬荡着。我没法找出话来回答他，只想起一个问题。我在这船坞上面问他道："加拉希干吗把他的手搞成这个模样，这件事你是怎么想的？我知道它外表血肉模糊，看上去确实很糟糕，然而你认为这件事为什么发生？"贝尔特不假思索地回答:"这是一次不幸事件。老朋友,这是他倒了霉,没有别的。"我又问他是否可以肯定自己的这个想法。他说:"我完全可以肯定。如果这件事发生在另一个人身上,我不会这样大胆断言这是不幸事件。老朋友,在他身上这是个不幸事件,因为他是个胆小鬼。要是你和他接触久了,你就会注意到他多少事都忍耐了下来。像他这样的人,这只能是一次不幸事件,不会有其他情况。"听他这番话,我知道,现在他也许不会做出改变一下自己生活的打算……

他也用不着这么办,因为就在这个夜里,已经有其他人在筹划,准备做出一番变动,所以,即使贝尔特下定决心要改变一下,也不需要他做出决定了……

呃,我们后来从港口走进城去,贝尔特叫住一辆出租汽车,我们乘车上俱乐部,那儿依旧灯火通明,那些不知疲倦的维多利亚协会成员坐在一起,吃着消夜,喝着淡酒。协会主席也还在那儿。"他们不让我离开,贝尔特,任务太多了。"不消说,"冰霜之花"坐在他身旁。我们找不到机会谈谈乌韦·加拉希的事,马特恩手头有一个惊人的消息,他要我们猜猜这惊人消息是什么内容:"这消息跟贝尔特有关,根本不是什么不愉快的事。"可是我们猜不出。最后他说出事情真相,对贝尔特说:"美国田径体协给你发来了一份邀请书,邀请你去美国进行十二场比赛,四场在室内举行。当然不会要你单独前去,贝尔特,我们陪你去。反正我在那儿有点事要办,埃娃也一起去。在这件事情上,已经有两票支持你啦。"他从胸袋里取出一封信,交给贝尔特,在贝尔特读信的当儿,马特恩露出慈父般的微笑,打量着他。虽然我以为他不会去,然而今天晚上发生的事要他做出决定,贝尔特马上接受邀请,上美国去了……

不，他用不着进行什么改变，用不着为庆祝追平州纪录的那晚所发生的事情做出决定——至少他认为，他去美国参加十二次对抗赛后，这件事可以不了了之。他请了一次假，痛痛快快玩了几天，然后到美国比赛去了。我还记得，那些日子里我到编辑部，每次都先到放着通讯社消息的柜子那儿。唉，贝尔特在美国的那段时间，我没有一天不想到他。我站在地图前面，纽约、芝加哥、加利福尼亚的大学锦标赛，我读着我们预约的三家通讯社发布的消息，对我来说，所有这三家通讯社发布的有关贝尔特的胜利消息都不够详尽，我把它们的报道汇编起来。反过来我也帮了它们的忙。我把他的旅行说成是一次胜利的旅行，渐渐地，其他报纸都跟着报道他的消息；于是突然之间，他的胜利成了德国的胜利，他的比赛成了全国性的事件，画报上登出了他的照片，还利用我的材料整理成一篇《贝尔特·布赫纳的故事》……

贝尔特所向无敌。他每一场比赛都赢得胜利，最先在麦迪逊广场公园，最后在洛杉矶的阳光明媚的运动场。他的优势十分明显，给人印象很深，我国有几个体育记者已经把他看作奥林匹克运动会最有希望获胜的选手。我知道他没有那么了不起。如果他是个短跑运动员、投掷运动员或者跳跃运动员，那么，他的胜利倒也符合他们的预测，因为任何国家都不像美国那样，一个田径运动员在那儿可以更可靠地显示出他的水平来，他们的每一个田径项目都有三名世界级的选手——只有长跑除外。美国人从来没有在长跑这一项运动中取得过很大的成就，他们所擅长的，是把积聚的力量闪电般释放出来，像火光一闪，一下子短暂地冒出最明亮的火焰。此外，还依靠最完美的技巧，只有在这些项目方面，他们才称霸体坛。他们不擅长长距离赛跑，这不是他们的拿手戏。那些"慢燃火炉"来自旧世界，来自芬兰、匈牙利、俄国，不错，还来自英国。美国长跑运动员取得的成就这么少，这是怎么一回事呢？意味着什么呢？意味着贝尔特的胜利没有什么了不起，因为被他击败的那些对手只是在他们本国有影响，大概像多恩这样的运动员也能够把他们击败的……

他在美国比赛，嘿，在那室内运动场里，口哨声尖锐刺耳，一阵阵狂呼乱嚷，香烟雾气腾腾，当我看到那些照片时，我感到宛如身临其境。我也身临其境似的相信，虽然贝尔特每次都获胜，他们却每次都向他发出嘲讽的口哨声；在他每次夺得冠军后，就听到一阵讥讽的叫喊、抗议和非难的口哨，因为在这十二场长跑比赛中，贝尔特一次也没有创造纪录。大概他没有把全身的劲儿都施展出来，他发觉他的最危险的对手比他落后六十米或八十米之多，他节省力气，他只是为取得冠军而奔跑，这太不够了。他们要求他创造新纪录，他们感到他能够轻而易举地打破纪录，他却每次总是差一点儿，他们觉得他们是在鞭策他、催促他，于是向他吹口哨……

一天上午，传来一个简短的消息使我吓了一跳，据说萨姆·卡普斯塔已向贝尔特提出，要他当一名职业运动员。卡普斯塔拥有世界上最大的体育俱乐部，如果贝尔特愿意参加这个俱乐部的话，他愿意出价三万美元。处理了报纸版面以后，我马上到维多利亚体育协会的俱乐部去，我把这消息告诉他们，马上听到他们激动的评论：啊，眼下贝尔特毕竟是他们的人呀，对他们来说，贝尔特正像他们协会的钱柜一样，十分宝贵。他们咒骂卡普斯塔和他的体育俱乐部，向他发出一份抗议的电报，也给贝尔特发了一份电报，催他回来，并要求回电……

当时，我们待在俱乐部里等候他的回电……

他没有回电，回电没有来。在酒吧间里，他们接到无数电话，铃声接连不断，报馆和通讯社都想知道贝尔特做出了什么决定。我们自己也蒙在鼓里，没法向他们提供任何消息。当然，如果他们问我，我是能够向他们说几句的——我确信贝尔特会和卡普斯塔签订合同，成为一名职业运动员。我对此十分有把握，如果有人要跟我打赌，我一定欣然同意，我自信比旁人更了解他。然而我的打赌输了。早上他来了电报，是在他们登上飞机之前不久，马特恩亲自从波士顿发出的。电文很简洁，向我们宣告他们的归来，还要我们放心，一切都正常。嘿，虽然我的打赌是输了，然而当我读着这份电报时，我却产生一种感觉，觉得在这趟旅行中准是发生了什么事，阻碍贝尔特跟卡普斯塔签订合同。我想，也许他已经了解到一些什么事情了……

归途中，什么情况都没有透露……

他们到达时，迎接的盛况空前！通向飞机场的出入口给封锁了。观众不断地朝拦路的绳索拥去。维多利亚体育协会的人已待在那儿，还有新闻纪录片的摄制人员，一位穿皮外衣的电台广播员，连市议院也派出官员去迎接。我站在候机室里，看见飞机徐徐降落。我像透过一只巨大的玻璃鱼缸，感受这次迎接的盛况。他们迎接的是谁呢？是谁引起这样的盛况？空中小姐笑吟吟地出现在机舱门口，她走到旁边，转过了脸。接着贝尔特出现了。他手里已经拿着一束丁香花，搜索般地望着人群，向大家挥手致意。当他走下舷梯时，摄影机小小的闪光灯对着他的脸闪烁，议员代表走到他面前，献给他一束代表城市传统色彩的丁香花，并热情洋溢地向他说些鼓励的话。我只见他嘴唇翕动，快速地翕动着，使我联想到一条正在吞咽小鱼的梭子鱼。随后，俱乐部主任向贝尔特致意——连乌韦·加拉希也在那儿，一只手扎着绷带。那位主任授给贝尔特一面三角形纪念旗。穿皮外衣的电台广播员在人群中挤来挤去，拿着签字纪念册的青少年箭一般地奔过飞机场，新闻纪录片的摄影师拉着贝尔特的袖口，朝上指着机舱的门口，似乎他要再次拍摄到达的场面。哟，维多利亚体育协会的小伙子们脱掉防尘薄大衣，形成了一堵人墙。马特恩在哪儿呀？现在他才在机舱门口露出身子，圆顶硬礼帽拿在手里，他的背后出现了那位姑娘。一位上了年纪的服务员碰了碰我，朝外面点了点头："那儿来了什么人？给谁拍电影？"我回答："一个长跑运动员。"他怀疑地说："乘飞机来的？""从美国来。"我说。"哦，原来如此！"……

他从美国回来时在机场上的欢迎盛况轰动一时，嘿，现在他出了名，大家都知道他。他的名字登载在报纸杂志上，连偏僻的农庄也都传遍：贝尔特·布赫纳代表德国在美国比赛。刊物的封面上出现他憔悴的脸容，瘦削的胸膛冲断了终点带，这个镜头永远定格在那里。自从他在美国比赛以后，任何长跑运动员都没有像贝尔特·布赫纳这样名闻遐迩……

可他准是发生了什么事。晚上训练结束以后，当我们一起坐在俱乐部里的时候，他显得烦躁不安，有一种隐藏着的内心的焦虑，还不停地流露出心神不宁的神情，当年他在哥本哈根创造欧洲新纪录时，那些夜晚也是这种样子。这趟旅途中与他形影不离的是名噪一时的荣誉和难以解释的烦躁……

不消说，一定出了什么事，否则后来在拍电影的时候，嗯，就是在拍电影的时候，马特恩也不会马上发出威胁，要把他开除出协会……

贝尔特应该参加协会的锦标赛，但他拒绝了；他不参加的理由是精力疲惫和肌肉痉挛，因此他们把他的名字从参加者的名单中勾掉了。这是他取得伟大成就的一年。在美国的胜利，创造州纪录，刷新欧洲纪录。他可以放弃协会锦标赛而毫不在乎。他必须休息一下，要是当时他不休息的话，马特恩大概会高兴的……

可是接着发生了拍电影的事。他们要拍摄一部关于马拉松长跑的科教片，只是还缺少主角。于是贝尔特担任主角，我写了剧本……

马拉松的背景选在吕贝克海湾。我们和摄制人员乘车向波罗的海驶去，塔拉塔，塔拉塔①，我们驶上海滨公路，想寻找几米空荡荡的海岸，可是海岸上尽是些沙堡和鲁尔地区来的精疲力竭的希腊人。沙子和肉体，波罗的海闪耀着丝绸般的光泽，遮上一层面纱的太阳悬挂在淡绿色的海洋上空。海的远方，在一条白色的单桅船上，他们正把捕捉鳗鱼的鱼笼拖上来。贝尔特和我已经想放弃不干了，可是那些电影摄制人员都是些有耐心的人，他们不肯在困难面前低头，不愿放弃开拍。我们沿着海滨公路驶去，找到一段陡峭、荒凉的海岸，堤岸的斜坡遭到海水的冲刷，呈现黏土的颜色，下面是狭窄的海滩，卵石密布，一派凄凉的景象。电影摄制人员很满意。他们起劲地架起摄影机，热心非常，彼此使用伙伴般的言谈。他们已从博物馆里借来一套古希腊盔甲，包括腿甲、护胸铁甲和插着羽毛的头盔。有人把这些东西交给贝尔特，说道："小伙子，穿上这些古老的铁甲吧。"贝尔特必须穿着盔甲奔跑，因为当年那位马拉松人把胜利的消息带到雅典去的时候，也是全身披挂、穿着盔甲奔跑

---

① 据说公元前四〇一年古希腊雇佣兵重见祖国海洋时，发出了"塔拉塔"的欢呼声。

的。"多么伟大的胜利,谁把消息带往雅典?"唉,隆茨,要是"体育元老"隆茨也在场该多好。我手头还带着他研究马拉松长跑的笔记簿,我在很多方面可以利用他的笔记。现在贝尔特已经登场,实现了老人直到临终还念念不忘的梦想:在长跑中大显身手,而在终点有个光辉炫目的下场……

"我们开始吧。"摄制人员中有人说……

贝尔特站在下面遍布卵石的海滩上,他全身希腊式披挂,穿着镂空鞋,披戴盔甲,腰间佩着短剑,哦,他们什么都预想到了,甚至连战斗中晶莹的汗珠也考虑到,它们在这位马拉松长跑家的脸上闪烁。他独个儿在下面,站在被冲刷得圆润光滑的卵石之间向上张望,等待开拍的指示。指示迟迟不下,原来摄制人员中有人发现水面上冲来一个红色的橡皮充气动物玩具。他们把它捞了起来,终于开始拍摄了:贝尔特迈开了大步。他在我们下面奔过,他的巨大的身影投在陡峭的土褐色海岸上,他的脚步发出嚓嚓的声响;嘿,我至今还听到石子在他脚边互相碰来撞去,叮叮有声,盔甲也轻轻作响。我稍稍眯缝着眼睛,望着他在那高低不平的陡峭海岸下面跑过去,他的身形在海洋的地平线那边越来越小……蓦地,他的奔跑似乎把我带出了现代世界,我似乎看到那位马拉松长跑家塞尔西波斯或埃夫克莱斯,在盔甲的重负下,肩负着报告胜利消息的更大的重担,在那儿奔跑……

不能不跟他的心脏和肺部打个招呼:还得上山啦,心脏;别抛弃我呀,肺部……贝尔特就这样朝岩石奔过去,只有他的影子陪伴着他,随后当道路消失时,只能从他的身影辨别出他还在奔跑……

贝尔特在海岸上奔跑,海洋的微风吹拂着他头盔上的羽毛。他有多少次必须重跑，我也记不清了。摄制人员要拍摄不同的镜头，他们拍摄他在海岸下面奔跑，他们从上面拍摄他，后来只拍摄他跑动中的身影，它在沙滩、树丛和淡绿色的海水上面闪过，经常不断地变化，或者长长地斜斜地落在地面上，或者在水面上行进。突然出现了一些看客，他们从自己的沙堡里跑了过来。他们耐心地跟随着贝尔特奔跑，观看摄制人员的操作。有几个人询问这部关于马拉松长跑的电影将在什么时候上映。在野外这儿，这样奔跑并没有给人非常深刻的印象。贝尔特回来时，有几个人认出了他，他们在我后面和附近窃窃私语，谈着他的名字。一个身上有日晒斑的人大声喊着贝尔特的名字，像招呼老朋友似的向他挥手。难道报纸杂志使他们成了相识？那时候我才明白做一个明星是怎么回事。一个明星碰到这种场面也无可奈何！全国都会像邻居那样看待他，关于他的情况，大家都了如指掌。贝尔特用最好的办法处理这个场面……

那个有日晒斑的汉子向贝尔特伸过手去，贝尔特把它紧紧握住。贝尔特耐心地回答问话。有几个摄影爱好者想要在假期结束时带他一起回家，他表示遗憾，不可能接受这样的邀请，但表面上却装得很乐意，如同那次飞机场的欢迎场面一样，我浑身又一次感到一阵冷战……

摄制人员拍完镜头，我才如释重负。"现在你可以拿出罐头饱吃一顿了，小伙子，我们在箱子里给你准备了很多很多。"他们帮贝尔特卸下盔甲，把我们带回到海边散步的地方……

贝尔特拉着我陪伴他。暮色笼罩在海岸上空。我们沿着海滨浴场的藤椅之间一条黑魆魆的长长的通道走着，又从突出的海滩那儿走上一条沙土小路，我们继续走着，一直走到那家灯火辉煌的赌场。"老朋友,我们进去瞧瞧,"他说,"也许今天运气正好。这一阵子够劳累了,现在最好玩玩,轻松一下。正像吉泽的训练,也是这一种方式。"我囊空如洗,不愿意进去,然而他拖我下水,把我向前推去。我们刚到大门口,突然大吃一惊,马特恩竟然站在我们面前。在他后面的是乌韦·加拉希,睡眼惺忪,面露笑容。他们简单地招呼一声,没有握手,也没有把手臂围在肩头上,只是迫切地要求到外面去。"我想跟你谈谈,贝尔特!"于是又重新出来,按照马特恩主席的吩咐,走下去,向那些空着的海滨浴场的藤椅那儿走去……

一艘返航的单桅渔船刺耳的马达声响彻海湾上空。白色的浪花在薄暮中泛出微光。一群鸟儿吱吱啾啾地在我们头顶上飞过。马特恩停下脚步,意味深长地闭上眼睛,朝周围望望,咬着嘴唇。嗯,我意识到现在就会进行一番恐吓,他的嘴唇之间有些话快冲口而出了……

我转过身去……

"你知道,我们有事要跟你谈。"……

我朝海滩走下去……

"你对我们撒了谎。你用一个借口逃避参加协会锦标赛,因为参加这个锦标赛你捞不到什么好处。"……

我抽着烟,站在那儿,海水冲上来,一直冲到我的脚底下……

"可是你却能够为电影奔跑。电影公司一招手,你就一点儿不精力疲惫啦。这件事你可没有对我们谈起过。"……

从一条无声地漂过去的小船上传来了音乐……

"我知道你没有拿到酬金。这一点你无须对我说。关于这件事,我是有情报的,也知道你们的花费很大。如果协会在你眼里已没有多大价值,那么,我们对这样一个成员也失去兴趣了。"……

我再往远处走了几步,每走一步,鞋底下便发出吧嗒吧嗒的声响……

"这些我们全知道。你用不着给我们解释。有必要的话,我们可以做出我们的决定,你也不会有多大的理由对这个决定感到惊讶。再见。"我赶快转过身去,只看见马特恩和加拉希的背影,那种给人深刻印象的背影。他们两人都朝停车场的方向走去。贝尔特顿时呆住了,站在那儿一动不动,接着在他们背后大声叫喊,跟在他们后面走到停车场,在马特恩的汽车前面拦住他们……

现在他知道自己有多大的身价。他的胜利,人们给他准备的那些欢迎场面,他享有的声望——所有这一切,他相信已使他具有不同的身价。与他当初在鱼类加工厂的臭气中为港口协会赛跑的时候相比,他估计自己现在身价已大不相同……

嘿,他知道,凭他贝尔特这一个名字,已用不着再去跟人家讨价还价。他回答他们时声音里充满了自信,而且非常自负。"你们的协会要是没有了我,还算得了什么,嗯?如果没有我和你们待在一起,谁还会谈起维多利亚协会?人们会谈起你们俱乐部的宴会,但是不会谈起你们的成就。我的胜利使你们出了名,你们是由于我的缘故才有了些名望。现在因为我偶尔没有为你们赛跑,你们就这样大动肝火,似乎我做出了什么见不得人的事。那我究竟干了些什么呢?我不过是为这些电影界的朋友做了一场长跑表演。一场长跑表演不同于一场比赛,这一点你们应该知道。要是你们连这一点也不知道,那么你们去做出你们的决定吧。也许我因此也不得不做出我自己的决定。自从去美国以后，我已经接到好几家协会的邀请，要我参加他们的协会，也许我得尽快找个时间仔细考虑一下这些建议。再见。"汽车门砰的一声关上了。贝尔特抬起头大声叫唤我，他的声音里一点不显得激动："小赌一场是最好的休息，我的老朋友。一起来吧。"他来到了赌台旁。他是唯一确确实实来赌的人，而其他的赌客——我看他们是些商店雇员和女秘书之类的人物，买了两马克的筹码，想要捞几个钱增加一点收入——他们分散押注，一心只想把车费赢回来，根本不想冒险……

贝尔特上场了。他每次都把赌注押在零上，他输了，以后接连输了十四次。他赌博时，根本不跟我说话。我站在他的对面，看到他接连不断地输掉，于是劝他把赌注押在横档上，可是他依旧押在零上，继续输掉。看来他不像个赌徒，要是电影界朋友改拍赌博，贝尔特不会是他们需要的人；他们挑选的主角准是目光闪烁不定，脸庞瘦削，香烟一支接一支抽个不停，还有一双细长的神经质的手——一个赌徒，这儿没有这种人物，至少在这个赌场里还找不出这样的人物，在这里，福丢那[①]根据民主观点做出决定。是呀，贝尔特给人的印象不像个赌徒。然而后来，后来贝尔特成了赌场里的好主顾、老主顾，受到老板们的欢迎，他们用沉闷浑浊的嗓音，彬彬有礼地欢迎他。老主顾在这种地方是会受到欢迎的，正像任何地方对老主顾总是殷勤接待一样。贝尔特押在零上把钱输得精光以后，突然又跟我谈起话来；然而我处在无法帮助他的境况下，而且即使有二十马克也无济于事。我没有看清楚他在这场小赌博中究竟输掉了多少，不过他准是输掉半个月的工资，没错……

---

① 古罗马神话中的幸运女神。

我们走出赌场，寻找电影摄制人员的汽车，他们要到一家鱼类食品店里吃点东西。汽车已经开走了……

于是，我们只得摸黑步行，向那古老的、树篱密布的乡间小道走去，黏土已龟裂，留有干燥的车辙。我们拐进乡间，从一座小山上回眸海湾，那儿的海水在晶莹的月光底下闪烁，显得特别明亮。我曾经打算跟贝尔特好好谈一谈。这是个好机会，有很多事情应该跟他谈谈，奇怪的是，我虽然巴望有这样一个机会，然而一旦机会出现，我却沉默无言。我之所以默不作声，也许是因为我私底下已打算听天由命，因为我感到大家都在不断地利用他的长跑，我即使要跟他说些什么，情况也不可能有所改变。唉，当时我这样沉默无言，也许正好暴露我已经把他抛弃了——一种本性的自我暴露。不过，这种局面是不是已经不可更改？几天以后，事情又发生了变化……

在我们下面，是那灯光明亮的村子、路面龟裂的街道、小旅馆——我们的钓鱼用具就放在这旅馆里——还有岸边芦苇丛生的湖，明天我们要到那儿去钓梭子鱼。延森像往常一样，系着吊裤带迎接我们，他是世界上最心平气和的店主。我从来没有见到过像延斯·延森这样讲话慢条斯理的人。他利用整个晚上为我们安排一切，上一天，他的一个儿子钓到一条十三公斤重的梭子鱼……

延森已为我们准备好一切：房间，小船，做鱼饵的一些小鲈鱼，这些小鱼装在一只打眼的金属箱子里，沉放在小桥下面……

啊，每次在钓钩抛出去之前，心情是多紧张呀！运动员们同一些不相识的对手待在起跑线上，在枪响之前，一定也是这样：期待，焦急不安。嘿，当发令员站在蹲伏着的或弯着腰的运动员后面斜举着发令枪时，一定有一种相似的感觉……

贝尔特划着桨。湖水平滑，一片深蓝。芦苇丛中传来叽叽喳喳的声响。一只鹏鹏在小船前掠过平滑如镜的水面，它吃了一惊，消失在水底下，在它潜入水中的地方，泛出一圈圈的涟漪……

天色阴暗，微风不起，我抛出沉甸甸的闪光片，让绳子从转盘上拉出二十米，再用回程闭锁系住。贝尔特划着桨，小船和芦苇保持着短短的、稳定不变的距离，在水面上滑行。他用劲狠狠地划了几下，木桨几乎无声无息地划破水面。有几次舟行太快，他把两支桨推拢在船中央，歇一会儿；我看见桨上滴着水珠。我紧紧握住鱼竿，因为一条沉重的梭子鱼咬住鱼钩时，我生怕绳子绷紧，会把钓具从小船里拖走。我望望贝尔特的脸，他的脸上有一股耐心等待鱼儿上钩的神情，等待着好运气。在一个小港湾里，他让小船在水面上漂着。我收回绳子，把钓具交给贝尔特，他站起来，把一束绳子扇形般地全部朝水面上撒去，他不时地拉一下沉重的闪光片，闪光片一闪一闪地在蓝黑色的水面上颠簸，然而没有鱼儿来咬食。贝尔特用一枚紫铜色的闪光片试了一下，然后换了一枚颜色斑斓的，仍不见鱼儿上钩。于是我们沿岸向前划去，钓具在我们后面拖曳着……

小船驶进一片水草丛生的水面，那儿的水像沼泽水一样浑浊，突然发生一阵猛烈的骚动，一群小小的斜齿鳊跃出水面，飞也似的蹿走了，我马上收起绳子，想把钓具交给贝尔特，他却摇了摇手。他把桨收起。小船滑进了水草丛中，像是被富有弹性的链条拉牢一样。我们停了下来，贝尔特拿一根竿子插进软软的水底，又把一根结实的绳子的一头系牢在竿子上。他知道附近有一条很大的梭子鱼，然而这一回他没有使用闪光片——要是抛出闪光片，它就会被水草缠牢，所以他决定采用插竿的办法来钓这条大鱼。我从金属箱里取出一条作为鱼饵的鲈鱼。贝尔特拿剪刀剪掉鲈鱼的背刺，梭子鱼虽然喜欢捕食鲈鱼，但要是鲈鱼竖起背刺，它也会犹豫不决的。贝尔特拿一根针把绳子的一头小心地穿过鲈鱼的背脊，把它和鱼钩系在一起，鱼钩的钩刺正好对准鱼头的方向。鲈鱼躺在他的手掌上十分安静。他把它放进水里，它像一条装载得极不均衡、很不稳定的小船一样左右摇摆，最后突然拖着鱼钩和绳子缓慢而疑惑地向前游去。绳子不到两米长，突然稍稍晃动了一下，说明鲈鱼自由自在的游动已到了尽头……

我们划出了水草区域，沿着芦苇丛生的湖岸向前划去，堤岸徐徐升高。我抛出了闪光片。接着，我们越过湖面，嘿，在湖心，绳子一下子绷紧，钓竿的尖端一上一下轻轻抖动了几下，然而并没有出现急速拖拽的现象，我觉得轻轻地绊了一下，我想，一定是闪光片挣脱了一株水草或一根枯枝。贝尔特停止划桨，我缓缓地收回绳子。"水草。"我说。接着听到一阵扑打声，不太有力的扑打声，我看见闪光片旁边白色的鱼肚翻来滚去。挣扎越来越激烈了，不过我已经把鱼儿拉到小船旁，贝尔特能够用抄网把它兜住了。这是一条大河鲈，接近七百克重，我把它的肚子从鱼钩上解脱下来……

在湖心，现在只有在湖心钓鱼。贝尔特站立着，把投掷的钓钩朝四面八方抛出去。绳子飞出去，发出沙沙的声响，那沉重的闪光片短暂地钻进了水里，又在水面上接连跳跃了几下，正像一片平滑的石片在水面上跳跃一样——没有鱼儿来咬食。我们让钓具拖曳在小船后面，沿着湖岸重新驶回到有水草的地方，贝尔特在那儿放置了钓具。系在竿子上的绳子突然绷紧了，还轻轻抖动着,贝尔特一眼就看到这个情况。他扑在船舷上向外张望,同时招呼我拿好抄网,准备兜上来。他一把抓住绳子,手旋转了几下,现在绳子绕在他的手上了。刹那间,我看见绳子勒紧了他的手,他拉了一下,一个巨大的黑影箭一般地在水面上蹿过,重新没入水里。"你看见了吗?""嗯,嗯,"他说,"别作声,老朋友,别作声。"他把绳子在手上绕了两圈、三圈;绳子越来越短,被逮住的鱼愤怒地用鳍扑打着,于是水面上形成一圈圈涟漪。这条梭子鱼被慢慢地拉过来了。它的嘴张开着,鱼鳃一张一合。它在绳子上拼命挣扎,突然全身蹿出水面,猛烈地摇动着身子,企图在水面上挣脱鱼钩。但是徒劳无益,鱼钩已牢牢地扎进鱼鳃里,它要重新获得自由,就得把它的头撕裂。它在水面上摇摆着,望着贝尔特的手,似乎要蹿上去咬它一口;这时,我把抄网放进水里,用力一兜,梭子鱼落进网里啦。我估计它有六公斤重,称称足足有七点七公斤……

后来,我们在岸上把它破肚除去内脏时,发现它肚子里除了那条作为鱼饵的鲈鱼外,还有一条消化掉一半的白色小梭子鱼。我们捉住这条大鱼后,高兴极了,仿佛摆脱了一个特别的重负。贝尔特从我口袋里拿出酒瓶,呷了一口,快活得在我腰部捅了几下,然后我们进行了一次长谈。我知道他除我以外没有别的朋友——他从来没有跟其他人一起出去钓过鱼——我认为我还必须跟他谈一次,尽管这些话他已经听我说过好多次。憋在心里叫我受不了:这种听天由命的沉默、默默地把他抛弃的想法以及全部具有策略性的手法都使我脸红。我们逮住那条大梭子鱼时,我决定把我们之间的隔阂统统撇开,好好跟他谈一次。这是在湖上的最后一次结论性谈话。我们坐在船舷上,他自己要求我说话:"开始吧,我的老朋友,我听着呢;你对我说的话,一向是非常宝贵的。我们相互非常了解。"我非常了解他吗?当我对他说话时,他眼睛低垂,不时地点头。他听我把话说完,没有打断过一次。我说:"贝尔特,你现在已经达到了你能够达到的高峰。你独来独往,不怎么依赖旁人,你保持着几项纪录,人们知道你,你参加比赛的时候,他们站在你的一边……现在正是你急流勇退的时候了。贝尔特,你要知道,要是你几次比赛失利,他们就会多么迅速地不再站在你的一边。想想旁人吧,想想他们多么快就被人忘掉。有些事情我们往往认为必须不惜任何代价去干,然而,有时候放弃它们却会给我们带来更多的好处。荣誉并不是人寿保险。我要是处在你的地位,就会在下个赛季后退出体坛。到汉诺威去吧,贝尔特,进大学念书吧。也许那时候一切都会十分如意。这是一个良好的开端,你在那儿会比较顺利的。"贝尔特没有看我,他歇了好一会儿后才说:"可能你的意见是对的,老朋友。不过提提意见劝告劝告总是比较容易。然而我怎么办呢?一个人要是陷在一件事情里,就很难自拔。我需要赛跑,我还不能放弃它。""你需要的不是赛跑,贝尔特,你是需要胜利,需要欢呼,需要赛跑后赢来的一切。你可记得那小个子阿根廷人法尔克拉斯的话?'胜利使我像吸毒一样上了瘾,'他说,'这种怪癖把我毁了。临到末了,我像需要药物一样需要人们向我鼓掌欢呼。'一个人必须在上瘾以前把它戒绝才好。贝尔特,你自己应该做出决定了,趁现在还来得及。""还来得及?"他问。"我不知道,"我说,"总得试一下。"小船的船头搁在岸上,贝尔特把船推进水里,自己跳进船里,他一面把桨放进桨叉里,一面说:"等一等吧,老朋友。首先我得跟马特恩好好谈谈,平平协会里的人的气。我觉得我做得太莽撞了。我要先把这件事妥当地解决掉,这方面你能够帮我的忙。"……

嘿，我感到，我非得把自己认为必要的话再跟他谈谈不可，最后一次谈谈。我甚至认为，做到了这一些，我的内心才能感到宽慰。也许正是这个缘故，我才那么迅速地帮助他摆脱在协会里的困境。维多利亚协会的成员马上注意到我的文章是针对他们的，他们也马上领悟到我有一段话是指贝尔特说的；我写道：对待一位非常优秀的赛跑运动员跟对待一位运动场管理员必须有所不同，一位非常优秀的运动员必然天生感觉敏锐，一种罕见的才能经常和一种罕见的敏感或魅力结成不解之缘，所以，一个体育协会接纳一个非常优秀的运动员时，对这一点要有充分的考虑。在俱乐部里，正如我所希望的，他们读了我的文章。马特恩明白了我的意思，他重新把贝尔特拉到自己身边，看来好像……

我的天呐，现在穆索赶上来了，这个屁股撅得高高的、皮肤像马鞍般褐色的家伙越过了奥普里斯，又越过西博恩和黑尔斯特勒姆。现在出现了危险的局面，整个形势发生变化，这个意大利人穆索一个劲儿地冲刺，想要赶上贝尔特；即使没有赶过贝尔特，这次最后冲刺也给他赢得一个良好的地位。他凭他的终点冲刺已经咬住了这位伟大的对手——他那有力的终点冲刺会不会决定这场比赛的胜负呢？他慢下来了，也许他对自己处在贝尔特和黑尔斯特勒姆之间的位置上已感到满意；可能如此，因为他的步伐放慢了，他的肩膀也放松了。不，还看不出有什么东西对这场比赛起决定性作用。如果确实有一种决定性的力量露出端倪，那准在于黑尔斯特勒姆和西博恩的从容沉着，在于他们对自己的跑步充满坚定的信心。他们沿着跑道奔跑，步子多么均匀，神态又多么镇定！看到对手们争先恐后，他们显得无动于衷，似乎很有把握。穆索手里拿着一条手帕，赛跑途中拿它擦擦脖子，擦擦脸……

现在，跑到弯道的尽头时，贝尔特回头看了一下，他认出是穆索，然而他没有什么反应。是不是他认为穆索和其他对手相比，危险性较小？穆索每跑一步，腿部肌肉的轮廓都清晰可见，腿肚的肌肉，大腿肌肉的索状组织，都看得清楚；他是个肌肉型的赛跑运动员。至于黑尔斯特勒姆，他是机质型，至少根据吉泽的理论模型是这样。谁有更大的机会取胜？根据吉泽的说法，一定是机质型的运动员有着更大的机会，至少长距离赛跑是如此，他们的肺容量大；肌肉型的运动员跑短距离和中距离比较有利。黑尔斯特勒姆和吉泽的理论会不会取得胜利？是呀，谁会是冠军呢？……

贝尔特连连获胜，好多年没有输过一场比赛，一提起他的名字，我们和协会都已经习惯于想到胜利。德国冠军，欧洲冠军，新纪录的保持者，始终是贝尔特·布赫纳。贝尔特一旦参加比赛，获得冠军不成问题，他的对手们只能争夺其他的名次。在图尔库，在马尔默和里昂，在曼彻斯特的夜间运动会上，在布达佩斯以及那不勒斯的夏季运动会上，他一出场，比赛的结局就已经一清二楚，不但是他和我的心中都十分明确，连挤满运动场的观众都几乎持一致看法。大家都知道他，差不多人人都认为他必胜无疑，甚至那一次在华沙，波兰人认为必须不惜任何代价赢得那次国际比赛的胜利，可是他们唯独忘记了一个对手的国籍，因而出现了这样的场面：当贝尔特赛跑时，他们都从座位上直跳起来，一个劲儿地给他打气，激励他取得胜利，这些波兰观众只是呼唤他的名字，只是对着他鼓掌欢呼。每次起跑之前，他总是朝看台上张望，寻找我，我向他挥手，他也挥挥手回答我,每次我都心里明白,他会获胜。每次,仿佛是出于一项不可思议的协定,他起跑前,我们总是意味深长地互相挥手致意,它似乎神秘地起着保证胜利的作用,运动场上我周围的观众都对着我转过头来,询问似的打量着我;他们认识贝尔特,现在他们试图找出我们之间可能是一种什么关系……

在这些胜利的岁月,连孩子们也冒充他的名字,当他们在街上比赛跑步时,就说:"我是贝尔特·布赫纳。"在一所女子体育学校里,她们成立了一个"贝尔特·布赫纳俱乐部",问他要他的画像,还邀请他去尝尝她们自己烘的点心;所以,那一天有人带着请愿书走进贝尔特的店铺来找他,我就一点也不感到惊奇了……

那是举行奥林匹克运动会的一年,贝尔特的名字十分响亮,他们需要他在一份请愿书上署个名,他们要用它来对建立新军队或实施一项不公平的营业税表示抗议。"知名人士越多越好。"那黄皮肤的男人把请愿书留给南妮时说,"请你告诉布赫纳先生,我们需要他的名字。"南妮的身体靠在柜台上,沉思地点点头。我等待着,等旁人都走掉。我在装得满满的货物架子中间走过时,闻到新皮革和运动衫的气味。贝尔特的房间里空无一人。唉,我是来接他的,我们想一起去参观"运动与艺术"展览会,然而我没有找到他。我重新回到铺子里面对南妮说:"贝尔特在什么地方?我们约好的。"她迟迟不答,自管自包扎,把那份请愿书仔细地保藏好,似乎希望我在这段时间里会离开店铺。可我们是约好了的呀,所以我没有走。在面临奥林匹克运动会的情况下,我知道贝尔特白天也在训练。我问南妮:"他还在训练吗?"她对我打量了半晌,然后说:"他不再来店里了,不来有好几天了。店里已经来了位新经理。据我所知,他回家去了。他要休息……"

我必须到展览会去,所以没有去找贝尔特,我要先到那儿去听消息,我只觉得准是出了什么事。南妮没有再跟我说什么,虽然我注意到她知道的情况一定比她向我提供的要多。我到展览会去了——这是展出的最后一天——我必须上那儿去,随后再去找贝尔特。可是在展览会上碰见了阿尔夫,他所知道的必然比其他任何人可能知道的还多……

嘿,在这间雕塑人像陈列室里,只有我独个儿跟它们待在一起。掷铁饼运动员扭着腰转过身子,似乎要施展出最有力的旋转,他的姿势僵硬,不由得使我产生怜悯的感觉。我走到女子投棒运动员跟前,一个又矮又壮、两腿短短的姑娘,然而她的姿态优美动人,节奏感强。这姑娘梦幻似的对着一根竖在大理石基座上的铅管微笑,这铅管的题名是"渴望地等待比赛的年轻运动员"。我环绕着这渴望中的铅管走了几圈,回头瞥见隔壁房间里挂着古代希腊运动会场面的图画,是根据古代瓶子上的图案复制的:比赛时的色情景象,等待时的色情景象,强壮的畜牧之神[①]勃起了他们的那玩意儿冲过比赛场地……

一组长跑运动员。这组长跑运动员摆在落地长窗的前面……他们不是根据芬兰人的模样塑制的吧?三名男子长跑选手,他们完全是运动中的姿态,正在奔跑中,我看着他们,好像在等待他们步子落地。嘿,他们张大眼睛望着运动场,在自由的天幕下朝那儿奔去,相互追逐……

我正站在滚铁环运动员旁边,忽然看见了他;不,起初我只听见他的脚步声,他的树胶鞋跟在镶木地板上发出嗒嗒嗒的

[①] 古希腊和罗马神话中的半人半羊怪物,淫荡好色。

声响。我从窗子反照的映像认出了他。他戴一顶巴斯克①式帽子，穿一件防尘薄大衣，在腰部用一根皮带把大衣束紧。我看见他在那幅放大了的希腊运动会图画前面停下脚步，观看那些鲁莽的畜牧之神冲击运动会的场面；他的眼光飞快地在画面上浏览了一遍，然后鞋跟又响起嗒嗒声，他来了，走进塑像室来。阿尔夫马上发现了我，他惊讶地向我问候，拍拍肩头。我们一起走过那最后几间展品室。他问道："这个展览会有什么意义？"我说："没有什么意义。根本没有什么意义。对于这样的问题，你是问错人了。"我又说："'运动与艺术'这个名称，正像有人要想一辈子当运动员一样没有道理。你甚至不该问它有什么意义，叫人发窘。"他耸了耸肩……

我们一起离开展览会。天在下雨，我们站在大门口肮脏的玻璃棚下，望着来往车辆。阿尔夫注视着摇摇晃晃地驶来的电车的号码。突然，我们推销部的运货车驶过，我扬扬手，我们上了车，爬上前面的驾驶室，于是雷普佐尔德把我们带到了市中心。我是第一次和阿尔夫单独待在一起。我不想放他走；因为我相信他比我甚至比南妮知道的情况更多，所以我邀请他到马克斯开设的"鱼类食品"酒店去吃一点东西……

马克斯缩在柜台后面。他像被判了罪似的站在那儿，好似有人硬拖着他，塞到这个角落里去的。马克斯在他青春焕发的那些年月里曾经是个自由式摔跤运动员，他的朋友也是些自由式摔跤运动员，"鱼类食品"酒店是他们开设的。墙上挂着些摔跤运动员的照片，他们两眼直视，伸出拳头，凶狠地望着我们的盘子。绞刑手符拉迪斯拉夫斯，明尼苏达的公牛埃迪，横冲

---

① 居住在欧洲西南部比利牛斯山地区的一个民族，所戴帽子是扁圆形无檐帽。

直撞的好汉波波维克，他们都是曾经跟马克斯较量过的对手，现在镶在镜框里，挂在墙上……

不用说，我们吃的是油煎鲽鱼，足足有网球拍大小，还喝着清澈如水的烧酒；我一面吃喝，一面把那几位长着公牛脖子、凶狠地凝视着我们盘子的先生的名字告诉阿尔夫……

后来——他把皮带的两端绕在两只手上，好多次两手飞快地一扯，皮带发出声音，响亮刺耳，好像皮鞭在抽打——后来，吃完东西以后，我告诉他贝尔特不再在那体育用品商店里工作了。不出我的意料，他显然什么都知道。他又一次耸了耸肩头，皮带又飞快地扯出响声。阿尔夫做了个不以为然的动作，说道："不是件愉快的事，虽然结果还一点也不能肯定，但这是件不愉快的事。"有一个查账员查出了一些问题，他认为这是些差错，于是他们采取预防性措施，把贝尔特解雇了。他们查出的不是什么重大错误，只是漏了几笔账，没有记到他的账户上去。阿尔夫说："他们究竟要拿他怎么样？至今还没有人像他那样为这个协会立了那么大的功劳。贝尔特使协会出了名，他关心人们对维多利亚协会的议论。然而那些大人先生对他怎么样呢？什么好处都没有。他们也完全同意贝尔特履行他的职责，只是履行职责得有一些花费，关于这一层，那些先生却根本不赞同。滑稽的是，当协会主席报销他的花费时，他们闭着眼睛签字，可是，一旦有一位积极分子也这样做的时候，他们就装腔作势，就像对待一个伪造支票的人一样。看来业余运动员的规章一定是用盐酸写的，稍微接触一下就会把你灼伤，使大家提心吊胆。唉，按约定的情况，贝尔特要想得到他所缺少的一切，就得自己付钱。他们不愿对此承担责任，所以我们还得等着瞧。"他再次做了个不以为然的动作，一种安静下来的姿态。

他望着我，微笑着。我看出他所知道的就是这些，然而当时我感觉到还发生了别的什么事情，或是有一天总会发生什么事情，在这个地方只有一个原因会出事。我问他贝尔特现在在什么地方。不，贝尔特不在家里，前一天中午他到海边去了。我又问他贝尔特什么时候回来。"他今天黄昏时回来。一家马戏团弄到了雏虎，在幕间休息时，贝尔特将为它举行洗礼……今天是星期六呀！"我没有说话，他察觉到我的默默无语含有非难的意味，他生气了，虽然这种非难不是针对他的，他却自以为受到挑战，他为贝尔特说话了："你不能这么挑剔呀。像贝尔特这么了不起的人再也不能像一朵在暗处开放的鲜花，他必须出头露面。作为一个杰出的人物，贝尔特不可能有其他选择。出头露面总有一天会像定期理发那样必不可少。一个人背上了贝尔特的名字，还想要孤身独处，那是不合适的呀！他必须好好考虑，会有突然出现的任务要他去担负。你可以去看看他是怎样为雏虎施洗的。"那干巴巴的皮带响声，阿尔夫的又漂亮又平凡的脸，喝咖啡，上电影院，嘿，晚上我们一起去马戏团，贝尔特将在那儿为雏虎举行洗礼和命名仪式……

被雨水侵蚀得发黑的帐篷顶松弛地下垂着，下垂得很厉害。给雨淋湿了的观众的大衣，湿漉漉的皮肤，身体散发着的温暖的汗酸气，浓烈的锯木屑的气味，刺鼻的氨味。小丑的冻得发紫的手，出售的节目单，淡黄头发、阔嘴巴的女引座员。进行曲，乐队，乐队只演奏进行曲，乐师们全都穿着紧身制服，肩上和袖口上装饰着金丝边，他们只订一星期的契约，如不续订就可以解雇。马戏团场子里并没有满座，上面那几排票价低廉的长凳座位还空着……

悲惨的景象，每一次马戏团来演出，总免不了照例出现那副折磨人的悲惨景象……从来没有改变。小丑们声嘶力竭地插科打诨，他们的吼叫声响彻整个场子上空，狮子的训练演习单调乏味，一个脸色苍白、年龄幼小的女演员表演自行车技巧，表演那种机械般优美的动作；唉，然后是那吃力而活泼的速度表演，他们表演的这些节目老是那么令人惊讶而痛苦，油然而生悲哀的感觉。我们等待着休息时间的到来，等待贝尔特，等待给雏虎施洗；时光走得多缓慢呀……

阿尔夫碰了碰我，指点着正门的门帘，穿号衣的工人正把门帘朝后面撩起，现在贝尔特走出来了。走在他旁边的是马戏团团长，穿着光彩炫目的燕尾服，团长的臂弯里挽着一位健美的长头发姑娘。"她是玛丽娥，"阿尔夫说，"去年秋季的美貌女王。她给第二只雏虎施洗。"探照灯的光柱罩住了他们三人，一直跟着他们进入场子的中央。马戏团团长暗示了一下，一个穿号衣的工人奔过去给他拿来话筒。团长的目光朝四周扫视一遍，示意大家安静，他把这对教父教母介绍给观众。大家向玛丽娥·克利姆沙特鼓掌，对贝尔特则爆发了更热烈的掌声，他和团长一样在纽扣孔里插了一支丁香花，对观众像对老朋友那样亲切地挥手致意。团长是怎样介绍他的呢？"现在向各位介绍这位教父，其实关于他，简直用不着我介绍了，跑道上的冠军，我们参加奥林匹克运动会的争魁人物：贝尔特·布赫纳。速度，配合了美貌。"……

克利姆沙特小姐高兴地朝四面八方绽开了笑脸，两腿轮番交换地支持体重……

终于拿来了银制的洗礼盆，两个穿号衣的工人把雏虎抱了进来，团长敏捷地去掉香槟酒瓶的瓶塞，敏捷地灌满了玻璃杯，两只雏虎禽动着鼻子，怀疑地望着周围，毛茸茸的肚子朝上，温柔地躺在穿号衣的工人的怀里。嗯，我至今还记得团长是怎样请求贝尔特给他的雏虎举行洗礼的。贝尔特把一只手指浸入杯子，让几滴香槟酒落在满是皱纹的虎脸上，这只毛茸茸的小东西打着喷嚏，发出吼声，不乐意地扭过脸去，小小的耳尖竖了起来。团长通过话筒宣布："从今以后，这头老虎名叫贝尔特。"观众噼噼啪啪地鼓掌，他们应该在场，参与这一盛典。克利姆沙特小姐也获得不少掌声，她帮助第二头雏虎得到一个名字。"今后，这头老虎名叫玛丽娥。"摄影师出现了，施洗者和受洗者靠拢在一起，愉快地接受照相，洗礼的过程必须重复一遍，酒杯又一次高高举起，直到摄影师满意为止。按星期订契约的乐队奏着进行曲，观众有节奏地鼓掌，马戏场里举行洗礼的一批人迈着整齐的步伐退出场地，在最前面的是温柔地躺在臂弯里的两只雏虎，它们现在有着杰出的名字了……

玛丽娥和贝尔特，美貌和速度……我也在场，而且，出头露面是最主要的，正像理发一样必不可少……

仪式结束以后，人群拥到贝尔特的周围，请他签名。他背部靠在幕壁上，站在那儿，龙飞凤舞般地在小册子、笔记簿和日历卡上签了大量的名。我看到那些取得了贝尔特签名的人性急地挤出人群，又在一个角落里打开笔记簿和日历卡，露出意料不到的愉快表情和惊异的神气，读着贝尔特·布赫纳的名字，仿佛他们出乎意外地得到他们自己的家谱……

贝尔特受到包围，他向我点点头，不行，我不可能走到他跟前去，后来也不行，因为马戏团团长把这两位教父教母请去吃点心了……

他必须留下，他必须在场。我独自回家，我想起他那时候经常做的那些梦，他曾亲自跟我谈起过它们。老是那相同的梦境：逃跑，追捕者出现，拔腿奔跑，面对着神秘莫测的逆境，失足跌倒，胸口透不过气来，远处的呼喊声，枪声，愤怒的狗叫声，或者追捕者认为被追捕者已经捏在手掌里而不出一点声响。他经常做这样的梦，凄凉忧郁的梦；在梦境里，他的脚不听他的使唤，心和肺也跟他作对，在奔跑中它们拒绝跟他合作。这种合乎逻辑的现象已经显现在他的梦境里，他的故事也是符合这种梦境发展下去的。贝尔特拼命奔跑，却始终逃脱不了。他自己就是他最大的敌人，他没能越过这个敌人……

在举行奥林匹克运动会的那一年，我已预感到这一点，我看到并且想到，他必须估计到他将不可避免地面临新的局面，所以，在遇到这个不祥的星期天时，我并不怎么感到意外，也不像旁人那样震惊……

是的，在这个星期天，和匈牙利人举行一场国与国间的对抗赛。我坐在看台上。在他走往起跑线之前，我向他挥手，然而我突然注意到有不对头的地方。我有一种不祥的感觉，我不再满怀过去那种认为只有他才能取胜的信念。我丧失了对他的信心，不再认为他必胜无疑。但我竭力不让自己陷入这种灰心丧气的境地。我心乱如麻，唉，最初我头脑里一团稀糊，当他弯下身子、站在起跑线上的时候，我确信他不会有十足的把握赢得这次赛跑。在他旁边的是切尔瓦西，匈牙利最优秀的运动员，头发长长的，晃动着的胳膊是长长的，两条腿也是长长的。他的成绩只差一秒就可赶上贝尔特的欧洲纪录。切尔瓦西正处在最佳的竞技状态。这场国与国间的对抗赛将是奥林匹克运动会前的最后一次测试……

运动场上多么肃静呀！这是因突然疑惑不定而产生的肃静吗？是不是其他人也对贝尔特会不会取胜感到没有把握？不，

不，起跑以后，他冲在前面，一路领先，他们马上就给他打气。呼喊声，啦啦队的有节奏的呐喊，以及鼓掌声，都冲着他飞去。贝尔特依旧是他们的希望。可是切尔瓦西和多恩紧紧跟着他。他没法摆脱他们，至少直到最后几圈时形势一直如此。他一开始就取得领先九米或者十米的优势，直到进入终点前的直道时，还保持着这个优势。看来正和他往年的历次比赛一样，一定以胜利而告终。很多观众感到自己已从最后拿不准的重负下解脱出来，眼看贝尔特就要冲断终点带，这时切尔瓦西发动了一次终点冲刺，谁也没有料到他会来这一手，我自己以前也没有看到他有这一手。这一次终点冲刺呀！他那长长的胳膊，凹陷的身躯，露出的牙齿，切尔瓦西活像一头愤怒的黑猩猩那样狂奔，仿佛是复仇的思想或者死神在后面追赶他。他猛烈地、像划桨似的移动着，在观众的狂呼乱嚷中一米又一米地追赶上去；还有三米，还有一米，他已经追上贝尔特，和他并驾齐驱：终点。他们一定是同时到达终点！焦虑不安的片刻，直到喇叭里窸窸窣窣地发出声响，宣布比赛结果：贝尔特和切尔瓦西拼死奔跑，同时到达……

看台上的声音安静不下来，在我的前面，在我的后面，在我的旁边，到处都困惑不解地问道：这是怎么回事？为什么他没有取胜？这场比赛怎么可能是这个结局，没有取得决定性的胜利？这是他第一次与别人拼死争夺……

不，我并不感到惊讶，哪怕他在这场比赛中以失败告终，我也不会大吃一惊。至于贝尔特呢？他并没有接受教训，并没有把它看作一个信号，他自以为非常强大，自以为超人一等，他说的话正像他们在拳击比赛中说的那种腔调："下一次我要叫他们统统都死在跑道上。"我懂得这种讲话，我知道为什么，他们说出这样的话来并不是因为比对手强大，自己十分放心；不，他们是用这样的话来壮自己的胆，增加自己的信心，如果他们自己挺有把握，说起对手时就会留有余地。如果他们开始疑惑不定，口气就会不同。是不是贝尔特已经到这般地步了？……

等到他终于只剩一个人的时候，我走进更衣室，他怒容满脸，气愤地问道："老朋友，怎么样？你还知道些什么情况？在你之前来这儿的人都很清楚他们得到了什么印象。现在你倒说说看，你对这次比赛得到什么印象。"我说："你的竞技状态并不太好，贝尔特。我认真地观看了你的情况。不过你打击了切尔瓦西。下一次你要超过他。"他说："下一次我要让他和其他人都统统死在跑道上。我将在奥林匹克运动会上露一手给他们看看。""我知道，贝尔特。"他抬起了脸，脸上有一种惊讶的表情，一种愉快的惊讶神态，他说："老朋友，你是唯一真正了解我的人。你比其他人更了解我，所以你说的话不像他们那样。好吧，如果你乐意，可以跟我一起走。我必须上电视台去，参加一个采访节目。他们一直缠住我，直到我答应才罢休。"贝尔特要拉着我一起去。我没有移动脚步。我打量着他的脸，捉摸着这时候把我考虑过的话对他说是不是合适。更衣室里只剩我们两人站在一起，我想时间正合适。我说："贝尔特，你听着，你们店铺里发生的事跟我没有关系。我只是听说你遇到了不愉快的事。我愿意帮助你。下星期，等我拿到那一组文章的稿费，我可以借给你一些，当然是比较长期的借贷。也许这对你有点儿帮助。"起先他感到惊愕，不相信自己的耳朵，后来才逐渐镇静下来，拍拍我的肩头……真友好，真够朋友……最后他拉住我的胳膊，慢腾腾地回答道："多承好意，老朋友。好意两字也是词不达意呀，你也明白，我是指这方面的意思。反正我得感谢你。我不会忘记你的。不过你不可能对我有太大的帮助。我是处在这样一个局面，只有我自己才能使我摆脱困境。我的问题不是用分期付款可以解决的，它是突如其来的，来势凶猛。我并不怎么灰心失望，老朋友，情况很快就会好转。然后——我只告诉你一个人——我将把这儿的一切统统摆脱掉，开始上大学念书。这一点你可以放心。首先我得从这个局面中脱身，还得等奥林匹克运动会结束。奥林匹克运动会将是我体育生涯的结束。然而这是一个很好的下台，是不是？不过，在这最后一场比赛上，我们必须有非常充分的准备，吉泽已经给我们寄来了他的训练课程。"……

我还知道，为了准备参加奥林匹克运动会，后来贝尔特和多恩是怎样进行训练的。他们每天都上运动场一起短跑，一起长跑，相互校正动作。他们两人并不怎么把维多利亚体育协会的教练金策尔曼放在眼里，维多利亚体育协会的青年人担任运动场上的各项职务，鉴定训练的情况。多恩克制着自己。他虽然也为自己进行训练，不过他首先得做贝尔特的定步人。他们在运动场上的时候，多恩表现得绝对服从贝尔特的需要，有时多恩自己显得好似毫无取胜可能，他只是热心地为贝尔特的胜利做贡献。当时多恩也认为贝尔特会在奥林匹克运动会上获得胜利。一些职业性的预言家也已经在报纸和画报上谨慎地估计贝尔特必定获得奖牌。他们在每周周末发表对奥林匹克运动会的预测，很有把握地认为，根本不需要再进行比赛，因为贝尔特已经可以稳拿万米长跑的金牌。至少这是一些预测者的看法……

训练期间，他们经常待在一起：多恩跟贝尔特在一起吃饭，共同进行穿过森林的越野长跑，一道在俱乐部里打乒乓球，随后到了难以忘怀的那一天，多恩又请贝尔特和我吃饭。协会里没有一个人了解多恩靠什么生活，他从哪儿来的收入。只有我知道，他妈妈开设着一家经营国外土产的商店……

他邀请我们吃饭的时候，向贝尔特和我神情诡谲地扫了一眼，叫人摸不着头脑。不，我们首先不理解他为什么请客。多恩的住宅坐落在公墓大街，是一所方方正正的老式房子，窗前对着公墓。周围一片寂静，一只突然出现的喜鹊在大街上歪歪斜斜地、笨拙地跳跃着，在扁柏篱笆丛中消失了。一个骑摩托车的男人在自来水龙头旁边下了车，冲洗他那双胶靴上的泥土。我注视着他，以为他最后要掬自来水喝，可是他只是冲洗了他的胶靴和铲子后，就从这儿走开了。当我们踢开屋前花园的小门时，一个姑娘的脸庞急速地缩到窗帘后面去了。我说道："贝尔特，多恩对你打什么主意，在这儿，我们还没有碰到一个人。""他要向我们透露他的'凯旋羹'里加的是什么作料。"贝尔特轻声说……

我的天呐，多恩的喜悦显得呆头呆脑，他亲自为我们打开了大门，领着我们穿过阴暗的走廊，进入一个温暖的低矮房间。一个老妇人的粗大发髻和结实的肩膀首先映入我的眼帘。老妇人坐在窗前，眺望着公墓。她亲切地接待了我们，邀请我们享受窗外的"美景"。我们站到她后面，默默地从"包厢"上观赏着围篱和坟墓那边的景色：飞掠而过的画眉，墓上小天使耸起尖笛嘴般的小嘴巴，枝条低垂的山毛榉树闪烁发光……我至今还记得这些景象。我还清楚记得，我发现墙上贴着一张旧的画报封面，它的四边是用糊墙纸做的框子，这时候我不由自主地把贝尔特推到边上。"这张画是我亲自挂上去的，"多恩说，"我认为这张画很好。"在这幅封面画上，贝尔特冲断了终点带……

我们沉浸在热情和动人的兴奋情绪中：多恩领着我们坐到铺好台布的桌子旁边，他的妈妈忙不迭地跑来跑去张罗着，端来涂好黄油的面包、酸黄瓜和冒着热气的茶。有几次她端东西进来的时候，还提醒我们享受窗外的"美景"。"您待在这儿还舒服吗？不喝一点吗？茶还热吗？"她不停地关心询问。他们殷勤地招待贝尔特，像是接待一位重要的贵宾，或是更确切地说，像是接待一位第一次上门的阔气新女婿。我们坐在放好饭菜的桌子旁等待着，突然，我们听到身后的房门被推开的声响，她终于来了。她身材苗条，皮肤洁白，头发剪得短短的，两片兔唇。她走到桌前，嫣然一笑，露出洁白晶莹的牙齿，看上去双唇好像被她的微笑一刀劈开了似的。"来，露特。"多恩说道。他把妹妹介绍给我们认识。她坐了下来，用一种长时间追根究底的、沉默探询的目光逐个地端详着我们。她的目光中具有一种几乎叫人受不了的坦率成分。我们用餐时，她沉默不语，打量着我们。随后，她滔滔不绝地讲述她的瓦尔特是怎样跟多恩一样成为一个长跑运动员的；这个不幸的青年人患了结核病，长期住在医院和疗养院里，慢慢地恢复健康。"这方面的事例很多。"——在克服了一切阻碍后，他具有一种顽强的愿望，他竭力增强耐心，积蓄力量，终于有一天他们在一次市青少年运动会上发现了他。"但是明年瓦尔特不会再参加赛跑了，他将从事体育教练工作。"多恩的妹妹目不转睛地凝视着贝尔特，随后突然问道："我可以将一些东西拿出来给您瞧瞧吗？"她不等回答，已经把一只绣花的手提包放到桌子上，并且把它打开。"这儿是我剪贴的有关您的文章和照片。在我可以获得的报纸中，要数去年收集的最完整。"她把手提包递给贝尔特。贝尔特将手提包扣上，拿在手里掂了一掂，困惑地微笑着。"保存的东西全部在这里，老朋友。"他对我说。露特立即接着说道："这还不够吗？我想，有这样的分量，你可以满意了。我为瓦尔特也搞了一只手提包，它要轻得多了。再说，我也没有为他那只手提包绣花。"老妇人频频地点头说道："露特喜爱绣花，对不，露特？不过她更加喜爱读报。"露特向贝尔特说道："我替瓦尔特编结过一条围巾，我也可以替您编结一条，如果您要的话，当然没有问题。"贝尔特有礼貌地谢绝了。我感到，她这样热心，像求爱一样对他一片温情，叫他浑身很不自在，不过贝尔特还是忍受了这一切……

但是，露特在尽情谈了自己的情况以后，接着就是提问了。现在她要向贝尔特了解多恩还没有跟她们谈过的事情。嗨，我将不会忘却发生的这些情况。大概贝尔特还从来没有碰到过这样的提问，她提出的问题坦率得令人难以忍受，这也只有露特能够问得出来。"你为什么还不结婚？要是你不参加赛跑了，你打算干什么？你是不是也要当体育教练？你在建设储蓄银行有存款吗？你的父母是不是靠你赡养？你要是不再走红，那你有什么打算？"贝尔特开始只是耸耸肩膀，含糊其辞，拒绝回答，同时也让对方意识到，他还没有时间来考虑这些问题。但是，他突然显得不耐烦了，我看到他抬起头来，对露特说道："要是你对这些问题这么感兴趣，可以书面向我提问，我空下来时可以好好考虑考虑，再来详细回答你的问题。"一瞬间一片沉寂，没有人再敢谈笑风生。我生怕局面闹得很僵，微微地笑了笑，缓和了一下气氛。我思忖，这种性质的谈话大概已经可以告一段落，不要重提了。但是露特这个有两片兔唇的姑娘并没有感到是碰了钉子。恰恰相反，贝尔特的态度反而对她起了促进的作用，因为她所表现的神色，像是要证实一下她长期以来所想象的事情。她脸上流露着一种轻微的、痛楚的,但又若隐若现的狞笑,转身向着贝尔特说道:"我认为还是及早失败的好。人们一开始就得想到以后的问题,在许多方面做好准备,这一天是肯定要来到的,对于每个人都要来到的。今天我可以跟你讲:你赛跑时,我常常觉得忐忑不安;我倒不担心你会失败。当我在整理手提包里的东西时,当我在收音机里听到报道你的赛跑情况时,除了期望你失败外,再也没有别的愿望。你还从来没有遭到过决定性失败,这必然叫人惊恐不安。现在我懂了,因此我对你不再嫉妒。我可以把这只手提包送给你吗?"多恩试图缓和一下气氛,他偷偷地向贝尔特打了个手势,眨眨眼睛,叹了口气。他试图贬低露特讲过的话。老妇人是支持他这样做的。一切是如此清晰,可以一眼看到底。当露特一进房间时,我就知道贝尔特为什么受到邀请……我只是个陪客而已。不用说,姑娘邀请的是贝尔特……

眼下,他们期望缓和一下气氛,这使她的态度有所改变。她感到满足,沉默不语了。"露特说的不是这个意思,"老妇人解释道,"露特说的肯定不是这个意思。"但是姑娘的脸上流露出不同意这种说法的神色……

唉,我们两个在多恩家做客的那一天,我在桌下碰碰贝尔特,叫他保持平静。要是贝尔特待得更久的话,谁知道还会招惹这个姑娘说出什么骇人听闻的坦率的话来呢?蓦地,公墓大街上响起了汽车的喇叭声。卡拉看到了贝尔特写给她的纸条,告诉她我们待在什么地方。卡拉于是上这儿来喊他。现在,他可以表示,他有些重要的事情等他去处理,他先走一步了……

贝尔特走了,我留在那儿。他离开了我们,叫人舒了一口气。他在下楼前敲了我一拳,到了街上还挥手最后示意。他还是不明白卡拉来干什么。要是贝尔特真的知道卡拉来干什么，也许他干脆就继续待下去不走了。我无论如何要留下来应付一下必须应付的场面，又一遍地倾听有关多恩的历史，喝着微温的茶……

夜里，还是在这同一天夜里，我知道了卡拉把贝尔特喊去的原因。事情是如此重要，贝尔特打电话给我，请求我到他那儿去一下。他在电话里什么也不愿意谈，我只好上他那儿去了。我在窗子下面吹了一声口哨，这一次他没有把钥匙扔下来，而是亲自下楼来开的大门。没有打招呼，也没有问起多恩那儿的情况，只是神情急迫地点了一下头。卡拉不耐烦地躺在睡椅上，嘴里嚼着薄荷夹心巧克力糖，一只足尖套了一只松开的鞋子，轻轻地抖动着。"这儿是红葡萄酒，"她向我说道，"香烟在桌子上。"但是贝尔特没有给我一点时间，就一把将我按到椅子上，他站到我的背后，这样只有我能听到他的声音，一种秘密谈话的声音，充满怨愤和心灰意懒的味道。虽然我觉察到他期待我在他讲话的时候回过头瞧着他，可我没有这样做；确实有这种气氛逼迫着我用这种姿势倾听他讲话。大概这种姿势和一个天生的倾听者正好适合，因为这时候他除了嗓音外，其他一切都已失去控制，于是我只好听从他的安排，那样坐着……

卡拉抖动着她的脚，咯吱咯吱地嚼着薄荷夹心巧克力糖，我背后是贝尔特的讲话声音。我首先想到的是什么？想到对着我脖子的讲话，对着我脖子的子弹，嗯，一刹那间我感觉到将要受到判决，判决我终身充当倾听者。"现在事情已到了这种地步。老朋友，我后悔当初没有接受法兰克福协会的建议。要是我在冬天答应了的话，今天我就是法兰克福协会的人了，维多利亚协会的亲爱的先生们就不好再对我指手画脚啦。可是他们至今还完全掌握着契约。现在，他们突然在奥林匹克运动会即将举行的前夕重新做出决定，不让我担任他们商店的经理，说我在账上的开支过大了。他们对一切都进行了审计。如今他们要在理事会上做出最后决定：是否还值得叫我这条没良心又贪财的鲨鱼参加奥林匹克运动会。他们就是如此提交协会的主席团处理的……似乎在这种行业里，不管情况如何，大抵都是名誉决定命运的……"我还听到贝尔特接着说，"当然，我是预支过一笔钱。难道这点钱就算过多啦？说到底，我为维多利亚协会卖的力气比任何人都要多，难道不是这样吗？可是我得到了什么好处呢？我认为他们当中没有一个人明白这种道理，因为人家抬高了协会的身价，他们却从来不允许为此提出任何要求，否则就是所谓相互关系处得不好。老朋友，上俱乐部去数一数我给他们赢得的那些战利品吧，那你就可以掂量得出，我在这段时间里做出多大贡献了；我作为俱乐部的最新成员，本来是可以贡献得少些的……"我还听到他在我背后用痛楚的声音谈到诬告和跟事实不符的结论；嗯，理解他为什么还从中看到一线得救的希望并不难，因为现在他心里对协会有一笔账。他是以一种不合法的反要求来对付合法的要求。只有少数人会心甘情愿认罪的——贝尔特不属于这种人。他自夸成绩，而这些成绩除掉在竞赛的时候外，最多是报纸在星期天或更晚一点报道有关的获胜消息时提到，可是报纸落到了鱼贩手里就成了包装纸。他们只是周末的皇帝，别的日子就什么也谈不上了。对这种情况心安理得是多么严重的问题啊！认为在别的日子也必然像在周末一样受人重视，那必然是一种误解……

我为什么必须倾听这些？他期待我的是什么？难道我应该像当年帮助他去宽慰维多利亚协会的人那样，又对他进行帮助吗？我想，在港口体育协会取消低微的船舶油漆工霍斯特的资格时，他采取的又是怎样一种态度啊……

我应该怎样进行帮助？……

现在他走到我的前面，蹲在地板上，用充满期待的目光凝视着我。"嗯，"我说道，"嗯。"他斟了一杯红葡萄酒，递到我面前，催促我喝下去，同时装出一副准备听从吩咐的模样站在我旁边——好像红葡萄酒一定会让我立刻想出个主意来似的。不过我在这儿还有什么主意好想呢？出主意，可能产生好的结果，也可能产生坏的结果。除了"嗯"以外，我无法再说什么了。睡椅的弹簧发出嘎嘎的声响，卡拉翻身向着侧面，用厌倦的目光扫了我们一眼。"低能儿，"她说道，"看来真像个地地道道的低能儿，现在该去向理事会详细说明情况了，要是没有人挺身而出，那我去办。"她厌烦地用脚尖钩起脱落的鞋子，从我面前走过的时候，一口喝光了我那杯红葡萄酒，在脸上扑扑粉，扬长而去……

我跟贝尔特单独留下来。他唉声叹气，怨天尤人，忧心忡忡。唉，他的话也符合他的特点。他绝口不提造成这一切的原因和根源，只是怒气冲冲，怨恨协会敢于采取行动："老朋友，他们竟敢把我送交协会的主席团去裁断。他们大概没有读到报纸上的报道吧。他们竟敢这样。使我不能参加比赛，他们总有一天会感到比剐自己的肉还要疼的。"……

夜色已深，贝尔特坐立不安，他站起又坐下，坐下又站起，直到听见钥匙开门的声响，阿尔夫走进房内。阿尔夫对协会一定要进行裁判也是束手无策。阿尔夫把理事会那些人叫作"弹簧垫子运动员"。他随后喊肚子饿了，煎了三块牛排。我们对协会满腹怨气，但吃东西照样狼吞虎咽。吃过东西后，阿尔夫预言理事会讨论这件事的结果只能不了了之。他说："在已经要开始赛马的时候,谁会把骏马拴在马厩里?"在理事会讨论这件事情后,贝尔特得给点颜色叫他们看看……

对,对,等讨论这件事情以后再瞧吧。不过到了理事会讨论关于贝尔特的事的那天,谁也没有心思去考虑以后的事情了……

我们坐在贝尔特的身边玩着纸牌,而在俱乐部里,就在那些主要是贝尔特赢来的胜利纪念品下面,马特恩和理事会其他六名"弹簧垫子运动员"聚在一起……后来皮斯托里乌斯谈起过这些情况。协会的主席团成员喝着卡姆帕雷①提精神,他们在会议室里踱步,那儿放着维多利亚体育协会的胜利纪念品:奖杯、流动循环奖杯、青铜铸就的优美塑像、奖牌、锦旗等,在角落里还放着协会一些老积极分子的发黄的照片。照片上那些体格结实的运动员全神贯注,留着显得狡黠的髭须,穿着条纹短裤。协会的主席团成员想起了他们聚会的目的,坐了下来,他们在这起事件上的意见是有分歧的。有几个人——马特恩不在其内,但是皮斯托里乌斯在内——回溯全部事情经过,在某种程度上是袒护贝尔特的。他们提议另定日期进行讨论,而且日期要放在奥林匹克运动会以后。他们的意见没有获得通过。贝尔特的敌对者——那些具有决定性影响的敌对者,其中有些人平素甚至以他的朋友自居,当我获悉这些情况后,不禁大为吃惊——坚持现在就讨论,在他们的心目中,也许不仅仅是讨论他们的体育用品商店里发生的事情……

皮斯托里乌斯反反复复地告诉我们有关情况。我也能料想到,一方是怎样主张体育道德和运动员的诚实品德的,但是对立的一方也提出自己的论据,他们认为贝尔特取得的是预付的

---

① 意大利产的烈性美酒。

酬劳，他们的目光掠过墙壁，上面还缺少奥林匹克运动会奖章这一最高荣誉的胜利纪念品，也许他们还设想到发布一项不准贝尔特参加奥林匹克运动会的消息所引起的困难和严重后果……

讨论来讨论去，始终没有取得一致意见，没有得出结论。到了休息时间，协会的主席团成员喝了浓咖啡，振奋了精神。在这个时候，马特恩以私人身份向众人宣布了自己的观点，接着就要对这件事做出决定……

尽管已经关照服务员，任何人都不得上楼。但在讨论过程中，有人推开了房门。协会的主席团成员愕然地转过身，面露愠色。门缝推得更大了，露出了卡拉的面孔，但只有一秒钟的时间。卡拉在寻找她的丈夫，她看到他坐在会议主席旁边，投去一道提醒他注意的目光。随后房门又重新关上……事情就决定了……

他们已打算牺牲贝尔特，他们已经要进行表决。乌韦·加拉希突然站起来，谁也没有料到这个眼睛里水汪汪的彪形大汉会有这个举动，他出乎意料地支持了贝尔特……

协会的主席团成员茫然不知所措，摸不着头脑，满腹狐疑，按捺着心头的疑惑。不，他们没有陷入迷惑。乌韦·加拉希抬起水汪汪的眼睛，直瞪瞪地望着房门，他决定支持贝尔特，他列举了贝尔特的功绩，表达了自己的愿望，不容别人有进行争辩的余地——协会的主席团成员都跟随着他行事。是跟随他吗？他为贝尔特发表了很长时间的一通言论，直到他认为已很有把握，他们不会再阻碍这位很有希望的长跑运动员参加比赛，才结束他的讲话。他随即急匆匆地、沉默地离开了会议室，没有给别人一个跟他商量的机会……

乌韦·加拉希，这个"娱乐博士"，寻欢作乐的专家，我们是无法从他嘴里获悉会议的讨论情况的，也不可能从卡拉那里获悉，是多恩把他在俱乐部听到的情况打电话告诉贝尔特的……

卡拉姗姗来迟，我看到她走进来，步履蹒跚，面容疲倦，流露着一种梦幻般的侮慢神情。她好似没有看到我们，将背靠在墙上，笔直地站在那儿。当贝尔特要抚摸她的时候，她痉挛地缩起了身子。贝尔特说道："来，坐下。出了什么事啦？他们在协会里表现得很有理智，在协会里一切事情都办妥了。"她睁开了眼睛，冷静得令人恐惧，嘲弄似的娇嗔着，略微追问一下确实的情况，然后用一种低得叫我们费了很大气力才听清楚的声音说道："你已经不再有机会表示感谢了。他走了，乌韦走了。你要感谢他把一切事情办妥了。事情已经裁定了，不过这是第一次裁定，较轻微的……现在我得喝一点东西，但是不要红葡萄酒。"我仔细地端详着贝尔特。他没有理解她的意思，或者说没有很迅速地听懂。贝尔特对他的处境仍疑惑不定。阿尔夫给卡拉取来饮料，贝尔特焦急地期待进一步说明，他把阿尔夫推到一边，免得遮住卡拉的视线。但是卡拉认为她已经讲得足够清楚，现在她松弛地、一动不动地面对贝尔特站在那儿——像进入一场沉默的决斗，通过无言的提问和无言的解答来一决胜负。谁是胜利者？他不是胜利者，她也不是胜利者，都不是。我今天才知道谁是这场沉默的、顽强的决斗的胜利者，这场决斗早在那时的很久以前就已经开始了，所以他们才面对面地采取这样无情的坦率态度。乌韦·加拉希——如果总归要有一个胜利者的话，那就是他。他对马特恩提出的要求终于作了让步，成了双手空空的胜利者，成了希望丧失殆尽的胜利者，每次胜利都是一种厄运。他的期望在哪儿？他出走了，浪迹天涯，哪儿都好去，他离开了俱乐部就没再回家，而是登上了一辆环绕港口行驶的有轨电车，这是有人最后看到的。没有得到他待在哪儿的消息。有几个人猜测他在城里，协会的园丁利普席茨在港湾边上的一家酒吧间里听到过他说话的声音。卡拉摇了摇头，她虽然也一点不知道确切的消息，但她显然心中明白，照理乌韦是不会在那儿的……

加拉希失踪后，贝尔特烦躁不安，犹如睡觉的人辗转反侧，心烦意乱，唉，昏昏沉沉，又迷迷糊糊。他想念加拉希，他想到，要是他能重新出来参加训练，这件事是否要感谢加拉希？"幸亏还有奥林匹克运动会，老朋友，不然就完了，不过这样退出体坛是好收场，不是吗？"……

他严酷地进行训练，好像发现在训练中可以逃脱灾难似的。他进行训练达到如此残忍的程度，以致金策尔曼当面告诫他说："你必须当心，不要在起步时太激烈。过分跟太少一样不好。"他每天都同多恩一起上运动场，还进行越野赛跑，不断增加自己选择的训练项目，仿佛有一股子怒气、执拗或激愤驱使着他，这是一种顽强的、经过深思熟虑的急切愿望：他给自己提出要求，要跑得更快些、更快些，直跑得多恩再也不要跟他一起跑了，只能离开跑道，忧虑地睁大眼睛望着他……

有好几次，我站在跑道外面，他求我替他计时，然后他独个儿在环形跑道里跑，叫我向他呼叫途中时间和到达终点的最后时间。每次都刚刚打破他自己创造的欧洲纪录，有一次甚至缩短了差不多有半分钟。虽然跑的距离和按秒表纪录的时间都是可靠的，但这不是正式比赛，只能算是一项非正式纪录……

他刻苦地进行训练，表明他已着手对待特殊情况。一切都似乎对准一个目标，为了取得唯一的、最后的最高纪录，对付可能遇到的极其特殊的情况，犹如一个猎人已把他的最后一支箭搭在弦上，一心一意要使它射中一个巨大的目标。贝尔特为赢得这场比赛的伟大胜利而积攒车钱，他打算以此来告别体坛……

他很自信，我还记得，他们为他在俱乐部陈列了图片。他这个预定的胜利者很有信心地认为，他这样跑必然不会叫那些把宝押在他身上的人失望："随后你们来祝贺就是啦……"在进行最后训练课程前不久，吉泽把他在体育学校里的国内体育宠儿招来，对他们进行最后一次训练。贝尔特也上他那儿去了。他们在葡萄园下、在高山森林前的青黑色地带进行训练。吉泽让这些长跑运动员一次又一次进行疾速的短跑，给他们加快速度的感觉。吉泽悉心安排他们一块儿散步，一块儿休息，一块儿进行社交活动。他已完成一项任务，将运动员们组成一支队伍。尽管对贝尔特已进行了特殊训练，吉泽还是经常单独带他上运动场，校正他的动作，给他出主意。从许多情况看来，在吉泽的眼里，贝尔特似乎是唯一有把握获得奖牌的人。这好像已经是结论，但后来发生的事情说明，这个结论不过是一种迹象而已。不幸的事故就出在那天下午，就出在吉泽已经确定进行一次结业比赛的时候。他把运动员又一次，也是运动会前的最后一次，喊到起跑点上，进行一次对抗赛……

那是一个阴暗的下午，观众很少，仅有前来采访的新闻记者。这时候，负责结业比赛各种事务的教练和工作人员，对待几乎没有什么希望的技术项目显得忧心忡忡。长跑运动员出发以后，气氛明显地发生了变化，叫人轻松地吁了一口气。金策尔曼搓着双手说道："如今就等参加比赛拿奖牌了。"金策尔曼和站在我们旁边的一些专业工作人员脸上笑逐颜开。贝尔特在那次不幸的跑步前,跟我眨了眨眼打招呼。他微笑地仰望着天空,捉摸着风力的大小和风向……

贝尔特起跑就比别人有把握,飞也似的冲在前面,居于领先地位。他向多恩呼唤着,这是一种催促,这是一种急躁的鼓动,他们一前一后,共同前进,跑得那么熟练,那么出色,那么对自己的力量胸有成竹……

他们在跑了五圈或是六圈后,把后面的一支长跑队伍甩得远远的……

他们一次也没有环顾四周,而是一个劲儿地跑,好似他们的唯一敌人就是时间……

他们在接近直道时,贝尔特突然扬起双手——不再冷静从容和胸有成竹,而是扭歪了脸——双手又立即落下,身体弯曲起来,向前合抱着,好像腹部中了一发枪弹,以致紧跟在后面的多恩不得不跳向旁边,避免从他身上冲过去……

运动场的椭圆形场地上一片寂静,可以清晰地听到贝尔特的喊叫,然后他开始哭泣了。我看到他用双手抱着左膝头,他按着它一瘸一拐地在草地上走着,随后又蹲了下来,再次大声喊叫,最后侧身躺在草皮上。穿着浅色防风夹克的吉泽和穿着黑色夹克的布劳霍恩首先越过跑道奔过来,蹲在地上察看贝尔特的情况……

当贝尔特侧身躺在地上的时候,吉泽和布劳霍恩在他的周围转来转去有多长时间啊!最后他们把贝尔特抬了起来。贝尔特的一条受伤的腿向后弯曲地垂挂着,另一条腿看来也不顶事。他不敢用这条腿挪动身体,而是让它垂挂着在地面上拖曳着,这时候我不禁想起一只蝾螈的断掉的尾巴……

贝尔特的双臂钩住他们两个的肩膀，就这样被抬出了运动场。他的双足在地面上拖曳着，双眼紧闭，张着嘴巴。比赛没有中断。因为已经可以断定是多恩，只能是多恩，赢得胜利。我上体育学院医务室去看望贝尔特，他们把他抬到了那儿……

大家在走廊里等待，墙上挂着图片和雕版画：戴圆顶帽子的板球运动员，穿着古希腊式衬衣的希腊姑娘在赛跑——衬衣里面什么也没有穿，一只乳房露出在外面——马克西米利安皇帝在狩猎……后来吉泽出来了，摇了摇头。他没有停下，也没有说话，只是摇摇头，走了过去，迎着走廊光亮的一头走下去。从他的步子中可以感觉到束手无策和失望的情绪。我在看到他如此情况的一刹那间，已经完全清楚，贝尔特不会再参加奥林匹克运动会了，对于他来说，已错过一次产生极大影响后退出体坛的机会了……

嗯，在吉泽束手无策和失望地迎着对面射来的光线走下走廊、身影消失了的时候，我已看清了情况。尽管一切期待已成为泡影，我还是守候在房门口——仍然没有离开，因为我希望消释心头的疑虑，因为我要看到贝尔特。布劳霍恩终于出来了，唉，我还看到，他愁容满面，耸耸肩膀，摇了摇手，说道："初步可以确定，赛跑是不行了。他必须休养很长一段时间。如同教科书上所说的，肌肉严重撕裂。现在唯一能帮助贝尔特的事就是休息、休息。你想把他送回家去吗？你要关心他，让他好好休养……"

我把贝尔特送回家去。这是一段很长的火车旅程，贝尔特将受伤的腿搁在对面的座位上，他沉默不语，我也没有讲一句话，因为我认为必须爱护他的精力。这是一段令人不安的旅程，我们无法为他做点什么事情，他拒绝回答问题，拒绝喝汽水，拒绝接受涂奶油的面包，不吃也不喝。他没有朝多恩和我望一眼，而是怔怔地凝视着窗外。他用这副模样坐在我们对面，使我回想起那些待在绿色堤岸前面草原上的日子，唉，他使我回忆起待在战俘营时的许多事情。我跟他说必须保持安静，他安静下来了。但是我觉察到，安静使他的情绪更坏了，好似各式各样心烦意乱的事情纷至沓来。安静让他感觉糟透了。他在独自躺在躺椅上的时候，在步履不稳地独自散步的时候，什么样的思想都会涌现出来。我去看他，他总是不理不睬地躺在那儿，凝视着天花板。我坐在躺椅前面，对他轻轻讲话，有时他就睡着了。我是他唯一容许留下来的人，也许仅仅因为，他认为自己并不对我承担任何义务，要沉默就沉默，如果他在过去离群索居的时候就是这样做的，现在也要这样去做。他对待我像对待经常穿的旧衣服那样随便，因而他把门上的钥匙交给我，听我自便，想来随时就可以来。在那个阶段，我从来没有碰到过卡拉。多恩做了种种努力想要拜访贝尔特，但是贝尔特不想见他。除了我和阿尔夫，就再没有人上贝尔特那儿去过。贝尔特虽然已经能够走动，在多恩和别的一些人乘飞机去参加奥林匹克运动会的时候，他没有去飞机场给他们送行……

我上机场去了，看到多恩是多么期望贝尔特会来呀。他不时地离开其他人，跑去总入口处，眺望广场和街道，好像他要极力通过期待把他逼到这儿来似的；可是贝尔特没有来。飞机什么时候起飞，他知道得很清楚，我亲自告诉过他这个时间，但是他没有来给体育队送行。在这个时刻，也许除多恩外就没有人期待他来，也许就没有人像多恩那样期待过他，多恩期待他的心情是那样烦躁、失望，但又抱着执拗的希望。我感觉到多恩是要为自己扔下他就起飞走了而向他表示歉意。我注视着他，看到他怀着这样一种恐惧不安的神情站在那儿……

没有来，贝尔特终于没有来。我在想，他大概也要拒绝观看将由电视转播的这场决定性的赛跑。多恩在预赛中获得胜利，在复赛中是第二名，取得参加奥林匹克决赛的资格。贝尔特显得对这一切都漠不关心。在我告诉他这些消息时，他至少是保持沉默。但是在进行决赛的那天，卡拉用汽车将我们送到俱乐部，我们上楼走进放着电视机的房间。贝尔特要求我们陪着他……

俱乐部里忙得乱糟糟的，拉起了亚麻绳，挂上了彩灯。嗨，在举行决赛的那天，他们挂上彩灯进行庆祝。服务员忙得都没有把卡拉在楼上房间内预订的樱桃酒送来，最后还是一个临时雇用的服务员助手将樱桃酒给送来的。卡拉关上了房门，我遮上了窗子，拧开了电视机。我们坐在荧光屏前的地板上，卡拉仰起头喝酒，我们听到酒瓶的咯咯声和她轻微的喘息声。只有我陪她喝酒。贝尔特背靠在墙上，像当年在黑暗的帐篷中一样，他的双眼在黑暗中燃烧着激情。楼下，捶击声、喊叫声、啤酒箱堆起来发出的嘎嘎摩擦声此起彼伏。贝尔特靠在那儿一动不动，听不到他的呼吸声。荧光屏上闪烁着令人难受的光亮，由于线条和螺线错杂，放映出断裂的图像，随后闪现出弯曲畸形的字母，它们令人吃惊地缩紧靠拢，好像被死命捆扎起来似的，突然又一下子开始晃动、倾斜、笔直地动荡着，看上去像英国阅兵式上见到的熊皮帽子……

一阵干扰的啸声，一阵咯咯的噪声，蓦地出现了报道员的声音，令人感到威胁的声音，它威胁似的向我们表示欢迎。决赛已经开始了。报道员报道现场的情况，他总是说："如同您看到的……"他说得有条不紊，但是我们什么也没有看见。当荧光屏上冷不防地出现图像时——我还记得很清楚,卡拉立即叫了起来:"哈梅尔因的吹笛诱鼠人!"① 荧光屏上确实有一个眨巴着眼睛的高个子男人蹒跚地走动着,那些跑出来的老鼠挤挨着地跟在他屁股后面,杂乱地跳着圆圈舞。运动员在另一个椭圆形跑道上兜圈子,报道员喊道:"切尔瓦西领先跑在前面了!"那个吹笛诱鼠人在椭圆形跑道上迈着大步,小动物跟在他后面跳着圆圈舞。多恩现在处于第四位……

报道员介绍情况说,多恩现在保持在第四位。报道员在讲述这些情况时,多恩轻松愉快地从椭圆形跑道上飞掠而过,我们认为必须对多恩重新估计。"他掌握得很好,"卡拉说,"他要是保持第四位,这对我们来说就是一项巨大的成就,贝尔特,你以为怎样?"隔了一会儿,贝尔特说:"多恩办不到,他办不到。"卡拉再次讽刺地说:"大概他已拿到手了。我们应该祝贺他。如果我们这样做,如果多恩有这美好的一天,也许他甚至会得到一枚奖牌。你们可以想象,如果他获得一枚奖牌,那有多美!我对这件事感到兴奋极了。我完全不明白这件事情竟能叫人如此兴奋。""多恩不会得到奖牌,"贝尔特毫不激动地说道,"他不会在这样的赛跑中得手。"卡拉在黑暗中碰碰我的手,轻轻地暗示她这会儿对贝尔特的看法。我立即理解了她的意思……

多恩,多恩,啊,他没有获得成功。报道员出人意料地报道多恩名次退下来的情况,第五名,随后退到第六名,并以第六名通过终点,他扬起双臂,好像只有他赢得这场赛跑的胜利

---

① 德国古代民间传说,一个异乡人在哈梅尔因用他的魔笛引诱孩子的灵魂,使之变成老鼠跟在他的后面奔跑。

似的。这对多恩来说是一项巨大成就。似乎没有人给过他这样的机会，在决赛中取得第六名。卡拉使劲拍着双手，高喊道："多恩，多恩……"

贝尔特一言不发，站起身来，打开了房门。卡拉霍地站到他旁边，充满嘲笑意味地瞟了他一眼，娇嗔地说："贝尔特，你怎么啦？你对这场比赛有什么说的吗？""没有。"贝尔特说。"多恩跑得多么出色。"卡拉说。贝尔特接着说："我们这会儿都看到啦，让我走吧。"卡拉从他身边走开，微笑着走了回来，开着房门。"怎么样？"她轻轻地说，"我想，我们一起去参加彩灯庆祝晚会？""没有必要。"贝尔特说。"我恰巧不是这个看法，我要去出席晚会。"……

她朝他背后瞥了一眼，再度流露出梦幻般蔑视的表情，关上了门，轻得没有声响地走回来，坐在我旁边。我们抽着烟，喝光了樱桃酒。我们绞扭着自己的手指，坐在地板上，长时间地望着对方。我将永远不会忘记当时的情景，卡拉突然说道："有些情况开始叫我害怕。你可没有想到吧，跟贝尔特待在一起的时候，我从来没有考虑过他为什么对我表现得如此冷淡。我没有兴趣去了解他，没有花费精力去探索他究竟是怎么样一个人，也从来没有想到这样做或那样做会有什么意义。现在我也不想问我自己这一切是否都已经过去。你理解这个意思吗？你理解吗？我了解你的程度完全同了解贝尔特一样。他从来没有——我应当怎样说呢？——关心过我。也许我比他知道得更清楚，我们相互之间需要怎样。我需要为他做的一切都已经做到了，我之所以都做到了，是因为我知道得更清楚。你理解这个意思吗？难道还会是樱桃酒给人产生这样的思想？我不懂他为什么从来没有一次真正地关心过我。甚至当软弱无能的协会主席团进行讨论，我为他去找乌韦的时候，他也没有关心过我。你对这理解吗？我对这样的情况不能理解。"她突然猛地站了起来，穿上鞋子，伸手猛地把我拉起来，"现在我们去参加彩灯庆祝晚会吧！"……

这是个天气闷郁的夜晚，城市后面远处的天空呈现出雷雨交加的景象。俱乐部的露台上和通向游泳池的走道上彩灯辉煌。我们来到这儿的时候，嗨，他们正在露台上尽情跳舞。马特恩脸上的神色激动而兴奋，他一头白发，穿着白色的礼服。他在跟我们讲话时，一只手伸到口袋里掏东西。随后，他站到一只椅子上，向大家介绍多恩的伟大成就："我们的人在奥林匹克运动会的决赛中取得了第六名。他为我们赢得了胜利，为此，让我们干杯吧……"没有人问起贝尔特，皮斯托里乌斯没有问到他，他的教练金策尔曼也没有问到他。我想……不，我没有时机来想到这些事情，因为卡拉一直待在我身边。她跳着舞，转动着，她默默地跳舞，疲惫得令人同情。她仰起脸来——将一双美丽的、纤细的手搂住我的脖子——用一种谜一般的表情注视着我。她穿着一件薄薄的衣服，我看得出她那平坦的臀部和瘦削而又硬邦邦的背脊。我不明白，我怎么会突然对她产生同情……

彩灯像一连串摇晃不定的小月亮，挂在麻绳上，形成明亮的天幕。我们在彩灯底下走过去，相互钩着手指向游泳池走去，那里，他们在黑暗中游泳。我们站在游泳池前面，那一连串纸扎的月亮倒映在水面上，不住地晃动。池水向我们身上泼来，随后就是催促的声音："下来吧，这真是妙极啦！"卡拉随即拉开拉链，举起双手，慵懒地向上一伸，衣服就没有阻碍地滑了下来，像织物做的轮箍落到她的脚上，皱皱地形成一堆。她稍稍向旁边一跳，从这只轮箍里蹦了出来。她脱掉袜子，解掉紧身褡，没有回头看我一眼，就向池边的扶梯走去……

池水温暖，一点也没有凉爽的感觉。我站在那根铁索旁边，这是不会游泳的人不能逾越的界线，我在闪耀亮光的水面上搜寻卡拉。她的双臂急速地从我面前划动过去，从我的背后把我抱住。我掉转身体，她已松开手游走了。她游得非常出色。我们游到游泳池的当中，在那里，嗯，就在我们游泳的时候，她告诉我她读过一学期医学。她为什么要告诉我这件事？她问我是否也有点不赞成读医学。我回答说，我对医学根本没有兴趣。随后，她又回忆起她读过的解剖学课程……

这是个具有讽刺意味的回忆，她试图以这种回忆挑逗我。她的谈话滔滔不绝，特别是涉及她爱好的话题，总是说个不停。她谈到她曾想写一篇博士论文——关于令人入迷的肩部出汗现象。"你根本没法想象出汗过程的兴奋情况，必须具备哪些必要的条件才会产生这种现象，也许我已经决定一辈子研究肩部出汗的问题了。"她这种嘲弄的饶舌准是话中有话——是对事情捉摸不定，或是期望触及别人的什么事情。随后，我刚站到游泳池旁边，她便急促地挥动两臂向我游来，她肯定是估计到我会拦住她的。我拦住了她，托着她的肩膀，一直把她拉到我的身边，紧紧地贴着我的身体，哟，这真叫人战栗，也感到幸福……我不知道我们这样战栗和幸福地站了多长时间，站在池水齐肩的地方，站在游泳池边的暗处。她那湿漉漉、瘦削的肩膀上映着晃动的彩灯倒影。她那湿漉漉的面孔和平坦的臀部不断地阻挡着涌来的池水。我们默默地站在那儿，我们默默地向扶梯那儿游过去，穿上了衣服。我们马马虎虎地把干衣服朝湿身体上一套了事，这个时候谁也没有说一句话。我们沉默不语地回去,但是不知道该上哪儿去。她在一家芬兰式蒸气浴室的门前停住了脚步。浴室的大门已经上了锁,我们从窗子里爬了进去。一股强烈的木柴气味……

我们沿墙摸索到墙角的火炉旁边,越过光滑的格栅进入房间,房内放置着两张木制的按摩床。贝尔特早先管它叫"按摩台"。我们坐在一张搁置在房间当中的按摩台上。我们抽着烟,可是坐在床边的卡拉没抽几口烟就显得热情奔放……

过路人的声音、俱乐部里的音乐声和喊叫声纷至沓来,我们听着这些声音和音乐,彼此毫不掩饰地、仔细地凝视着对方,不说一句话。她的面孔跟我的靠得很近,脸上流露着自然的期待的表情,按摩床散发着强烈的木质气味。蓦地,她站起身来,走到我的后面。我听到轻微的搓擦声和移动声。我扭转身体去看,她已躺在木制的按摩床上。卡拉面朝下躺在床上,双手托着脸。我抚摩着她那硬邦邦、瘦弱的背脊,背脊上一根根肋骨明显地凸出。她安静地躺在那儿,黑暗中的躯体表明她已安静地做好准备。她随后翻过身来,用双手垫着脑袋。"我知道你在想什么,"她说道,"但是你不需要想那些事情。大概一切都已成为过去。唉,我感到恐惧,那些事情永远不要再开始了。"但是我听她的讲话声音,就清楚地知道,事情一点儿也没有过去,她在思念他。我是熟知这种剖白的。我们在任何时候都是如此心甘情愿地欺骗自己,在允许一切或是拒绝一切的时候都是这副模样。一个人被一种压倒一切的欲念伤害时,他就什么也不顾。在她微微欠起身子的时候,我说道:"现在他才注意到这些事情。一个人步步高升的时候,一切事情似乎过得很正常,因此我们可以不把它当一回事。我对飞黄腾达从来就不放在心上。但是在他领略到第一道伤痕的滋味时,他却感到屈辱,感到可能遭到毁灭。现在值得提一提这个问题。"……

贝尔特是怎么回事呀？他会慢下来吗？或是那个屁股撅得高高的、皮肤像马鞍般褐色的穆索现在已经开始发动了终点冲刺？贝尔特的优势已经减弱，在跑步时，他那金灰色的头发披散到面孔上，极度疲惫的脸上流露着恐惧的神色。还有四圈要跑呢。这四圈决定着他的成败。贝尔特的时代已不复存在，但他每次跑出的途中成绩，都是十分优秀的。什么时候，什么时候他得为失去控制的疯狂付出代价？在弯道上形成贝尔特、穆索、黑尔斯特勒姆和西博恩的顺序，这是第一批的前四名，他们当中将有一个人获得冠军。奥普里斯被甩下去了，还有那两个丹麦运动员也被甩下去了。他们不可能再在这次长跑的决赛中起决定性的影响，但是他们并没有自暴自弃，还是继续跑着。那架老式的双翼飞机再度出现，拖曳着一长条飘动的广告布幅："为什么抽烟斗的人能获得成就？"飞机迎风飞翔，风摇撼着飞机，并且推波助澜地叫它转了个大圈子。飞机的阴影在哪儿呀？它已经飞过去了吗？奥普里斯现在进入了弯道。他给人以过度训练的印象，他每天跑，不中断地跑，在莫斯科被人发现。他被人发现以后，每天要跑二十公里以上——马拉松的一半距离。不过他在运动方面并没有获得赫赫声誉，他参加长跑比赛另有一种使命，如果他获胜，那将是一种政治思想的胜利。一种体系的完美无缺就体现在他的这两条腿上……奥普里斯不得不跑……有如那个老爷爷不得不跑一样……他叫什么名字来着？迪金，或是诸如此类的名字……迪金毕生进行训练，但只是在梦中才获得赛跑和精神上的胜利。迪金一无成就。不过当他退出体坛时，人发胖了，心脏也作怪了。医生们除了把这个老运动员再度撑上跑道外，也想不出别的什么主意，跑道叫他立即消失肥胖，心脏恢复正常功能。也许他将在赛跑中死去，也许死神逼迫着老迪金进行一次途中冲刺，而后把他接走。毫无疑问，死神将会逮住他，有如传说中所说的，死神猝然逮住了撒马尔罕的一个狡猾的商人……

奥普里斯不会再有获胜的希望了，除非他留在前面那批人的队伍里，除非他把自己拉上去，或是确保自己处在一个终点冲刺的有利地位上……

黑尔斯特勒姆将赢得胜利，要不就是西博恩。如果他们这样坚持到底，必然出现一项新纪录，他们取得这项纪录是要感谢贝尔特的。贝尔特已自动献身了吗？他知道，他一开始就知道，等待他的只能是失败的命运，他现在是要作为牺牲品来成为英雄吗？他是打算好作为牺牲品的吗？观众都站在他这一边，他跑过的地方，观众都坐不住了，他们使劲地将身体越过栏杆，冲着他呼喊，冲着他鼓掌，冲着他挥手。他们要看到他获胜！每个观众都愿意帮助他获胜。现在他们好像打算将一切东西都给予他，只要是为了胜利的需要。"布——赫——纳，布——赫——纳，布——赫——纳！"他的名字在整个运动场里震荡回响……

她说不出一句话来，只是机械地翕动着双唇："布——赫——纳，布——赫——纳！"她是谁？长长的、沉思着的面孔，衬衫的胸襟上别着饰针，梳着德国式的发髻，她再也呼喊不动布赫纳的名字，只能喃喃地一个字一个字叫着。她是谁？唉，忘了带火柴："对不起，借个火，谢谢，点着了。"……

西博恩一直跑在黑尔斯特勒姆的后面。他表现得平心静气，他表现得很耐心，这些使他并不试图突破这种局面，从黑尔斯特勒姆的边上擦过去……

西博恩已经两次准备退出体坛，但是他那个协会的干事两次公开表示，叫他继续进行这场比赛。西博恩，这只狐狸——他们在国内都管他叫"跑道上的狐狸"——他开始就比黑尔斯特勒姆跑得快，到最后几米时，他将要跑在一大批人的前面。他在奥林匹克运动会上获得过银牌……

西博恩抽香烟，他每天平均抽五支烟，他的教练，特别是协会干事对此极力反对，并进行监督，但是他们不得不忍受下来，而且最终对这件事采取了姑息的态度。西博恩认为没有理由因为长跑就放弃抽烟。他在接见记者时是怎么说的？"如果要我们为完成打破纪录这种了不起的事情戒烟，那我就不愿意，这是多么舒适的玩意儿。"西博恩，他是一个运动员，他清楚地知道抽烟对自己有害，但是他不打算为长跑牺牲一切。他赢得胜利，嘿，他那结实的体格是不会叫他名落孙山的。他要是不抽烟，也许还会成为全世界最了不起的长跑运动员，也许不是缩短一秒两秒的问题，他的身体里蕴藏着最后未知数……

一个长跑运动员的体格包含着下列组成部分：肌肉组织，肺活量大的肺部，空荡荡的、有弹性的肠子，软骨性的、干燥的、唾液少的食管，脉搏，脑动脉血压，排空的膀胱，紧密结实的心肌。一切都要适应长跑，一切对长跑都有决定性影响……

风穿过看台旁边的铁丝网，把对面的布幅广告吹得胀鼓鼓的。随着长跑运动员掀起一阵噼噼啪啪的掌声，潮水般的掌声……

眼下，两个丹麦运动员从奥普里斯的身边擦过去了。穆索将会慢下来吗？不会。贝尔特加力了，他使上了最后的气力，以确保最后几圈的领先地位。贝尔特跑得更快了！眼下他也许已经到了不得不落后和付出代价的时刻了。现在他必须看到失败的可靠预兆。我的天呐,他怎么这样跑法?他的步子鼓点般敲打着跑道,急促、快速、令人灰心失望地敲打着。他不再像开始时那样直着身子跑步,身体越来越伛偻,脑袋晃来晃去,下颏向前突出,划动着两只手臂,划动着,划动着……

他的嘴角上干燥得没有一丝唾液……

他的眼睛里流露着惊骇的神色……

贝尔特,贝尔特!……

难道是我在呼喊?难道情况又再度出现?不会,他不可能赢得胜利。他不会赢得胜利。即使他们对他全力支持,他也不可能赢得胜利。甚至在荣誉席上,也没有一个人再安静地坐在座位上,首席市长也站起来了,其他的人也都站起来了,围住市长站立着,在贝尔特跑上终点前的直道时,他们鼓着掌,不住地点头、鼓掌……

在贝尔特后面,紧紧跟在贝尔特后面,有人在奋起直追。哦,黑尔斯特勒姆在猛烈地进行最后冲刺,他咬住了穆索,逐渐地赶了上来。西博恩也跟着他进行突击,现在他们两个从穆索身边越过去了。穆索挥了挥手,好像他已料到会发生这种情况似的……

西博恩紧紧跟上,他贴近地跟在黑尔斯特勒姆的后面。但是现在克鲁德森和克里斯滕也追上来了,不过他们不可能从穆索身边越过。贝尔特、黑尔斯特勒姆、西博恩三人保持着这样的顺序从终点前的直道上跑过去了……

高耸的机车烟勾起人们的回忆,浓烟被风压得向下翻滚……

早年,西博恩从铁路的路堤上救起那个孩子时,他一定看见了机车冒出的浓烟和飞奔过来的黑色机头。他们为此到处涂写:"创纪录的长跑运动员是救命恩人""这是他生平最惊险的一次奔跑"。他们把一辆可恶的机车、一个金发儿童——通常会受到政治家的喜爱——以及西博恩凑合在一起,他们在询问,要是没有一个创纪录的长跑运动员正在附近的话,那机车可能会对金发小孩造成怎么样的伤害……

难道西博恩在这次长跑中也不会获胜吗?他是应该赢得这次胜利的。但是贝尔特仍跑在前面,而且他领先的距离越来越大,领先二十米,二十五米。这就算是稳操胜券吗?不,贝尔特不可能赢得胜利,每个人都有可能获胜,唯独贝尔特没有这种可能,因为过去他或许就是一个蹩脚的冠军,查考一下他每次比赛的情况,过去他或许就是个糟糕的选手。我反对他参加这次比赛。我知道他在这个场合肯定要失败的,我是唯一对他不抱希望的人。也许特娅对他还抱着希望,贝尔特从她面前跑过的时候,她确实还向他挥手示意。赛跑已使他忘怀一切。他除了接受失败的教训以外,不会获得其他的教训……

我们相互之间的友谊算完蛋了,这一点他明白,我也清楚,这种情况已没有改变的可能。这种情况确实已绝无挽回的可能,因为我对发生过的事情是不会忘怀的……

嗯,贝尔特,我对这些事情是不会忘怀的……

那天,我们大家在外面迎接多恩归来。维多利亚体育协会主席马特恩和协会的青年人都到场了。但是多恩并没有注视我们,他要寻觅贝尔特。贝尔特这天没有露面。我理解贝尔特为什么没有来。当他重新接受训练时,多恩悉心校正他的动作,可是后来贝尔特确实也彻底偿清了这份友情。多恩帮助他重新恢复长跑。他们每天晚上都一块儿在运动场上训练,一块儿离开场地。看得出来，多恩只是专心致志地训练，要帮助贝尔特重返体坛。在那天的夜晚运动会上，没有什么事处在危险之中，但是一切都已经决定。秋日的夜晚，干燥、火热。那天的夜晚运动会宣告了这个季节结束……

中午时分，贝尔特还和我待在一起。他需要钱还债，但是我还没有发薪水，一个钱也没法借给他。我们在食堂里用凭证付了账，他迅即告别离开："今天晚上再见，我的老朋友，我得为第一次起跑安定一下情绪。"……

这是他发生不幸事件后的第一次起跑，在这次夜晚运动会上，贝尔特、多恩和其他六名训练期已告一段落的长跑运动员走上了起跑线。一抹晚霞的霞光斜照整个运动场，旗杆投下了细长的黑影。长跑运动员集合的地方，跳远沙坑的沙子在这傍晚的余晖下灼热发红……

起跑没有引起人们注意。贝尔特和多恩同样领先跑在前面。他们的赛跑看上去跟他们两个每次在一起跑的情况一样，一点没有，一点也没有勾起对往事的回忆，回想到那一次贝尔特曾经不得不中断的赛跑。他们互相轮换领先的地位，互相鼓励。我好几次确实看到多恩采取保留的态度，没有使出全部精力，只是保持在贝尔特的周围。像一条鲸鱼始终在它受到侵袭的、负伤的伙伴旁边洄游一样，多恩始终跑在贝尔特的旁边……

随后到了最后关头；我听到多恩的呼喊声一直传到看台上："跟上来，贝尔特！"我看到多恩精力充沛地、强行突击地从贝尔特身边擦了过去……嗨，多恩越过贝尔特的动作是多么杰出啊！……我看到多恩又重新放慢脚步，沿着跑道内圈跑在贝尔特前面。他扭转身子的同一秒钟，似乎挨到了一下沉重的打击，跟跟跄跄地冲出跑道，闪电般伸出双手撑在地上，身体向前扑去。不过在他没有冲出跑道前，我看到贝尔特的钉鞋抵向多恩的左脚后跟，不，不是抵向，而是算计好了用一个跨大的步子向左脚后跟蹬去，左后脚跟被狠命地、结实地蹬了一下——贝尔特恨不得把它钉牢在地面上，以致多恩的身体已经正面扑倒，而他的左脚却无可奈何地伸得很远。在贝尔特跨大步子的压力下，尖锐的鞋钉深陷进他的后脚跟，穿透了筋肉，刺穿了脚底。多恩踉踉跄跄地冲出跑道，面孔着地，扑倒在草地上……

贝尔特在那个夜晚运动会上赢得赛跑的胜利。他没有中断赛跑。他继续跑下去，第一个冲断了终点带，随后才回过头来向着被他永远战胜的多恩走去……

多恩完蛋了。也许没有人真正觉察到贝尔特是跨大了步子蹬向他对手的脚后跟的。他们一致认为这是一次"遗憾的不幸事故"。他们说："经常都会发生这样叫人痛心的事情。"他们没有采取其他的措施。他们没有发现造成这个事故的动机，也找不到什么证据。他们对发生这样的事感到非常遗憾，他们不认为这一事件中存在什么有意识的企图。他们握着多恩的手，亲热地摇了又摇，跟他告别……

我对这件事看得非常清楚。我不明白怎么一下子百感交集，我的期望、我的失望、我愿意介入和不愿意介入的心情都一下子汇集到一起。一瞬间，一切都幻灭了，完结了。我不明白，不明白。我冷漠地站起身来，向着下面的场地走去……我不知道该怎么办，也不知道我将怎么办……我走到他们聚拢在那儿议论的地方，贝尔特也站在那儿，耷拉着眼皮，一声不吭。我没有倾听他们议论些什么，而是从他们身边经过，向贝尔特走去。贝尔特望见我径直走到他面前，就抬起头来，定睛看着我，没有露出一点使人生疑的表情。我打量着他那张扭歪的面孔，期待着，可是他的脸上丝毫没有泄露任何东西。我的目光不可抗拒地透视着他的面孔，最后向他微微地伴笑一声。这时我敲了他一下，我是伸着手指敲的，没有经过事先考虑，也没有使什么力气，但是敲击里具有一定程度的鄙视和讨厌的成分，贝尔特的脑袋只是稍微偏向一边，没有做出任何反应。别的人都扭过头来望着我们，贝尔特的脸上没有任何表情。他知道，我是唯一已经觉察他跨大步子的人。他使用这一招永远地战胜了多恩。他还知道，我现在已和他一刀两断了……

尽管情况已经如此，他并没有就此罢休。没有，他打算弥合已经不可能再弥合的裂痕，他没有放弃这个企图。他打电话到编辑部，一再向我解释这件事，但是我对这件事已经非常清楚。我拒绝见他，他并不把这当一回事。他打电话来，请我上他那儿去。我晚上下班回家，有时他就在路上纠缠住我，跟着我跑，不停地诉说和恳求。我绝不会跟他谈话。他对这次不幸一再重复解释，一再重复表示多恩也抱同样的看法："你去问问多恩吧，老朋友，请你去看看他，听听他是怎么说的。对于这件事，多恩跟我的看法完全一样。"他没有放弃努力，他对我们之间发生的裂痕惴惴不安，直到我逼迫他最终承认事情的真相……

在皮斯托里乌斯邀请我们上这儿来观看抽干池塘水兜底捕鱼的时候，我为此把他带到干涸池塘的泥泞底部……

我记得很清楚……

早晨寒意袭人，灰蒙蒙的雾笼罩在沼地和池水上面，只看到一片移动着的薄雾，像是一条白纱的带子。皮斯托里乌斯干吗要邀请我？周末我们外出，投宿在村庄的旅舍里。整个晚上他们都在谈论，期望发现战利品。我们没有再进房休息，而是喝着香糖热酒,在闲扯中等待天亮。我跟随着马特恩。他套着一双齐膝的紧腿靴子,穿着皮夹克,戴着一顶遮檐小帽。在去池塘的路上,他跟一条棕色和白色相间的狗唠叨个没完。这时一片乌云压过来,天空透着朱红色的光辉。一块灰色的云朵在天空中静止不动,一朵白云不停地向西方移动,东方是一片朦胧的亮光,唉,在碧空前面,模模糊糊地飘浮着一大片雾气……

我们翻过铁丝网,走向湿漉漉的牧场,从松软土粒地面上新挖出来的鼹鼠丘前面经过,远处传来一列火车行驶的喧嚣声。马特恩停下脚步,指着池塘上面覆盖着的一片迷雾。迷雾有几处地方被撕破了,水面上有一些黑点,像是一块铁板上的无数铆钉。那是成群的白斑鸫鸪、野鸭和鹛鹨,它们待在那儿一动也不动。"它们还丝毫没有觉察呢。""我们要叫它们振翅从水面上飞起,那简直像是脚下的一块地毯。"……

这些日子以来,池塘的水位已经下降,塘水大部分已经流失。一张渔网横搁在池塘里,像是路旁的一道篱栅,鱼已被驱入水槽和临近岸边的地方,这是"收获的场地"。在朽烂的艇坞处,我们碰到另外一些人,这些男人束着皮围裙,穿着修补过的高筒胶靴。他们坐在破烂的小船上,喝着兑甜烧酒的茶,用一把热气腾腾的大壶斟茶,壶由一根铁链悬吊在木柴火堆上,旁边放着一架带宽指针的老式天平。我伛偻着身子观看这根经过雕刻的指针——精心经营池塘养鱼业的象征。我听到身后有贝尔特的声音。我先前不知道皮斯托里乌斯也邀请了他。贝尔特坐在一只箍铁圈的木桶上,目不转睛地端详着我……

塘水排了出去,显露出池塘的底部,褐色的污泥高低不平,平静地呈波浪形态——底部情况勾起对池水的想象——小水潭和小水沟绵延地伸向牧场下面的彼岸,像是褐色底部的一只只眼睛,一只只慢慢地合上眼皮的眼睛。禽鸟飞起,所有的禽鸟都同时在一种面临危险的不可思议的默契中振翅高飞,在池塘一带的上空盘旋,升高,飞走。我还听到野鸭扑簌簌地振动着翅膀。随后,皮斯托里乌斯向我们走来,要求贝尔特和我把网拉向宽阔的水槽两边。难道贝尔特过去干过这种事?我们拿着木棒出发了,各人沿着池塘的一边走去,相继登上了一座古老的木桥,点头招呼一下,走到池塘的底部。褐色的、泥泞的底部把我们的靴子都陷没了,逼得我们每走一步都要小心翼翼地试探。我们一步一步地通过狭长的芦苇地带,艰难地拨开芦苇向渔网走去……

他们坐在破损的小船上喝着兑甜酒的热茶,等待着我们,那儿燃烧着的火冒着烟。我从眼角上瞟着走在我旁边的贝尔特。他置身于水槽与渔网当中。我觉察到他也在注视我……

裸露的池底,蚯蚓蠕动的清晰痕迹,隆起的地方布满沟痕,这块裸露的底部散发着腐烂的气味,潮湿而又有一股霉气。光润的水草在空气中变得干燥,失去了原有的色泽。大叶藻的叶尖顺着水流的方向俯伏在池底。底部的凹地里尽是叶子,已经发黑腐烂。深陷在底部的断茎残根像是被柔软的嘴唇吸吮住一般。我们在凄凉裸露的池底走着,间歇地用条杆在水槽里敲拍,把残留的鱼撵向"收获的场地"……

有几次,条杆上的木球坠落到水槽里,把湿泥和水都飞溅起来,从激起的浪花可以辨出,一条受惊的鱼猛地向水槽下面蹿去。每一次遇到这种情况都得停下来,等待浪花逐渐消失。渔网宽松地沉到下面,有时被水草或粗或细的枝丫绊住,鱼常常试图突破渔网向旁边逃逸,却被网眼卡住了,我们时时要把鱼从网眼孔里抠出来……

　　我们走了三分之一的路程时，我看到一条很大的梭子鱼。不，我没有立即看出是梭子鱼，最初只当它是一根树干，又当它是一段沉没的木头，直到发现它那对直瞪瞪盯着我的冷漠而又平静的眼睛时，我才看清楚。我停下来，贝尔特也立即停下来，我弯着腰观察这条在渔网烂泥中的大鱼。网绳绊住它的硬鳃盖。我以为它已经窒息死了。我伸出双手，将缠绕着鳃盖的网绳解开。这时候，也许是出于积压已久的恐惧或是凶残掠食者那种原始的、必然的贪婪本性，梭子鱼突然用一排倾斜的牙齿咯吱一声咬住我的手——我一辈子也忘不了这次遭遇——然后它蜷缩起来，躯体一动也不动，却以一种罕见的凶猛劲头紧紧咬住，试图吞食已攫捕到的东西。当年，他们为我配了一只金属指头的假手，这是一位工艺家的精心杰作。假手上戴着一只皮手套。梭子鱼就是紧紧咬住这只假手不放……

　　鱼的牙齿穿透手套咬住假手时，我首先感到一阵灼热的、向上牵动的疼痛。在我从鱼的眼睛里再度发现那种少有的冷漠表情时，我才慢慢觉得，疼痛是一种错觉，我现在只有一种设身处地、站在鱼的位置上的感觉，好奇的感觉，好奇而且抱有同情。梭子鱼如此紧地咬住我的手，使我可以把它从渔网里拉出来。我把它从网绳上解脱。这时贝尔特突然站到我的旁边。我只看到他的大腿和指向鱼头的折刀。我听到贝尔特说道："别动，老朋友，我来给它最后一下子。"我说："你不要碰它。"于是贝尔特又说："鱼还活着，它在咬人，它用牙齿咬着你的手。""我这只手能够经受得住鱼的牙齿，"我说，"我只是期望多恩也能这样经受得住。你暗中伤害了他，就像梭子鱼错误地亏待了人一样，你错误地亏待了人。"在沉默一段时间后，贝尔特说道:"你从来没有忘掉这件事吗,老朋友?我想,在野外的这个地方,我们之间的关系将会跟早先一样。你还记得在潮水中的青花鱼?河流中的鳟鱼?我们必须把过去发生过的一些事情忘掉。你可以去问多恩,他对那件事情的看法完全和我一样:这是一次不幸的事故。"我接着说:"这儿发生的也是一次不幸的事故。贝尔特,在梭子鱼咬着的时候,最初一秒钟我感到痛楚;这跟多恩过去所遭遇的情况是如此相似,那时你用钉鞋暗中伤害了他。也许我现在才清楚地知道,这一切产生了多大的影响。"贝尔特合上了折刀,说道:"这么说,我们两个不再有可能恢复感情啦,老朋友?""没有可能了。"我说道。"为什么没有可能?"他问道。"我们彼此太了解啦,"我说道,"要是我们相互了解得少些,那也许还有可能,但是我们是太了解啦,贝尔特。""这么说一切都完了?""一切都完了。"我说道……

眼下,梭子鱼蜷缩起来,用它的尾部拍打着泥泞的池底,噼噼啪啪地扑动着,但是它尖锐的牙齿还是紧紧咬着我的手,没有放松。贝尔特下意识地躬着身子观看,我说道:"走吧!你现在好走啦!你站在这儿已毫无意义。我们之间已经完了,我们之间过去的一切都已经完了。这都是你那一脚蹬出来的。你难道看不出我期望的是什么吗?"他接着说:"知道,老朋友,这个我完全知道,所以,我也知道必须怎么办。"……

贝尔特从烂泥里拔出靴子,发出重浊的声响。他跨过渔网,涉过槽口的浊水,在对面捡起他的棒杆,从那儿走开了。鱼紧紧咬着我的手,我目送他离开……

这是一幅末日的图像:凄凉裸露的湖底略有起伏,不过总的说来是平坦的;微光闪烁的小沟和小水潭;东方的光亮使泥泞的土地闪烁着一种病态的紫色微光。蓝天似乎升高了,它心情绝望,失去了过去可以经常审视自己的明镜。唉,贝尔特抱着这种空虚的心情,一步一步地踏着池底,缓缓离开。他一路行走,越过渔网时每跨一步就晃动一下脑袋,像是深海渔网上晃动着的一颗深绿色浮球。他继续向岸边走去,在网眼密布、绷紧了的渔网的尽头隐没不见……

现在我知道,在永远地征服多恩以后,眼下他终于承认在我们之间发生的变化。那天早晨,皮斯托里乌斯邀请我们参加排干池水、捕尽池鱼的当儿,贝尔特也满心欢喜地来了。在贝尔特刚刚隐没不见以后,我就杀死梭子鱼,在它脑袋后面背脊的肌肉上深深地扎了一刀……这就是当年我们在空池底上的情况……

贝尔特离开以后,我感到一阵无名的孤独——这是过去从未有过的感觉——孤独等待着贝尔特,孤独包围着贝尔特,但我所感到的孤独还要厉害。难道这种注定的孤独是胜利者的奖赏?难道事情的结果都是如此,谁要赢得一切,谁就必须付出代价?贝尔特每次胜利都明显地承担了这种义务,或是和朋友分手,或是付出了别的什么代价。他似乎不得不经常以竞争来超过别人……

在池底,我最后一次看到他。不,确实不是;以后,在一个又湿又冷的除夕的清晨,我还碰到过他一次。我看见他走下汽车,跨进一家灯具店,从一个脸冻得通红的残疾人面前走过。这个残疾人胸前挂着一块硬纸板广告画,为"享有世界声誉的电灯泡"进行宣传。贝尔特没有发现我。他单独一个人上街,汽车里没有人等他。一会儿工夫,他就重新从商店里出来,钻进汽车。汽车徐徐地驶进漫天飞舞的大雪中,不见了影踪……

我没有打算跟他讲话,也没有这样的愿望。后来,在我想到这次偶然相遇的时候，我确实认为，他将来在我的回忆中，只不过是运动场上的一个角色罢了。我最终，最终不得不同他断绝交情，那一次赛跑后叫人倒抽一口冷气，他在那次赛跑中使我也陷入难堪的境地。我对他表现冷淡，不过我对他不是绝对漠不关心的。我在没有观看他长跑的期间，漠不关心的态度逐渐消失，除此没有其他的感觉……要是我在看台上目光紧紧跟随他的跑步，又会发生什么情况？一切又重新出现：叫人感到窒息的压力，胃里翻腾欲吐，还会担心害怕……这种不由自主的压力又会产生信心和忧虑，难道我在这种压力下又常常去过问他的长跑？唉，我就是处在这种压力下过问他的长跑。因为我曾经把希望完全寄托在他的身上，我的情感跟他密切相连。他的奋斗就是我的奋斗，他的恐惧就是我的恐惧，他筋疲力尽时我也感到筋疲力尽，每一次都是如此。我在看台上和他在跑道上的情况休戚相关。我知道，而且我坚定地认为，我一旦踏进运动场，就会不由自主地站到他的一边，所以他的多少次长跑我都没有去看，干脆就不出去，而是派我们的助手劳滕贝格去的……

我故意对这位名噪一时的优胜者表现得漫不经心，没有出席上一个季节的首场比赛，就像一个吸烟者刚刚戒掉烟，生怕重犯旧病，可能会情不自禁地去关注贝尔特的赛跑……

今天我知道，我在采取拒绝态度的后面隐藏着一种不确定的因素，也许还有一种软弱的因素。谁知道，也许有一天我甚至会向这软弱的因素让步。大概我会像当年对贝尔特调换协会时让步那样。今天我对此不能再做出决断。也许我会对自己的决定惊讶不已，重新和他修好，这在过去我认为是不可能的……要不是有这天夜晚的事情——这还是新近的事情，过去还不久。这个夜晚和发生的一切事情彻底消除了我的不确定因素；现在我可以去看他赛跑，但不必非得相信他不可，或是让我的满足跟他的胜利联系在一起。在他赛跑的时候为他焦虑的时代已一去不复返了……

那天晚上——那是星期五的夜晚——嗯，我已经入睡，虽然港口随时都会发出警告洪水上涨危险的臼炮声，但我睡着了。一阵电话铃响，我最初以为是闹钟声，以为是早晨了——港口的早晨是很昏暗的——但我随即往夜光钟一看，才过两点钟。我拿起听筒，线路里发出轻微的咯吱声和嗡嗡声，像是长途电话的声响，我不敢放开话筒，尽管没有通报自己的姓名，我也跟往常一样喊道："哈罗。"如果我没有从这些轻微的嗡嗡声里听到呼吸的声音，大概我会搁上话筒的。一会儿，刺耳的声音消失了。我倾听着呼吸的声音，期待着，随即听到说话的声音，我立即辨认出这个声音，对方也辨认出我的声音，正因为我辨认出这个声音，我才感到惊愕。这是卡拉的声音，她的嗓音喑哑、冷漠，单调得仿佛包含着威胁人的味道。我已经好久没有看到卡拉，也已经长时间没有叫喊她的名字。卡拉不容我有时间提出问题，就说："快，老朋友，快来！我一直看着它。你要是不来，我就要动手拿它了。我肯定会拿起它把它打开的，我待在这里不动，默默地看着它，等待你来，看上去它像是一只小提琴……"卡拉没有说完这句话就挂上了听筒，我没有弄清楚她跟我讲起的事情是否与我有关。她的嗓音粗暴冷漠。我穿上衣服，走出门外；外面，狂风扫过大街，天空飘着雨点，一场暴风雨来到了。哦，现在我想起曾预报过有一场暴风雨要来临，当然是从冰岛刮来的；它那里似乎也刮得这么厉害，它通常都是把暴风雨转到它的好朋友头上来的："一场东南向的冰岛暴风雨，很快就要到达德国西北海岸。"……

没有电车，也没有出租车，我只好步行。我听到卡拉的声音，听到她那威胁人的单调声音，吓得我无论如何都要走到她的面前……

我穿过大学的花园，里面耸立着一座阴暗的纪念碑，一个戴阔边软帽的将军的纪念碑。他流露出胜利的表情凝视着昏暗的圆顶大楼，好似凝视着处心积虑向这儿觊觎的敌人。我从一排令人恐惧的玻璃花房前面走过，它像是一堵由透明棺柩组成的围栅，在这儿一切命运都被清净地搁置一边，任何风险都被无可非议地埋葬干净。接着又从电台前面走过，电台是在战后用巨大的耐心兴建起来的，好像一座要塞建筑，嗨，他们是要建筑一座进行成人教育的君士坦丁堡，攻不克，打不破，坚固耐久。我又穿过公园，向下经过陡峭的小巷，跨过桥梁——这座桥我看着像是一艘起伏摆动的帆船船身——最后走上大街，到达一排用削尖的板条交错隔起来的栅栏跟前，在它里面是一幢花园住宅，我跟"娱乐博士"乌韦·加拉希第一次就是在这里会面的。百叶窗透露出微弱的光线。我按了门上的电铃，按了两次也没有人来开门，我推开只是虚掩着的大门，走了进去。卧室的门也是虚掩着的，我脱掉大衣，小心翼翼地推开卧室的门，我在这间房间里倾听过加拉希的忏悔……

卡拉，我立即就发现卡拉。她坐在一张磨损的皮靠椅上，过去我也在同样的一张靠椅上坐过。她高高搁着双脚，一只大腿跷在另一只大腿上，一动不动地坐在那儿——那天晚上，我看到她就是这副模样。她裹着一件饰花的晨衣，头发松散，在她美丽的面庞上总是带着一些倦意和忧郁的神色。现在从她的亢奋状态看来，她似乎试图重新获得脑海中一闪即灭的东西。

嗯，在她的脸上凝聚着犹豫和绝望的表情。我还看到，她在反复思索，要勾起对一些事情的回忆，这时候，她的眼睛燃烧着激情，她的嘴唇不住地翕动。她的目光停留在台灯旁边的一瓶尚未打开的烧酒上……

她是怎样向我招呼的呀！她冷漠地把手伸给我，没有对我看，也没有讲一句话，我心里思忖，她必定是把一切都忘记了，忘记了给我打过电话，忘记了请求我上她这儿来。我在她那张安乐椅的扶手上坐下……

睡椅上有一条裤子，啊，我还记得我坐到她旁边的时候就辨认出睡椅上的裤子，这是一条还贴着洗衣店标签的男人裤子……

我抚摸着她硬邦邦的背脊，用假手搂着她的脖子，等待着。最后——我清楚地觉察到，她要彻底感觉到我在她的旁边，必须先挣脱某种束缚才行——最后她才转过头说道："它看上去不是像一把小提琴吗？这只酒瓶，老朋友，像一把绿色小提琴吗？"她执住我的手，拉着向下挪动，紧紧按在她的胸口。"我去拿两只玻璃杯。"我说道。卡拉又胆怯地说："不。"并且急促地说，"不，不，不，这不需要，我不能喝，我一点不能喝，老朋友。我要是一沾嘴，他们立刻就要拿走。""谁要拿走？""我刚刚戒酒，我只要沾一滴酒，他们就重新把我关在家里。""这里不是还有一瓶酒吗？"我问道。卡拉微笑着说："在家里放一瓶酒比较好受些。这是一个演员给我出的主意，这使我获得解脱。在家里一直能够看到一瓶酒，那还是比较容易忍受的。但是如果家里什么也没有，那就难以忍受啦……它看上去不是像一把绿色的小提琴吗？"她掰开我的手，把我的手挪到灯下，摇着头细细地端详，然后顺手向下抚摸着我的手指，把它们向她身边拉去，一下子呱啦一声。"什么也没有，老朋友。"她说，"你的手和我的手一样空空如也。我们可以建立一个新的协会：双手空空者的友谊会。你认为怎么样？你会是一个精明的司库，对吗？你只要瞧瞧你的手，瞧瞧我的手——它们都是一个模样：你找不到一条纹路，也找不到可以说明自己命运的掌纹。老朋友，我们两个都是随着别人的命运而飘浮的。我们曾对一些杰出的随从者、参与者以及匿名股东下过本钱，因为我们期望盈利，而且是期望获得大量收益，多得超过允许的程度，老朋友，也许因为我们双手空空如也，才期望一项共同的命运成为大家的股息。我们希望别人为此来帮助我们，在我们的投资看来还有把握的期间，让我们互相关照。但是如果一切得不到保证，我们就断绝关系……"她叹息一声，一阵痉挛，蜷缩起身子，然后站起来向壁橱走去，拿出两只玻璃杯，放到我的面前。"请吧，"她说，"打开吧，为了我们的空空双手喝一杯，动手吧！"她跨开两腿站在我的面前，指着绿色的酒瓶。"你还等待什么？"我顺手搂过卡拉，将她拽往睡椅上，没有让她挣脱；尽管她抽抽噎噎地开始哭泣，声音很低，哽咽得几乎听不见……

后来她坐在我旁边，我抚摩着她硬邦邦的背脊。后来我才感到，她不再记得自己说过的话了；在她的面庞上又显出早先嘲弄的温情，像经过一场梦幻一样，累得精疲力竭。她说："你待在这儿有多好呀。现在我可以把事情告诉你了，这些情况我从来没有跟阿尔夫谈过，但是我必须告诉你。对于这件事我是有过失的，老朋友。我想要你知道这件事：我有一个女朋友住在汉诺威，我从她那儿知道，贝尔特打算上那儿去参加她的那个协会。他丝毫没有将这些情况跟维多利亚协会谈过。他暗地里打算脱离这儿，断绝一切关系，你理解吗，是彻底断绝关系；

但是这种完全另起炉灶的打算恰恰是靠不住的如意算盘……这是事实，遗憾的是，他忽视了这个事实。除此以外，没有一个人情愿脱离同舟共济的事业，特别是如果这个事业的一部分属于他的话。我曾经担心过汉诺威协会不会接受他入会。"……

她用双手捂住面孔，我对主要情况还毫不清楚，催促着她继续讲下去。我为她点了一支烟，搁到她的嘴唇上，让她抽烟……

"唉，老朋友，他跟我们一刀两断，跟这儿断绝一切关系，去加入另一个协会，要重新开始。从头再来吗？如果过去有了那么多成就，从头再来，情况会怎么样呢？如果他认为另起炉灶是幸福的，那一定要不带一点幻想色彩才行啊！我只是不要贝尔特陷入失望，因此我曾经担心汉诺威不会接受他参加。他已经脱离关系，我还始终不明白是怎么一回事。但是他已经脱离关系了。他跟我说……你知道他说些什么？他打开门，直愣愣地望着我，说道：'这儿的床铺都有人睡了！'随即关上了门……"

卡拉用手指按着太阳穴，合上了眼睛，又开始抽抽噎噎地哭泣。歇了好大一会儿工夫，她又开始低声地诉说。我才知道，贝尔特不再属于维多利亚体育协会了，维多利亚体育协会的人也猜测到，贝尔特要偷偷地离开，他们马上就把他打发掉了。"老朋友……这可不是我透露的，马特恩早就知道这件事，但是没有采取任何行动，他把他所知道的事情藏在肚里，等待最适宜的时刻。自从他们一起赴美以来，马特恩就长期耐心地等待这个时刻。在这次旅行时，人们提醒马特恩注意老朋友的关系。你通过贝尔特可以知道，而且不仅是通过贝尔特一个人，还可以通过他的女伴知道：马特恩要上床睡觉时，他就必须把她带出贝尔特的房间。马特恩没有忘记这个情况,并且长期等待一个有利的时机。当贝尔特第一次喝醉了的时候,就给他提供了这个有利的时机。事情发生在俱乐部里。他们把贝尔特关在门外啦。贝尔特一直认为这件事是我干的,他对此耿耿于怀。我可是常去找他的呀!我可是常常打算向他解释清楚,可是我只走到房门口。我始终只是走到房门口,就没继续走下去,应该怎么办呢?唉,应该怎么办呢?"……

她用手指抵住太阳穴,张开嘴巴像要呼喊,但是她好似连这一点气力也没有了,只是用牙齿咬着下嘴唇,轻轻地叹一口气,颓然落进皮睡椅里。隔了一会儿我问:"他现在干什么?他是不是完全单枪匹马?"她回答:"我不知道,我只走到他的房门口。我也始终不知道他现在住在哪儿。"……

唉,我那天晚上从卡拉嘴里知道,贝尔特不再为维多利亚协会赛跑啦!我首先想到,他作为一个长跑运动员来说完蛋了,永远不会再蒸蒸日上啦;我想到这些的时候,不感到愤慨,也不感到满意。只是这一切来得如此迅速,不禁有点惊讶……此外再没有其他的感受。至少我不会认为,除掉惊讶外,还有更多的感受……

我还记得,卡拉突然站起来说:"我感到很冷,老朋友,替我到外面拿件大衣来。"我站起来向房门走去,还没有离开房间的时候,我出于一种直觉的怀疑,回头看了一眼,看到卡拉双手握住酒瓶,试图用牙齿咬掉瓶口的软木塞子。我奔了回来,她把酒瓶藏在背后,怀着敌意地打量着我,不管我说什么她都听不进去。我将她按在睡椅上,她呼喊着,挣扎着直立起来。我紧紧抓住她,抢她手里的酒瓶……

她背靠墙壁,面对我站着,既是恫吓,又是恳求,一直纠缠到最后，猛地以一种被激怒的取胜姿态，转身向窗户冲去，推开窗子，把她身子附近的照片镜框、烟灰缸、椅子坐垫乒乒乓乓地向花园里扔去。她扔出一件东西后就放声大笑，拍着手掌，令人担心地向后仰着身子。她那愤怒的亢奋情绪，短促的、发狂的喊叫，还有她那眼睛里流露着的被激怒的获胜神情……我观察着她，痛苦地、困惑地观察着她，我没有觉察房门已被推开了，有人穿着一套条纹睡衣裤站到我的身旁，他的脸，那张英俊的、平凡的脸上充满愤怒，没有其他表情，他向我点了点头——他看到我在房间里，似乎并不十分惊讶——他并不向前看，只从睡衣里抽出一根行李绳子，弓着腰向着卡拉走去。他猛地一跳——他在跳起来的时候看上去多么好笑——就立到她的身边，反剪她的双手，捆扎起来，捆得这样紧，这样牢靠，他好像干惯了似的，或是非得这样做不可。随后他使劲把她一推，她跌倒在睡椅上，躺在那儿抽抽噎噎地哭泣……

"哎呀，老朋友，"阿尔夫说，"她又喝醉了吧？"我摇摇头，沉默地把酒瓶递给他。"我听到了，"他说，"我睡在上面，幸亏我听到了，我们，卡拉和我，有我们的约定。"我指指裤子，问他："这是你的裤子？""是啊，"他说，"刚从洗衣店取回来的。我马上把裤子拿上去。你愿意一起去吗？你可以看看我的房间。我相信，你会对我的房间感到满意的。""贝尔特呢？"我问道。阿尔夫耸耸肩膀，将刚刚跳跃时披散到前额的头发向后拢拢，手搁在脖子上说道："他有时要独自待在一个地方，现在他要的东西已经到手了。一切都符合愿望。他跑在我们前面，把我们大家甩掉一圈，谁要是像他这样，那就必须估计到，到了一定时候回头看一眼，就看不到后面有人跟踪了。也许对于我们来说，他跑得太快了。老朋友，或者对于他来说，我们跑得太慢了。都是在同一个地方起跑的……"他拿起裤子，小心翼翼地把它搁在手臂上，向卡拉投去一眼。卡拉被捆得蜷缩着身体，双脚并拢，躺在那儿。在阿尔夫满意地点点头的当儿，卡拉像受到压制似的啜泣着。"马上就会过去的，"阿尔夫说，"她在几分钟内就会重新恢复理智，随后她将上床睡觉，她的睡眠是令人羡慕的。这些情况我全都熟悉。"……

当时我只是要离开那儿，只是要尽可能离开那座房子，不过我也感到，这有什么危险呢？当事情已出现急遽变化的时候，我也许下意识地预感到必定会发生问题。我丝毫没有反对就离开这座屋子，从一个目击者理所当然做出的保护性反应来说，是有愧于心的；一个证人处在关键性的时刻，或者说处在已经发生一切情况的时刻，却扭转了脸，闭上了眼睛，好像他这样就可以保持自己的清白。我没有再到楼上阿尔夫的房间里去，也没有继续留在卡拉的身边，而是急匆匆离开这座屋子，以致到今天我都不清楚，我离开的时候是否跟他们告过别……

我不敢拾起卡拉扔在花园里的东西，只是从这些东西的前面走过，出了大门，穿过街道，走向街道的那一边，走向连卡拉的呼喊声都听不见的远处……

帆船的桅杆晃动着，一些小的浮标被风吹得甩过来晃过去，拖拽着锚上的链条。我站立在桥上，抽着烟，用手掌遮住点燃的香烟。当时在桥头上，我清楚地知道再也没有可能恢复友谊了，因为我们的关系先前就已经破裂，现在又已各奔东西——主要是由于他蹬出去的那一脚，贝尔特用这一脚彻底结束了多恩的体育生涯，也永远战胜了他——现在还相继发生了其他一些情况，出现了要提防和拒绝跟这件事情沾上边的情况，对此我感到恐惧，总有一天还不得不成为证人。想到这些时，我不得不扭转脸,闭上眼睛,以逃避迫在眉睫的作证……

唉,当时我感到害怕,我长久以来就已经害怕成为他的证人。我担心我可能被迫要对贝尔特做出赞成或是反对的表态,再没有比这更令人担心的事情了。我参与的事情过多,我认为已经做到的就是对他表示冷淡,然而这一点是不够的,是靠不住的:那天晚上待在卡拉身边以后站立在桥上时,我对此才恍然大悟。我也明白,现在还必须做一番努力,把一切事情办妥,我必须从紧紧缠住我作为证人的束缚中挣脱出来。我必须摆脱过去的一切……

我打算写作有关贝尔特的故事。这个计划最早就是在桥上形成的。我要描写一个长跑运动员的一生,一圈接着一圈,这就是贝尔特的生活,送命的赛跑。我将写这些东西,因为我迫切地要了解他,要了解我自己。我要了解这个磁场是怎样形成的。我们像铁屑一样被吸进去,被紧紧抓牢,几乎不能自拔。这种魔力使我们入迷,使我们趋向毁灭。我要对它进行理解,从而能够把它忘怀。我将写作这个故事,只是出于这样一个愿望:要理解我们自己……

第一圈的图像,开始的图像:在斜阳下的一个长跑运动员的阴影,只是一个倒映在墙壁上的阴影,在那儿墙壁和大地合成一体,阴影奇怪地呈弯曲状态,看来好像双腿跟躯体分开似的。起点是在指定好的地点,但既然有起点也就有终点。我就写这么一个故事,以及同时涌现出来的感受……我甚至不怕贝尔特恨我,要是这样做能使我认清问题的话……有一天我将着手开始创作,也许就在今天动笔,因为我不需要耐心等待故事的结束,首先我不需要按照通常的顺序,宁愿只按照对我具有意义的那些事件的次序去创作。如果我照这样的设想去写作,那唯一可能的结果一直是存在的……

钟声，这是宣告进入最后一圈的钟声吧？不，不是，还有两圈要跑呢；贝尔特的优势似乎使他们都中了魔法，黑尔斯特勒姆和西博恩一直还没有试图去咬住贝尔特，或是他们已灰心绝望，才采取这种特殊的保守态度吧？现在距终点还有两圈，要进行反击，用尽最后的气力，以一个冲刺赶上贝尔特，必须具有坚定的信心、强大的自信和周密的思虑……

摄影师聚集在终点前面，穿着白衣服的计时员坐在危险的阶梯上；拉尔森穿着红色夹克衫，看上去像个红萝卜；一个身材瘦长的工作人员手里拿着白色的带子，把它系牢在两根方木柱之间，最后的决定已近在眼前……

推铅球的运动员摇摇摆摆地向这边走了过来，一个胳膊包扎着绷带的撑竿跳高运动员，越来越频繁地把目光投向终点：谁将获得冠军？谁将作为第一名冲断终点带？嗯，还可能创造纪录呐。如果贝尔特的优势不减退下来，他会跑出个欧洲新纪录。但是他的优势一定会减退下来，他的速度一定会慢下来，他一定会落在后面，他要对心脏和肺挑战，就得付出代价；他的心脏和肺在跑第一圈的时候就开始不舒服了吧？他始终还跑在前面，跟黑尔斯特勒姆和西博恩拉开二十米的距离。他的脖子向前伸出老远，好像一只正在喝水的牝鸡的脖子。他没有用全脚掌着地奔跑，而是他的鞋底在跑道上勉强地拖过，好像是一个搬运工，被沉重的分量压得喘不过气来。他已经不再用力踏地前进了，只是用短步子疾跑，他在这个时刻用一阵槌子击鼓般的步子敲打着地面……他刚才不是还跑得跟跟跄跄的吗？也许他迎面遭遇到一阵强烈的狂风。他的脸色是多么难看！他在想什么？他在想维克托吗？在想老远蜂拥而来的追踪者吗？

他还在回忆面临死亡恐惧的那一刹那,以确保使出自己的全部体力吗?如果极度恐惧不如他想象中那样产生那么大的作用,那又怎么办?如果自由竞争比在紧急情况下取得的成绩更好,那贝尔特的秘密战略不就是一种错觉吗?我不相信极度恐惧会赋予人们这样一种能力……

狂风把薄薄的裤子紧紧地贴在他的大腿和肚子上,清晰地显出他那粗笨的身躯。面孔露出精力衰竭的神色,胳膊瘦弱,胸脯干瘪,他跑了这么长一段距离的气力蕴藏在哪儿?他又进行了一次换步,这个动作的姿态,好似有人把他朝边上推了一下,并且逼得他用调整步子来堵住推撞的力量。棕色头发的罗马尼亚人奥普里斯被甩在后面很远了。克里斯滕和克鲁德森已没有希望。穆索虽然很自负地咧着嘴巴傻笑,但也不再具有决定局势的力量,这只是微微的傻笑,而拼命挣扎使他的脸扭歪得走了样,使他咬紧双唇。这个皮肤像马鞍般褐色、屁股撅得高高的穆索,他的祷告没有得到上帝的垂听。要是闭上眼睛,听听运动场里的声音,简直像是上百台机车排放蒸汽的声响,机车的上空响彻一切的咝咝嘘声,同时在它后面拉拽着一长列货车隆隆地越过一座桥梁。哟,哟,这是什么东西?像是一只被击毙的巨大黑蝴蝶,滑过跑道上空,跌落在草地上,翻着筋斗,扑动着,伏在那儿不动了……是一块油毛毡,风把它掀下来的。一个年轻的工作人员奔过去,把它捡起来,拿到阶梯那儿去了……

终点旁边人头攒动,越来越多的人拥来,有穿运动衫的姑娘,有工作人员,有摄影师,有运动员——当中有一个戴遮风眼罩的家伙不知是什么人?——他们拥到那里去,等待着。姑娘们互相挽住手臂,计时员们伸出手互相对对计时表,并且对表审视了一番，然后抬起头纵目向跑在前面的几个长跑运动员望去：贝尔特会刷新纪录吗？那个戴遮风眼罩的家伙是什么人？风声呼呼作响；掌声，喧哗声，跺脚声；一阵雷鸣般的喊叫，声音震耳，叫人胆战心惊，又好似洪水冲过峡谷，嗨，或是更确切地说，有如凶残的猛兽在吼叫……

蹲踞在有利地势上的猛兽正耐着性子伺机等待着，叫人难以忍受地伺机等待着。在古代的图画上总是有这种伺机等待的景象：尘雾弥漫，透下几缕光线的古罗马竞技场；自吹自擂的古罗马格斗士手上握着寒光闪闪的短剑；饥饿难耐的猛兽，低沉地呜咽着，扑着爪子迅猛地踏上通道，突然惊惧地站住，屈膝蹲下。该诅咒的古罗马竞技场！野兽眯缝着的眼睛里有格斗士的体形，格斗士的眼里是一个匍匐着的、喘着气的黄色小丘。谁将成为胜利者？长时间、长时间地眈眈相视，畏惧而迟疑不决。同样的图像，原始的要求，为了争取机会重新获得自身的存在，无非是，无非是面包与运动，如此而已……

这个人必须为我们赢得胜利。如果他完了，那我们也就跟着他完了……打他从我们面前过去，直到下一个上来，我们拼足气力给他打气，叫他为我们去奋斗……

唉，当他们的健康，他们的银行账目，他们的未来都取决于贝尔特赛跑的时候，他们就把贝尔特从直道上驱赶过去。贝尔特呢？他痉挛地跨着小步子，无数的小步子，头歪倒在一边，被他们的掌声推动着向前。他摇摇晃晃地前进，不，他继续跑着，斜垂着的两条胳臂又重新划动起来。这个戴遮风眼罩的家伙是谁呀？贝尔特的速度加快了……或是仅仅在弯道上，他的跑步显得快些吗？他再也抬不高膝盖，他的步伐不再是黑尔斯特勒姆和西博恩效法的榜样。黑尔斯特勒姆和西博恩不想让自已跌倒在终点上。黑尔斯特勒姆扭动着臀部。西博恩要是踏出脚步，踮起足尖，他的身躯就伸向前面。他们两人当中将有一人赢得这次赛跑的胜利，或是黑尔斯特勒姆，这个飞奔着的传教士；或是西博恩，这个诺里奇[①]煤气抄表员……

贝尔特没有保持着一个胜利者的优势，而是依靠恐惧取得了优势，这种优势是不可靠的。在这种场地上具有的这种优势，只能是一个已经自暴自弃的男人的恐惧心理的表现……

整个运动场内只有一片异口同声的呐喊，只有一个声音："布——赫——纳，布——赫——纳！"不过布赫纳在这场比赛中将要失败，而且布赫纳在这场比赛中已经失败……

维甘德，啊，他现在也出现在终点旁边，将双手深插在运动装的口袋里。他迈着直挺挺的、蟹爬似的步子，好似患着便秘；他皱起鼻子向赛跑运动员嗅探。贝尔特参加这次比赛是维甘德出的主意。他认为这是一个好主意。虽然他应该对事情有清楚的了解，但他还是自以为出了个好主意。也许他只是按习惯办事，建议用贝尔特代替胡佩特，所以他们大家眼下也就按照习惯把希望寄托在贝尔特身上，因为在他们的记忆中，他赢得过胜利……

维甘德，我已经有好长时间没有看到他了。我刚才下了有轨电车，沿着柏油路走往运动场，一辆自行车的前轮紧挨着我身边擦过，差一点把我撞倒。他使劲地拍了一下我的肩膀，冲过去之后又回过头蹬着车子回到我旁边，一只手轻轻地搭在我的肩膀上，不再蹬踏脚。他一直还待在原来的协会里训练那些港口雄狮。"你应该上我们这儿来走走，我们增添了一个新成员，

[①] 英国一地名。

他叫胡佩特。他首次参加比赛就在全德运动会上获得第二名。但是他还蕴藏着很大的潜力，如果我们对他进行一番正规训练，他能胜过任何人。你应该来看看胡佩特跑步。可惜目前已经晚了，他最近因为脚脖子扭伤，不得不停下来。"……

维甘德，我看他永远是那副老样子，穿着运动衣上装，腋下夹着一个公文包。他似乎就是这副模样来到这世界上的：穿着运动衣上装，脖子上围着一条褐色的长围巾，夹着一只老式的公文包。他挺直腰板坐在自行车上，醉心地介绍着他们在港口体育协会发掘出来的这个新人物。"胡佩特，"他说，"记住他的名字，胡佩特！你将会经常报道他的消息。"他跨下车子，把它推向马路边上，一只手臂搂住我的肩膀，同时自然而然地把我拉近他的身旁。他担心地望了一眼夹在车尾架上的公文包，宽慰地掉头望着我，轻轻嘟囔着，我很吃力才听清楚他的话："年轻人，你如果听到是谁为我们赛跑，准会大吃一惊；胡佩特不能跑了，赞布劳斯也不能上场，于是我就建议干脆找一个人顶上去。这项建议被上面采纳了。你知道我们找的是什么人吗？我们确实找不到比他更合适的人了。这是会叫你发生兴趣的：他已经结束流浪生活四十天了，又重新和我们待在一起。"他突然沉默不语，试图从我的脸上发现一种反应；他甚至站立下来，嘟起了嘴，不耐烦地注视着我。我没有答话，也未作一点暗示——我并没有像他想象的那样表现得非常惊讶——他对这种情况忍受不了，直截了当地问道："你对这件事情一点没有看法吗？"我说："一点没有。你们要给他一次机会，我是能够理解的。但是完结了的人是不需要机会的。贝尔特作为长跑运动员已经是一个完结了的人。给他一次机会似乎也不好这么随便，也一定要吸取教训……"他蓦地从我的肩膀上缩回手臂！

他猛地把推着的自行车横了过来！啊，我立即感到我的话触痛了他，我对于他突然对我表示的恼怒和义愤并不感到惊愕。他犹豫了一下，心里在捉摸，究竟是跳上自行车踏走呢，还是由于我的回答而应该把情况告诉我。他激烈地考虑了一阵，然后冲动地说："仔细听我说，我的孩子。"接着他就讲述他自己怎样在鱼类加工厂的院子里重新遇到贝尔特的经过。他当初不相信那个束着阔大的、溅满鱼汤的橡胶围裙的男人会是贝尔特。他站在铁丝围篱外面看了好大一会儿，看着贝尔特——或是说这个男人，维甘德仍然不相信这个男人就是贝尔特——怎样把一些满是黏液、散发着强烈气味的板条箱从卡车上卸下来。维甘德鼓起勇气叫喊那个男人，看清楚这个人就是贝尔特……

"我重新见到贝尔特了，我的孩子，他在鱼类加工厂当小工。他住在工厂区的一间棚屋里，下班后就在工厂区内进行长跑训练。我到他的棚屋里去了，我在他的屋里看到的东西就是一张床、一双跑鞋和一块肥皂。他到今天还住在那儿。但是我使他重新回到协会，上我们这儿来了。开始他们都表示反对，我没有退缩，进行努力，直到克罗纳特也站到我的一边，胡佩特也站出来为贝尔特说话，他终于重新上我们这儿来了。现在他又重返跑道，也许赛跑会使他继续前进。他必须有这次机会。如果有个人像贝尔特一样趋于没落，也是应该给他一次机会的。他已得到了这个机会。今天晚上我们将考虑对他能够做出什么样的安排。"我回忆过去发生过的一切事情，说道："你们不需要花很长时间进行考虑，给他寻找一个很好的看管房屋的职务吧，使他成为德国最年轻的房屋看管人。"维甘德听了非常气愤，他说了些激动的话，他肯定也是用这种语言说服克罗纳特和体育协会的其他成员的。嗯，我听了他说的第一句话后，就感觉到我不是听他这番讲话的第一个人。"注意一点，我的孩子，你跟他是朋友，有过一段时间的关系，就跟我们大家是他的朋友一样。贝尔特向上爬得很高，他们到处报道和议论他的情况，我们是他的朋友，也同样报道和议论过他的情况，但这并不使我们任何人对了解贝尔特·布赫纳承担责任。甚至在他悄悄地离开这儿，加入维多利亚体育协会，我们只能从远处打听他的胜利消息的时候，我们还是记得他曾经是我们协会的人。也许我们为此公开怨恨过他，但早已暗地里宽恕了他。像贝尔特这样一个运动员是碰上好运的，但在他交上好运的时候，你就必须对形形色色的事情容忍下来。唉，在任何时候我们大家都暗暗表示我们是他的朋友，至少在他了不起的时候是这样做的。但是随后，当他开始倒霉了，风头已过，不再有多少分量了，作为他的朋友，我们在这个时候就贬低他。你——不仅仅是你——我们大家都突然发觉，靠拢他已肯定没有多大意义了，一下子我们都奇怪地立即醒悟过来。这不是很奇怪吗？像一艘轮船在一个地方搁了浅，搭船的人都跳下船一样……我们也是这样抛弃了他，而我们过去是支持过他的，是在一定程度上肯定过他的。突然噗的一声，我们都跳开了。但是我不认为事情会如此简单地了结。他落到如此地步，不是他单独一个人的过失，我们每个人都对此负有责任。我们曾经以鼓动和期待催促过他，我们曾经向他献过花环，使他心醉神迷，而这花环同时也是献给我们自己的。我们曾经卖力地一起旋转螺钉，直到把它紧紧拧牢。我们狂热地表示的信任，比他所干的事情还要糟糕。他在我们的掌声中忘乎所以，在这种情况下他错误地以为他得到了像人寿保险那样的保证。我的孩子，我是指责过他的这种错觉的，别的也没有做什么。"他没有再说下去，就推着自行车跑了几步，跳上车子，顺坡向着运动场蹬去，在那儿跳下车，把车子朝肩上一扛，进入一条深邃的甬道消失不见了……

没有，维甘德没有给我时间回答问题，不过即使他让我回答问题，在一瞬间，我又怎么能像他这样来回答他呢？我们之所以断绝来往的原因是非常清楚的，过去所发生的一切，维甘德知道得太少了，而我是知道得太多了。在这一瞬间我对他产生了羡慕的感觉，嫉妒他有可能采取偏袒贝尔特的态度，也许就像我过去也做过的一样。不过这仅仅是一瞬间的情绪，随后，我就再次掂量发生这种情况的分量……

我进入了运动场：有一条甬道形状的过道，通向被雨水淋脏了的、由混凝土柱子支撑着的圆形看台。啊，我向维甘德走进去的甬道走去时，感觉自己好似进入了一个巨大的陷阱……

我想到他，试图要他向我介绍住在棚屋里的情况——在鱼类加工厂广场上的棚屋里的情况——他是怎样躺在床上，仰望那个不是用木板铺的棚顶的，有如当年在堤岸下的战俘营里，他怔怔地凝视着帐篷顶一样。我看见他站起来，洗了脸，从墙上拿下跑鞋——一双踩过许多跑道的钉鞋，一双进行过最后挣扎的钉鞋，也是一双蹬过多恩的脚后跟的钉鞋。我看到他走出棚屋，从他堆好的一堆木箱前走过。这个人战胜过许多劲敌，甩掉了多少对手，但是他没有越过他自己本身的障碍。贝尔特·布赫纳……

报告贝尔特进入最后一圈的铃声响了，现在报告黑尔斯特勒姆，报告西博恩，报告其他运动员的铃声也响了，他面色惊惧，好似一根电缆把他和他的对手们连接起来——他通过这根电缆获悉对手们的打算——他环顾四周，这时候，这时候对手们跟上来了，充满自信地、非常傲慢地上来了，越来越近，跨着大步,突破了贝尔特凭恐惧所获得的安全系数,拉开的距离还有二十米,十五米,十米。终点在哪儿?他们离开贝尔特只有十米了,他们飞速地进行冲刺,紧紧咬住了贝尔特,黑尔斯特勒姆和西博恩拼足气力向贝尔特冲来,像是拼命追捕一只猎物一般。只有八米啦,贝尔特,贝尔特!贝尔特挥动四肢,抬高膝盖,蹬出更大的步子,贝尔特!嗨,露一手给他们瞧瞧,叫他们完蛋,把他们都甩在你的后面……

他为什么没有摆脱他们的追逐?他为什么没有能够保持优势?不过,他支撑住了,现在摆脱掉了……不,不,步子小下来了,跨得很小而慢下来了,顽强地、机械地、艰难地移动着身躯……他不是又重新跑得踉踉跄跄了吗?他在到达直道时,狂风扑面向他刮来,同时也从边上、从背后向他吹来。这可是创纪录的事情!西博恩跟黑尔斯特勒姆一样拼足了气力,虽然西博恩在弯道中跑得更快些,但还是没有越过黑尔斯特勒姆。眼下,穆索发动冲刺了;没有,他没有咬住前面几个人,他发动冲刺只是不让追赶他的克里斯滕和克鲁德森超到前面去,这两个人追逐穆索,就像黑尔斯特勒姆和西博恩追逐贝尔特一样。奥普里斯在哪儿?贝尔特为什么停住脚步,看上去他好似早就停下来了,但是他还在奋斗;黑尔斯特勒姆和西博恩被追逐者的原始渴望驱赶着,飞快地跨着步子赶上来,他们还在不断加快速度,这时候贝尔特却拖着吃力而又惊恐的乌龟爬似的步子移动着身躯。他们跑得多么出色!他们伸展着四肢,马上就要追上他了。他将要失败,现在他将要付出代价,贝尔特,贝尔特……

啊,他前面还有一段距离要跑呀!他毫无办法,也没有足够的精力可以使他再一次向前冲去。这把弓已经松弛,没有人能再叫它绷紧了。现在他发现两条腿已不听使唤，两条腿已扔下他不管了。现在，现在，人已临近终点的时候，贝尔特感到自己好似随风向着终点带飘去，他已经用胸口触到终点带，他的双手已经触及终点带，就跟他往常通过终点时一样，倒了下来。那儿和这儿，他清醒地明白，他仍旧还在这儿，因为他的两条腿已经扔下他不管，他的两条腿就干脆不跟上来了，他的两条腿不再听从他使唤。黑尔斯特勒姆和西博恩拉近了跟贝尔特相隔着的距离，还有五米。他们将在终点直道前的弯道上追上贝尔特，从他的身边越过去。贝尔特划动手脚，脑袋瓜晃来摆去，他会再一次摔倒……僵直的双腿支撑着一个臀部……他像是一个背上负着五十公斤重量的汉子在跑步。没有太阳，跑道上也没有影子。贝尔特正努力完成这次长跑；贝尔特，贝尔特；他在努力保持仅有的一点优势：拉开的五米距离……

他们也具有贝尔特那种恐惧的内心焦灼……

贝尔特拼命抗击着他们的凌厉攻势，就像一个人试图坚守着他的最后一点财产：五米，他留下的本钱一股脑儿都在这里面了。五米的领先优势，这是他最后一点私人财产，最后的本钱……

穆索也追近了，他以他著名的终点冲刺咬住了前面的几个对手。但是他的冲刺是徒劳无益的，他的全部努力是白费气力，因为他不再能够赶上黑尔斯特勒姆和西博恩。他干什么要冲刺？也许他脑袋里那个拨好的时钟提醒他，该进行冲刺啦，他就不顾自己所处的位置，机械地冲刺起来……就像拨好了的闹钟一样，到了时间就响……

终点直道前的最后一条弯道，在这条弯道上，贝尔特跟他的追逐者所拉开的距离不超过五米，现在只剩三米了，在最重要的时刻的三米。将会出现一项新纪录。终点在哪儿？系在两根方木柱间的狭窄白色终点带；站立在那儿的一些计时员，像是要宣布一项判决；跪着的摄影师，那个戴着遮风皮眼罩的家伙，那些跳动着的姑娘……谁将第一名到达这儿？……

"布——赫——纳，布——赫——纳！"在进入终点直道的弯道上爆发出这样的呼声；他还处在领先的位置上，再一次摇摇晃晃地、踉踉跄跄地跑着，他朝旁边扫了一眼，但是这时候还没有发现追上来的人的臀部，也没有发现追上来的人的肩膀：布赫纳离终点还有八十米，他领先跑着，没有放弃优势地位。他旋转了半个身子……他的双手向空中乱抓，脚下磕绊了一下，这时离终点还只有七十米。他往前一闪，跌跌撞撞地向前冲去，一个旋转摔倒在地上，肩部着地，脸部猛地撞击着地面，他躺倒在那儿。黑尔斯特勒姆和西博恩从他旁边越过去了……现在贝尔特仰起头来，支撑起身子，但是又摔了下去，用一种短促的动作扒着跑道，微弱地起伏扑动，像一条被叉牢的鱼，一条在湖底被叉牢的鱼。现在，他又仰起面孔微笑着……穆索冲过去了……他神经错乱地对着终点微微痴笑，在那个地方，西博恩，嗯，他成功地冲断了终点带，胜利地结束了他的长跑。克里斯滕和克鲁德森越过去了。贝尔特用一只胳膊支撑着身子，惊讶不已地目送他们向前奔去，一直还是神经错乱地微微痴笑着，现在拖动着双腿，翻了个身，试图向前爬过去……奥普里斯气喘吁吁地跑过去了……贝尔特像一只笨重的甲虫般向前爬行：手脚并用，手脚并用地爬行，曲起的身体，一下子又扑倒在地上……

他们都已经跑来了，一条抖动着的灰色毯子，他们盖上了这条毯子。全场顿时变得死一般沉寂！只有系旗子的绳子硬邦邦地敲打着白色旗杆，发出噼噼啪啪的响声；从甬道里断断续续地向上面传来的冷饮小贩的叫卖声；上面看台屋顶旁边的扬声器开始嗡嗡直响。为什么没有报道现场情况的声音？我们还得等待多久，等待多久？终于，嗯，终于宣布比赛结果："冠军刷新了纪录……"

他们从地上抬起那一捆东西……

新纪录是多少？……

他们小心翼翼地在跑道上抬着……

黑尔斯特勒姆是亚军吗？……

他们摇摇晃晃地抬着，越过草地向终点抬过去。他们把他送往哪儿去？送往哪儿去？……